1961年11月21日，纽约州州长纳尔逊·洛克菲勒的儿子迈克尔·C. 洛克菲勒在他的船倾覆之后消失在新几内亚的西南海岸。他正处于为原始艺术博物馆收集藏品的旅途中，而他的搭档留在被倾覆的船上而获救。他的搭档复述了迈克尔给他留下的最后一句话："我想，我能做到。"

人们经过彻底搜寻后，并未找到迈克尔的任何痕迹。在他失踪后不久，有流言说他登上了海岸并被当地的阿斯马特人猎杀并食掉。那是一个土著的战士部落，他们复杂的文化建立在暴力、猎头、仪式化食人行为上。荷兰殖民政府和洛克菲勒家族极力否认这个事实，迈克尔的官方死因因而被定为溺亡。然而，挥之不去的疑问和流言持续了10年之久。现在，获奖记者卡尔·霍夫曼重返迈克尔的航途，挖掘了令人震惊的新证据，并完整讲述了案件的始末。

重新踏上迈克尔的航途后，霍夫曼旅行去了新几内亚的丛林，将自己置身于一个前猎头族和食人族且充满鬼神文化的世界，并认识了那里的几代阿斯马特人。通过档案研究，他发现了数百页从未面世的原始文件，并找到了50年来首次愿意开口的目击者。

《野蛮收割》是一本能令人瞬间着迷的侦探图书，它精彩地刻画了两个文明间的冲突。这种冲突最终导致了美国最富有和最强大家族之一的后裔的死亡。

精彩至极。
——《华盛顿邮报》（*Washington Post*）

细节丰富……叙述扣人心弦。
——《芝加哥论坛报》（*Chicago Tribune*）

《纽约时报》非虚构类畅销书

Savage Harvest
野蛮收割

食人、种族主义和迈克尔·洛克菲勒的悲剧探险
A Tale of Cannibals, Colonialism, and Michael Rockefeller's Tragic Quest

〔美〕卡尔·霍夫曼（Carl Hoffman） 著
张 敬 向梦龙 译

重庆出版集团 重庆出版社

Savage Harvest: A Tale of Cannibals, Colonialism, and Michael Rockefeller's Tragic Quest Copyright © 2014 by Carl Hoffman
Published in agreement with Regal Hoffman & Associates, through The Grayhawk Agency
All rights reserved.

版贸核渝字（2015）第094号

图书在版编目（CIP）数据

野蛮收割 /（美）卡尔·霍夫曼著；张敬，向梦龙译.
— 重庆：重庆出版社，2018.7
书名原文：Savage Harvest
ISBN 978-7-229-13128-9

Ⅰ.①野… Ⅱ.①卡… ②张… ③向… Ⅲ.①游记—作品集—美国—现代 Ⅳ.①I712.65

中国版本图书馆CIP数据核字(2018)第074116号

野蛮收割
Savage Harvest

（美）卡尔·霍夫曼（Carl Hoffman） 著
张敬　向梦龙　译

责任编辑：高 岭　连 果
责任校对：李春燕
书籍设计：博引传媒

重庆出版集团
重庆出版社 出版

重庆市南岸区南滨路162号1幢　邮政编码：400061　http://www.cqph.com
重庆长虹印务有限公司印制
重庆出版集团图书发行有限公司发行
E-MAIL:fxchu@cqph.com　邮购电话：023-61520646
重庆出版社天猫旗舰店
cqcbs.tmall.com
全国新华书店经销

开本：710mm×1000mm　1/16　印张：20.25　字数：280千
2018年7月第1版　2018年7月第1版第1次印刷
ISBN 978-7-229-13128-9
定价：56.00元

如有印装质量问题，请向本集团图书发行有限公司调换：023-61520678
版权所有　侵权必究

发行评语

Advance Praise for *Savage Harvest*

霍夫曼在本书的核心内容中展现了……精彩的故事：他对真相的苦苦追寻。

——克里斯托弗·凯斯（Christopher Keyes），
《户外》（*Outside*）

出自新几内亚的最精彩的冒险。

——蒂姆·弗兰纳里（Tim Flannery）

一本扣人心弦的侦探小说……一本成功破解持续半个世纪之谜的好书。

——《华尔街日报》（*Wall Street Journal*）

扣人心弦、引人入胜、惊心动魄，《野蛮收割》值得一读。

——《美国新闻周刊》（*Newsweek*）

霍夫曼的报道有力地、生动地刻画了阿斯马特人的世界，这些游猎采集部落人直到20世纪中叶都与世隔绝。

——蒂姆·索恩（Tim Sohn），《石板》（*Slate*）

一场充满冒险情节的残酷旅程，为了寻找一个尘封半个世纪之久的答案：纳尔逊·洛克菲勒的儿子迈克尔的身上到底发生了什么？……一场令人沮丧的搜寻之旅得出了一个精彩且令人难忘的报道。

——《柯克斯书评》（Kirkus Reviews）

霍夫曼证明了通过百折不挠的谍报技能、艰苦努力和近乎执拗的坚韧精神，去了解并解决那些被认为无法解决的问题是完全可能的……《野蛮收割》一书就是一个非凡的证据，即使真相是如此的令人难以接受。

——西蒙·温切斯特（Simon Winchester）

巨大的成就，这是我今年读过的最好的书之一。我是如此的沉迷，以至于我为了跟上故事的进度编造了一些借口不去带孩子。卡尔·霍夫曼对细节犀利的观察令人艳羡。他将一个完全陌生的国度的精彩叙述编织为整体的能力令人惊叹。在本书的结尾处，那些招待他的主人们表面上友好，内心却显露出恐惧，这个场景令我震撼且伴随了我很长时间。

——布伦丹·I. 柯纳（Brendan I. Koerner），
《属于我们的天空：劫机黄金时代的爱与恐惧》（The Skies Belong To Us: Love and Terror in the Golden Age of Hijacking）一书作者

在困惑的边缘，急切的卡尔·霍夫曼踏上了洛克菲勒的旧途。这是一场深入陌生国度的催眠之旅，深入食人族和猎头者的世界的狂野侦探之旅。这也是一次对沟通和归属需求的沉思，一场深入秘密和心灵未知呼喊的探索。一个惊险、独一无二的故事……我爱不释手。

——安德鲁·麦卡锡（Andrew McCarthy），
《最长的归家路：一个男人追寻安定的勇气之旅》（The Longest Way Home: One Man's Quest for the Courage to Settle Down）一书作者

卡尔·霍夫曼不仅帮助解决了过去 50 年中最大的谜团之一，他还写了一本引人入胜的书，生动再现了一个在现代文明下挣扎并存活着的古老文明。

——斯科特·华莱士（Scott Wallace），
《未征服者：搜寻亚马逊最后的与世隔绝部落》（The Unconquered:
In Search of the Amazon's Last Uncontacted Tribes）一书作者

细节丰富……叙述扣人心弦……《野蛮收割》令人着迷之处在于其力图解决的这个谜团，以及它描绘了一种与世隔绝并不断变化的生活方式。

——《芝加哥论坛报》（Chicago Tribune）

《野蛮收割》一书讲述了作家卡尔·霍夫曼的探险之旅。本书不仅讲述了一个具有异国情调的精彩故事，它还洞察了人类共性的界限。

——《匹兹堡公报》（The Pittsburgh Gazette）

出色……本书惊人之处不仅在于其解开了迈克尔·洛克菲勒的命运，更在于作者刻画了一次独特的文化冲突。这次冲突发生在地球上最强大家族的后裔与一群丝毫不在乎财富、权力和影响力的人之间。

——《华盛顿邮报》（Washington Post）

霍夫曼是一个睿智的作家……本书是一本极好的非虚构作品。

——加拿大《环球邮报》（The Globe and Mail）

一本紧凑的惊险著作……扣人心弦。

——《纽约时报》（The New York Times）

For Lily

献给莉莉

ALSO BY CARL HOFFMAN

The Lunatic Express: Discovering the World…via Its Most Dangerous Buses, Boats, Trains, and Planes
Hunting Warbirds: The Obsessive Quest for the Lost Aircraft of World War II

卡尔·霍夫曼的其他作品
《疯狂快车：搭乘世界上最危险的大巴、轮船、火车和飞机发现世界》
《追捕战机：寻找第二次世界大战失踪战机的执迷之旅》

与他者的每一次相遇都是一个谜、一个未知数——甚至是一个奥秘。

——理夏德·卡普希斯基（Ryszard Kapuscinski）

目 录
Contents

第一部分　初入阿斯马特

1	1961 年 11 月 19 日	*3*
2	1961 年 11 月 20 日	*9*
3	2012 年 2 月	*15*
4	1957 年 2 月 20 日	*25*
5	1957 年 12 月	*35*
6	2012 年 2 月	*47*
7	1957 年 12 月	*61*
8	2012 年 2 月	*79*
9	1958 年 2 月	*85*
10	1958 年 3 月	*97*

第二部分　迈克尔之死

11	1961 年 3 月	*105*
12	2012 年 3 月	*131*
13	1961 年 9 月	*147*
14	2012 年 2 月	*161*
15	1961 年 11 月	*169*

1

16	1961年11月	*175*
17	1961年11月	*179*
18	1961年11月	*185*
19	1961年11月	*195*
20	1961年12月	*201*
21	2012年3月	*209*
22	1962年1—3月	*225*

第三部分　再入阿斯马特

23	2012年11月	*239*
24	2012年11月	*259*
25	2012年12月	*277*

致　　谢	*301*
来源备注	*305*

第一部分
初入阿斯马特

1
1961年11月19日

迈克尔·洛克菲勒（Michael Rockefeller）从被掀翻的木船上跳进海里，他感受着海水给他带来的温暖。船上的勒内·瓦萨（René Wassing）俯视着他。迈克尔注意到勒内被太阳晒伤了，胡子也长了，需要刮刮脸。他们只作了简短的交谈。因为从离开新几内亚（New Guinea）西南海岸算起，他们在海上已漂流了24个小时，实在无话可谈了。

我认为你真的不该去。

不，没关系。我想我能成功。

迈克尔挥动了几下手臂，左右观察了几圈。现在是上午8点，正是涨潮时分。他穿着白色羊毛衬裤，戴着厚厚的黑框眼镜。他的网状军用裤带上别着两个空置汽油罐，他紧抱住其中一个汽油罐扑通着朝海岸游去。海岸看上去似一条朦胧到几乎模糊的灰线，迈克尔估计他们离海岸有5—10英里（8—16公里）的距离。他一边划着水，一边计算着：按每小时1英里的速度游行，10小时可以抵达海岸；按每小时0.5英里的速度游行，20小时才能抵达海岸。浸泡在海水中就像浸泡在浴缸里那般暖和，迈克尔思量着，只要专心就可以完成这个挑战。此外，他和勒内还掌握了这个海岸的海潮变化图，他知道哪些条件对自己有利。从下午4点至第二天早晨，海潮的变化并不均匀。午夜间会有一次大涨潮，凌晨2点会有一次短暂的低潮期，

迈克尔·洛克菲勒在新几内亚。

第一部分

第二天上午 8 点又会迎来一次高潮。这意味着，从下午 4 点到第二天早晨，在 12 个小时的时间跨度里，海水会将自己疲倦的身体推上海岸。

没过多久，迈克尔就把还留在翻掉的双体船上的勒内抛到了身后。这种感觉似曾相识，每年夏天在缅因州的海滨游泳时，迈克尔都能体会这种前行的感觉——即使目的地非常遥远。现在，这里离海岸已非常近。阿拉弗拉海（Arafura Sea）并不深，迈克尔站起身似乎就能触到海底的泥沙。他翻过身拖着两个空罐子，仰躺在海面上，缓慢而有规律地踢水前行。他听到了自己怦怦的心跳和粗重的呼吸声。

虽然他从未对人述说，但他的确带着一种宿命感，一种几乎连他自己都没发现的自信。23 岁的年龄不会思考死亡，生命似乎永恒，就像驾驶着斯图贝克（Studebaker）汽车以每小时 128 公里的时速奔驰在缅因高速公路上。对于一个 23 岁的人来说，当下就是一切。此外，他姓洛克菲勒，这个姓氏既是一种礼物也是一种负担。就算他不情愿，这个身份也无法更改。在这个家族的字典中没有"无法"这个词语，对他们家族来说，一切皆能办到。他生来就具有去任何地方、做任何事情、与任何人会面的能力。他的曾祖父曾是这个世界上最富有的人，他的父亲是纽约州的州长，曾参加过美国总统的竞选。在史诗般的存亡时刻，意志可以决定一切，而迈克尔就拥有强大的意志。他像每个洛克菲勒家族的人一样，带着责任感行善事、行大事，实现自我。"管理"（Stewardship）是这个家族的座右铭。他并非为了求生而游泳，他还为了正等待营救的勒内，为了自己的父亲纳尔逊，为了自己的双胞胎妹妹玛丽。某种程度上，甚至是为了阿斯马特（Asmat）人而游。因为，他收集了太多的阿斯马特人的漂亮的艺术品。他想与父亲、与原始艺术博物馆（museum of Primitive art）

野蛮收割

的罗伯特·戈德华特（Robert Goldwater）、与他最好的朋友山姆·帕特南（Sam Putnam）、与全世界一起分享。他虽未明确表达自己的愿望，但他非常明确自己的目的。他自信地游着，划水、踢腿。世界很大，但现在的他似乎与世隔绝。他的世界只剩下了他和这片大海（阿拉弗拉海）。

他情绪放松，并不着急。他曾在军队的基础训练中学到：恐惧、慌张这些情绪只会给人带来危险，让人疯狂并耗尽他们宝贵的能量。他略带微笑地回忆起自己曾与哈佛同学一起观看怀德纳（Widener）游泳比赛时的情景。当时的每名哈佛毕业生在毕业前都要完成50米的游泳项目，这是关乎意志是否坚定的训练。这个要求是殉难于泰坦尼克号沉船事故的哈佛前校友哈里·埃尔金斯·怀德纳（Harry Elkins Widener）的母亲所规定，因为她当时为学校的新图书馆捐赠了250万美元。当迈尔克察觉自己的大腿接近抽筋极限，肩膀也异常疲倦时，他会抓住空油罐浮在水面休息。凝视头顶那开阔的天空，天空云彩满布，变幻不定。幸运的是，海面风平浪静，进入午后的风浪越发平静。日落时分，海面像初夏的游泳池那般平静，迈克尔继续着自己的前行。他幻想着在纽约举行的展览，幻想着他收集的20英尺（6米）高的宴会柱（美国可从没见过这种东西），它们会让自己父亲的新博物馆里的一切展品相形见绌。无数星星出现在夜空，夏日的无声闪电在地平线闪烁。月亮爬上天空，还有三天就要满月了，月光驱走了黑暗。

他继续往前游行。

他不太确定自己的方位，他估摸着自己正处于法雷奇河和法吉特河之间以及奥马德塞普村和巴西姆（Basim）村之间的某处地方。清晨时分的海岸通常有渔人经过，他们总在那时出海打鱼。他自信自己对这里的一切都那么熟悉。阿斯马特这个世界上最偏远的角落

第一部分

已成为他的地盘、他的宇宙（他发现的另一个世界）。他即将揭开这里的一切奥秘，这次游向海岸的行动就像是在阿斯马特深处进行的一次洗礼，这一定会成为一个美好的故事。夜深时分，他发现水面上出现了奇怪的反光。他身后的天空亮起了白色的荧光照明弹，焰火坠向海面。他看到了它们，却不知道它们代表的意义。

凌晨4点，天色呈现出淡紫色，那是每天的第一缕晨光。迈克尔感受着这些细微的变化。他已在海水中浸泡了18个小时，他知道，坚持下去将会很快到达终点。他的腰部传来阵阵疼痛，皮肤被挂着油罐的裤带擦伤了。他筋疲力尽，但黎明给他带来了力量和希望。他已能清楚地看到岸边的树木，它们看起来像一条深色的线，它们就在那里。他又休息了一次，再次浮出水面。他全身酸疼、又渴又饿、瑟瑟发抖。盐水很蜇人，如能痛快地喝上一杯冰凉的淡水，他愿付出一切。他没有选择，只能咬牙坚持前行。天色越来越亮，他距离目标也越来越近。他试着用脚探了探海底，似乎已能触到海底的泥沙。泥沙又滑又黏，步行前进非常困难。他继续着更为轻松的游泳方式，但现在，他可以选择站立休息。他解开了身上的一个空置汽油罐使自己更加轻松。他采用仰泳的姿势，游一段、休息一段，循环前行。聂帕榈（Nipa palms）和红树林似乎出现在海面上，独木舟出没其间，红树林的边上靠着一支小船队。

迈克尔发现了人类。

2 1961年11月20日

他们看到了他，50个人正在8条长独木舟上休息，船队沿着尤塔河（Ewta River）的河口"一"字排开。上午6点，太阳已升上了树梢，热带清晨的光晕很快就要被严酷的日光驱走。海潮就要涨到最高点了，在这里，别想找到清晰的海岸线——散落分布的灌木丛淹没于海水中。水和泥土开始混杂，沼泽地和茂密丛林开始延伸。他们为了回家整晚行船，现在已抵达了尤塔河的上游，距家3英里（5.4公里）外的不远处。他们可以将船浮在树荫下休整，享用聂帕桐黄色外皮卷制而成的长烟卷。

"看，一条'ew'！"佩普（Pep）用阿斯马特语说道，"一条鳄鱼！"

男人们抓起各自的矛。这些矛足有10英尺（3米）长，矛上刻着1英寸（2.54厘米）长的危险倒刺，有些矛尖上装着鹤鸵的爪子。

他们注视着那条"鳄鱼"，但"它"动起来似乎与通常的鳄鱼又不太一样。迈克尔正在仰泳，他翻了个身，看见了这些人和独木舟，还闻到了他们的烟卷味和船尾焖烧的煤散发而出的烟味。他挥着手朝他们大喊大叫。难以置信，他成功了！

"不，"芬（Fin）说，"那是个人！"

"喔！"他们嘟哝着。佩普、芬和阿吉姆（Ajim），以及其他人站起身来。他们将长长的船桨探入水中用力划起，独木舟随即向

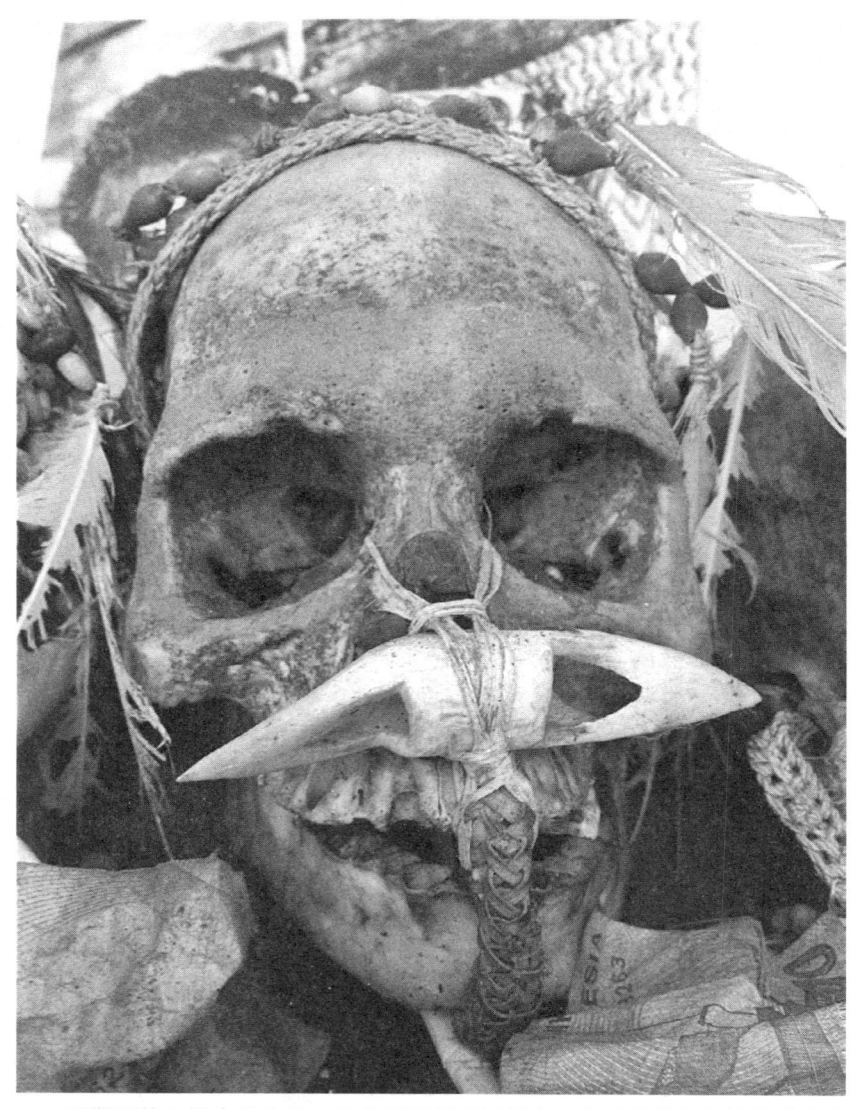

阿斯玛特人祖先的头骨。头骨的下颌骨被固定,表示头骨主人并非猎头袭击的受害者。

第一部分

游泳者快速冲去，其他独木舟也做了同样的动作。独木舟非常狭窄，仅有40英尺（12米）长。船舷几乎贴着水面，船身呈黄褐色且夹着白色的竖条。他们将迈克尔围了起来。迈克尔微笑着喘气，他的胡子是湿的，嘴唇裂开起了水泡。佩普伸出手想将迈克尔拉起来，但迈克尔太累了，完全爬不上来。芬和佩普抓住迈克尔的双手，将他拖向海岸。他们认识他，在没有照片和文字的世界，他们拥有敏锐的记忆力。他们曾经相识，他曾在他们的村庄待过，他的名字是迈克尔。

独木舟里的男人们，皮肤黝黑、体格健壮、颧骨隆起，鼻洞足有硬币般大小。除了偶尔食用野猪或人类，他们几乎不食用任何其他脂肪、油类，甚至不知道什么是糖。在他们身上，几乎看不到即便最消瘦的美国人也有的皮下脂肪层。他们由粗壮的肌肉、血管和皮肤构成。一生的划桨运动造就了他们宽阔的胸膛和肩膀。他们的腰很细，肋骨嶙峋。他们赤裸身体，不过，膝盖及手肘以上穿着细密编织的藤带，系着用薏米种子和鹤鸵、凤头鹦鹉羽毛装饰的纤维口袋。地位更高的年长者将口袋挂在胸口；年轻人的口袋挂在背上。阿吉姆、佩普和芬的口袋挂在胸口。他们的左腰系着厚厚的6英寸（15厘米）宽的镯子，以保护他们免受长弓的粗藤弓弦带来的反弹伤害。有些人的鼻中隔还穿有一块雕刻过的猪骨。

阿吉姆看着佩普。"你的机会来了。"他说。这句话不是表态而是挑衅。阿吉姆是奥茨詹内普村（Otsjanep）五个门户（阿斯马特语的"jeu"）的头领之一，门户是阿斯马特村庄的组成单位。阿吉姆杀的人比谁都多，猎取的人头也最多。他头脑敏捷、凶猛、勇敢、好斗、激情四射。他靠自己的无畏和冒险行为赢得了在族人中的地位。他全身散发着阿斯马特人所称的"tes"，即领袖气质。

佩普没有犹豫。他的周围除了亲戚就是同乡，他的地位建立在

野蛮收割

他"有多勇敢、能杀多少人、猎取了多少人头"之上。他号叫着，弓着背将长矛送向白人的浮肋。迈克尔尖叫起来，发出低沉、非人的呻吟声。他们把他拖到了独木舟上，鲜血从伤口喷涌而出。他们知道自己在干什么，他们以前就这样干过几十次。他们遵循着神圣法则，法则一步步指导着他们的行动。这些法则就是他们的身份，引导他们成为男人，让他们完整。因为他们即将夺走猎物的力量并化为己有，让世界归于平衡。

这50个人划舟驶向了阿拉弗拉海的南方，每艘独木舟上的人都成行站立。船头和船尾站着的通常是最重要的人物，因为这里的工作最为艰苦。他们的肩头和三角肌上下起伏，汗水如瀑从胸口和前额流下，他们的脊背在阳光下闪闪发亮。他们一边用船桨敲打独木舟船舷，一边呜呜叫着，发出"喔！喔！喔！"的喊声。他们吹响了竹角，声音听起来就像奇怪的号角。他们放声大笑，一遍又一遍地齐声叫喊着"喔！喔！喔！"他们全身都充满了肾上腺素，目标坚定，白人的热血和独木舟内的积水混杂，溅到了他们的光脚上。

在距尤塔河南岸几英里远的地方，他们左转进入了海岸线一个非常隐蔽的开口。这里的水面闪着银光，映着岸边的黑泥，长长的两岸沿着海滨铺开。两岸布满了深绿色的茂密丛林，聂帕桐和红树林的树根像水中的利爪。成群的大葵花凤头鹦鹉从头顶飞过，发出尖利的叫声。凤头鹦鹉吃水果，佩普、芬和阿吉姆也食用他们的"水果"——人头。人头是人类的水果，是繁殖力的强大象征。他们认为，人头是能开花、生长、死亡的珍贵种子，新人类从中萌发。

他们转入一个水湾，来到了一个被人遗忘的美丽地方——细白的浪花翻卷上岸、泥沙在阳光下闪耀、河水呈棕色。这是一个从未见过引擎或收音机的地方，一个鬼神驻留的地方。他们即将收获一颗强大的新种子：迈克尔·洛克菲勒的人头。

第一部分

　　这里没有海滩，只有一条由厚且松软的灰色淤泥组成的海滨线。他们将白人从独木舟里拖了出来，拍打他的头颅。"这是我的头！"芬尖叫道，其他人围了过来，大喊大叫地挑衅着。迈克尔跛着脚，他伤得很重，鲜血从嘴里慢慢渗出，让他湿湿的胡子变了颜色。芬、佩普和阿吉姆把他的胸口抬离地面，将他的头使劲往前推，一斧头砍向了他脖子的后面。于是，迈克尔·洛克菲勒死了。阿吉姆将他翻了个身，用一把竹刀插入他的喉咙，然后将头往后压，直到脊椎断裂。人类、野猪，全都一样——迈克尔成为了他们的祭品。其他人从森林里采集枯树枝，用独木舟里卸下的煤点燃枯枝。芬从迈克尔的肛门到喉咙深深地切了一刀，沿着他的身侧一直切到腋窝，穿过锁骨到咽喉。最后，向下切到另外一侧，他们按照祖训屠宰人体。血流到处都是，浸湿了他们的双手，溅到他们的腿上并凝结成块。成千上万的苍蝇嗡嗡叫着，成群结队地飞来飞去。

　　芬用斧头砍断了迈克尔的肋骨，然后将迈克尔的手放在其胸骨下面。阿吉姆扭转并砍下了迈克尔的腿和手臂，猛地将内脏拉了出来。50个声音以一种强大、粗俗的节奏齐声呐喊，也许，这就是泥土和树木的脉动。这是神圣的暴力。篝火冒着烟发出噼啪的响声，十分炙热，成块的肉烧烤着。他们将烤熟烧黑的人腿和手臂从火中拉出，从骨头上剔下肉，添上酥脆的灰白色西米，做成长条形状供族人分享。他们的手油腻且滑溜，沾满了珍贵的油和脂肪，他们会将其中一些储藏在小编织袋里。

　　如果这次杀戮是与几年前杀死同类村民那样的平常行为，他们会将尸体带回村庄精心炮制，接着举行一次仪式。但今天，时代变了，迈克尔还是个白人。所以，这次活动必须秘密进行。他们将迈克儿的头颅举到火上，将其头发点燃。芬取下头颅，混上他们保存的鲜血，将其涂抹在每个人的头上、肩上和身体各处，甚至是肛门。他们将

野蛮收割

迈克尔·洛克菲勒涂到了自己的身上。

等头煮熟后,他们一刀从头颅的鼻根切到后脖子,剥下头皮,同时谈论着迈克尔生前的所作所为。

"他昨天吃了鱼。"佩普说。

"他还游了泳,"芬说,"现在,他死了。"

阿吉姆用一把石斧在迈克尔的颞侧开了一个直径为 2 英寸(5 厘米)的洞。这把石斧于是有了一个新名字——迈克尔。他们将脑液抖到一张棕榈叶上,再用一把小刀伸进头骨作最后清理并混上西米,用叶子包起来置于火上烤。这种食物很特别,只有佩普、芬、阿吉姆和这里最年长的东鲍伊可以食用,它的口味非常丰富。阿斯马特人很难吃饱,但现在,他们都吃饱了。他们终于可以休息了,不用带着恐惧入睡。他们用香蕉树叶将头骨包起,塞入了芬的独木舟并划船回家。

3
2012年2月

  我们才被颠上浪尖，这艘30英尺（9米）长的玻璃钢大划艇又猛地撞向了浪底。当阿拉弗拉海的海水掀到我身上时，我思索着，这是否就是迈克尔·洛克菲勒的死亡方式。浪头又陡又急，我思绪飞转，眼前浮现出迈克尔成为神圣的阿斯马特杀戮和屠宰仪式受害者的画面。1959年的《美国人类学家》（American Anthropologist）杂志曾详细描述过这种古老的仪式，如果他们杀死了迈克尔，应该会遵循这样的方式。

  "如果他们杀死了他"，我来这儿就是为了查明这点。好在海浪将我拉回了现实，划艇迎面冲向海浪。威伦姆先是踩足了油门，然后减速以减少船身遭受海浪的冲击。他熟悉这块水域，他知道自己在干什么，但划艇变得越来越难控制。天色越来越亮，在阿斯马特，你必须跟着海潮的方向航行，所以我们选择在凌晨3点30分离开阿奇（Atsj）村。明亮的月亮又大又圆，就像昏色的太阳，给树木留下影子，给船头激起的浪花镀上了银色。南十字星就在头顶，像一串圣诞灯一样锐利，小蝙蝠在划艇前后翻飞。我们在开阔的海面上不断晃动，海水从舷边灌入艇内。于是，夜色的美丽让位于恐惧。我爬上前，钻到一块塑料篷布下面，摸到了我的旅行袋。我找到了那个装着卫星电话的自封塑料袋，并将其插入我的口袋。这时，又一个浪头打了过来，我全身湿透了。

阿马兹、马努和威伦姆在阿拉弗拉海的大划艇上。

第一部分

我本没想到要带上那个电话,但出发前的最后一秒,我想如果因为一个电话而死该有多么愚蠢。如果1961年的迈克尔·洛克菲勒在船翻之后拥有一个无线电台,也许就不会失踪。

我们正穿过新几内亚南岸贝奇河(Betsj River)的河口,这里是澳大利亚的北面。阿拉弗拉海滚滚涌动上千英里,将迎面撞上印度尼西亚巴布亚省(Indonesian Papua)的湿地。这里,海水与陆地的界限难以分辨,上千条河流从新几内亚中部的大山上奔流而下,带着滚滚泥沙汇流到了浅蓝色的阿拉弗拉海。那些凹凸不平、利齿般的陡峭山峰可高达1 600英尺(487.68米)。山峰俘获了厚厚的、湿润的热带云层,形成小溪交错汇流而下。随着地势变得平坦,溪流越来越大,彼此交缠蜿蜒而下。地势平坦得迅速且突然,距离海边100英里(160公里)的陆地找不到一座山、一块岩石,甚至一块鹅卵石。

阿拉弗拉海的潮水涨落高达15英尺(4.57米),这种磅礴的水势变化使海浪每天都会涌入平坦的沼泽地。海水淹没这块陆地,让其变成了水与树木的冥府。你可以泛着独木舟穿梭其间,就像漂流在一个无土栽培的花园里。红树林缠杂在一起,苔藓根挂在藤蔓和附生植物上,一丛丛竹子高高矗立。史前植物般的聂帕桐叶子有30英尺(9米)长,在微风下沙沙作响,它们那黑色而隆起的树根相互缠绕。高耸的铁木伸出水面,颜色是浓茶一般的棕色。潮退后,地面会留下许多闪光的淤泥。如果不小心踩上去,它会淹没到你的膝盖。淤泥给人的感觉就像水一般清凉。扭动着的弹涂鱼和指甲般大小的小黄螃蟹让这里生机勃勃。

如果你从飞机上俯视,只能看见大地如一片平坦、密不透风的绿毯,且被诸多相互连通的蜿蜒流向各个方向的棕色河道切割。如果你从船上或者河岸平视,你会发现这块土地如此平坦,以至于总

野蛮收割

能看见广袤的天空垂于头顶，云层变幻不定，一层覆盖一层呈现出各种形状，白蜡色的怒云间露出一块块的蓝天。忽而大雨从天而降，倾泻如注。如此多的雨量，如此大的雨滴，带着如此巨大的力量砸向大地，你将惊叹于大气竟能承受住这等考验。很多时候，这里会有太阳雨，天气炎热而潮湿。天微微发亮时，这里一片寂静。你能听到树叶沙沙作响，河水细细流动，鱼儿扑通跳出水面，凤头鹦鹉发出尖叫，以及船桨破水而入的和音。夜晚的星星清晰而明亮，银河悬于头顶，像西米布丁那样白厚。在那些美好的夜晚，甚至能看到无声闪电沿着地平线闪烁，似乎那里发生了什么大事，不过不在此处。阿拉弗拉海拥有大海的全部性格：呈现出蓝色，时而平坦宁静时而狂野暴怒。一股顽固的热气流会推着它冲向3英里（4.8公里）宽的河口，产生沸腾的涡流。人们可以在这里感受到原始的、宏大的、远离尘世的世界。

这样的阿斯马特成就了一个完美的"圣地"。这里可能有你需要的一切，它如同一个培养皿，孕育着虾、螃蟹、鱼、蛤蜊、贻贝和蜗牛。15英尺（4.5米）长的鳄鱼在河岸觅食，乌黑的鬣蜥攀附在被连根拔起的树上晒太阳，丛林里有野猪、似负鼠的袋貂以及似鸵鸟的鹤鸵。西米棕榈的茎可以捣碎成可食用的白色淀粉，这成了天牛幼虫的食物。在这里，河流就是可通航的高速公路。一群群色彩艳丽的红绿鹦鹉飞过，犀鸟长着5英寸（12.7厘米）长的鸟喙和蓝色脖子，白色的大葵花凤头鹦鹉和国王凤头鹦鹉争赛着自己的华丽头冠。

秘密、鬼神、法则、风俗，则来自那些被海洋、山丘、淤泥地以及丛林隔绝了不知多少年的男人和女人们。

50年前，这里没有车轮，没有钢或铁，甚至没有纸。今天，这里依然没有公路，没有汽车。在这块1万平方英里（25 899平方公里）的土地上，只有一座简易机场，在主要"城市"阿加茨（Agats）之外。

第一部分

这里没有手机基站。

海浪翻涌，划艇左右摇晃，我努力地思索办法以处理当下的困境。划艇为玻璃钢构造，可以勉强漂浮于海面。我思索着，如果我们的划艇被海浪掀翻，我能爬到船上某个水面之上的地方拨通卫星电话吗？我该给谁打电话？即使我联系上在美国的朋友和家人，此时的他们正值午夜，又如何为我提供帮助？此外，习惯用手机的我，此时脑子里可没保存大部分人的电话号码。我们当时在河口的南侧，靠近海岸，但事实上，这里并无海岸——只有被淹没的海岸线和沼泽。我能爬上其中一丛摇晃着的红树林吗？最疯狂的是，这恰恰就是洛克菲勒在 50 年前试图航行的地点。

那年，他 23 岁，刚从哈佛毕业，他是纽约州长纳尔逊·洛克菲勒（Nelson Rockefeller）的爱子。7 个月的冒险经历让他毕生难忘，将他从一个整洁的大学生变成了一个邋遢的摄影师和艺术品收集者。在那瞬间，与我们的划艇一样，他的船被海浪抛起，接下来天翻地覆。之后，洛克菲勒向海滨游去，一去不还。他就像人间蒸发般消失了，即使人们调用了船、飞机、直升机，数千名本地居民在海岸和丛林沼泽里苦苦搜寻了两周，也未发现他或者他尸体的任何踪迹。在他身上发生的事情是简单且乏味的，我来到 50 年前的事发地，感觉更加真实。这不是电影，不会伴有预兆般的音乐。一个恶浪打来，我只能紧紧抓住船，不知漂向何方。

洛克菲勒的官方死亡原因是溺死，但是，坊间流传着大量猜想。"他被绑架了，被关了起来"、"他变成了当地人，自愿住进了丛林中"、"他被鲨鱼或者鳄鱼吞食"、"他成功游到了海岸边，却被当地的阿斯马特猎头者杀死并被吞食"。有关它的故事越来越离奇。他的戏剧般的情节被搬上了百老汇的舞台。人们为他的故事编写了一本小说、谱写了一首流行摇滚歌曲。20 世纪 80 年代，伦纳德·尼

野蛮收割

莫伊（Leonard Nimoy）还主演了一部关于该故事的三集电视剧。我第一次与迈克尔相识源自一张照片，我被他的故事深深吸引。在那张照片里，他留着胡子，半跪着举起他的35mm相机，在当时被称为荷属新几内亚（Dutch New guinea）的地方，在土著们的众目睽睽之下摄影。当时，他在巴列姆山谷（Great Baliem Valley）的高地拍摄一部名为《死鸟》（*Dead Birds*）的纪录片。这是一次极具突破性和争议性的人种学调查，调查对象是一个与世隔绝的石器时代的文明，牵涉到一段持续的部落战争。那些山、雾，嘶喊尖叫着用矛和弓箭攻击彼此的赤裸男人，让我着迷。同让我着迷的，还有与来自完全不同世界的人接触的这个大胆构想。我20多岁那年，曾试图前往当时一个被称为伊里安查亚（Irian Jaya）的地方探险，但大额的旅费对于年轻的我来说太过昂贵。最终，我只能在婆罗洲（Borneo）短暂停留，将其作为替补方案。我模仿洛克菲勒那张照片的样子作过一次拍摄——当时我们的年龄相差无几，我对着印度尼西亚婆罗洲（Indonesian Borneo）一个达雅族（Dayak）孩子的眼睛举起了相机。

我有一半犹太血统，来自中产阶级家庭，接受过公共教育，但并非名门出身。洛克菲勒的旅程让我产生了共鸣。我知道他的想法，他为什么会去那里，至少知道一部分原因。他不仅是为了收集那些当时所称的"原始艺术品"，而是为了亲自去尝、嗅、看、抚摸那个世界，那个更古老更不"文明"的世界，一个与他所处的世界迥然不同的新世界。这是与"他者"（Other）的一次会面。而我想知道他是否如我一样也想知道，"他者"会怎么说起他或者说起我们。他也许不仅希望与其互动，还想去看看这些赤身裸体猎取人头的男人是否为一面反映自我的镜子，透过镜子去观察所有复杂技术和文明之前的自我。去看看那里是否还有一些亚当的痕迹——夏娃偷尝苹果之前的世界。去看清特权和传统之前的自我，迈克尔·洛克菲

第一部分

勒的自我——之前之后的自我是一样的吗？还是不同？

迈克尔将前往源头处，去他的父亲（强硬的州长和总统候选人）做梦也没想过的地方探求新知。还有什么能比这个更能让同样也在收集"原始艺术品"的父亲感到骄傲呢？迈克尔绝不会只从画廊或者跳蚤市场收集原始艺术品，他会径直走向创作者的发源地，去理解这些艺术品，将全新的艺术家群体介绍给世界。

我花了很多时间分析那张照片并思索迈克尔在阿斯马特的所见所感，思索他的身上到底发生了什么，以及我是否能解决这个谜团。他被绑架或者逃走的传言没有道理。溺水而亡是不可信的，毕竟，他身上绑着漂浮装置，人们并未找到他尸体的任何痕迹。至于鲨鱼吞食的说法也难有说服力，尽管鲨鱼有着恐怖的名声但它们很少在这片水域出现并攻击人类。如果以上推论皆为真，就意味着他并未在游泳中罹难，而是发生了更多的不为人知的事情。一定有人知道些什么，而这种"更多的不为人知的事情"绝对是所有旅行者的噩梦。当时，也许发生了一些冲突，产生了一些误解。阿斯马特人是浴血勇士，但荷兰殖民当局和军队在迈克尔失踪时已在该区域驻扎了近10年时间。在这段时间内，阿斯马特人从未杀过一个白人。如果，迈克尔死于谋杀，势必会引起核心冲突。这是西方人与"他者"从哥伦布第一次航行到新世界起就一直发生着的冲突。我找到一种似乎有说服力的观点：在这个世界的某个偏远地区，洛克菲勒家族的权力和财富并不为那里的人所知，因此他们不会有丝毫顾忌的行为。但这又有多少可信度？

迈克尔的失踪是一个谜。谜的本义就是未曾愈合的伤口，是没有结案的事件。我们渴望得到答案，失踪的想法让人感到不安。毕竟，我们一直受着伟大的存在主义问题的困扰——"我们是谁？我们从哪里来？我们将到哪里去？"从生日到婚礼、从毕业日到葬礼——

野蛮收割

几乎所有的典礼都是以一种公开或象征性的方式提出这些存在主义问题。迈克尔·洛克菲勒失踪后，尽管他的家人宣布了他的死亡消息，为他举行了追悼会并在他们的自家大院留了一块墓地，但墓地里并无尸体。没人能确切地说出他的真实遭遇，也没有报纸刊发讣告。鬼魂是死去却不能解脱的人留下的灵魂，是未定的死亡。同为旅行者，我曾作为记者频繁穿梭于世界的边缘；我曾搭乘巴士穿越阿富汗；我曾在刚果遭遇过愤怒的战士；我曾陷入过上百次疯狂的境地。我知道肯定有什么地方不对。为了探求真相，我坐立不安、困扰不已。迈克尔·洛克菲勒就是一个鬼魂。他的双胞胎妹妹玛丽（Mary）一生都生活在悲痛、失落和真相缺失中。她接受过精神治疗，也参加过愈伤仪式，但丝毫没有帮助。我确信，解决这个谜不仅是解决了世界上最著名的悬案之一；解决这个谜还相当于举行了一种仪式——一个说出故事结局、让一个生命永远解脱的仪式。

我开始在荷兰殖民地档案和传教士记录里四处查阅文件。我的收获远超想象。就在迈克尔失踪几周之后，在那些派去搜寻他的船只、飞机和直升机返航之后，新的情报开始浮出水面。人们后来也展开过一系列新的调查，一页页的报告、电报和信件对这个案件进行了激烈讨论。文件来自荷兰政府、能讲阿斯马特语的传教士和天主教会，但没有一份文件曾对大众公开。曾参与过这些调查的关键人物沉默了50年，但他们还活着，我发现他们终于肯开口了。

海浪撞击划艇，划艇剧烈摇晃。风越刮越大，尽管我们正在接近海岸，但威伦姆还是无法找到节奏。海浪太过汹涌、陡峭，又急又猛。威伦姆和我的翻译兼向导阿马兹·欧旺（Amates Owun）商量了一会儿，接着，阿马兹用他那蹩脚的英语说道："冬天，许多船都会在这遇

第一部分

上麻烦，但在这片水域之下有一辆巴士。"

"巴士？"我时常拿不准阿马兹说话的意思，他有限的英语表达能力只是部分原因，主要原因源自他的阿斯马特思维，他知晓一个我从未进入甚至从未了解的世界。在阿斯马特的主要小镇阿加茨镇上有一个小且奇妙的博物馆，那里装满了祖先柱、盾牌、鼓、矛、船桨、头骨和面具。夜晚时分，对我来说，这就是个漆黑、大门紧锁的地方。但对阿斯马特人而言，这个博物馆充满了刺耳的嘈杂声，声音来自战鼓和高声呼喊的灵魂，他们被嵌在了那些雕刻里。所以，如何理解"巴士"？数百英里内连一辆汽车或一条公路都没有，更别说巴士了。

"巴士，你说的是长着轮子能搭人的家伙？"我说。

阿马兹用他右手的食指残端指向水面（一个月前，在一次打斗中这根食指被人咬掉了两寸）。他脸部狭长、双眉紧靠，他长着阿斯马特人特有的大嘴巴和高颧骨。他缺了几颗牙齿，剩下的几颗因为经常嚼槟榔呈现出棕色。他虽有 6 英尺（1.82 米）高，但却瘦得像根竹竿。我望向他所指的地方，只看到了海浪、天空、浓云和一块块蓝色，哪有什么巴士的踪影。

"是的，"他说，"'Bimpu Bis'，大巴士，就活在这块水域之下。当人们遇上麻烦时，它就会浮出水面载着人们到达海岸。很多人都接受过它的救助。迈克尔·洛克菲勒那时并不知道有这辆巴士的存在。"

我点燃了一支丁香卷烟——我们都在不停地抽烟——并紧握住口袋里的卫星电话，就像握住了自己的护身符。我无法理解阿马兹的话。我在浪花中瑟瑟发抖，我饿极了——米饭和零星的几顿鱼可提供不了多少卡路里，我愿意为一块牛排付出一切。我的腿脚布满了红色的蜇伤。我们迎着浪花快速驾向海岸。我们发现沼泽和植物

23

野蛮收割

墙出现了一个窄窄的开口，进入这个开口后，风浪瞬间变小了，水面也开始变得平静。我嗅到了烟味和尿味，这是人的味道。我们绕过一个小弯，看到前面几百码处矗立着 8 栋房子——棕榈叶做成的屋顶和墙，细长的柱子将房屋撑离水面 10 英尺（3 米）高，每栋房子都有 3 英尺（0.9 米）宽的阳台。一些女人赤裸着上身，她们和孩子在一栋房子歇息，男人们则聚在边上的另一栋房子里。没人和我们说话，也没人迎接我们。我们的船漂向男人们的那栋房子，没人关注我们。我们系好船，我抓起一袋烟叶和一些烟卷纸，爬上竹片和藤蔓编制而成的门廊。这里没有钉子，没有自来水，没有电，除了"人与人的接触"和"声音可以传递的距离"，这里与世界其他地方没有任何联系。周围很安静，只能听到鸟鸣的声音。阳台上的男人赤裸着上身，穿着破烂的运动短裤。我和他们一一握手，他们的手坚韧、粗糙、干燥。他们摸了摸自己心脏的部位，这是从印度尼西亚穆斯林那里学来的姿势。我的身上又湿又脏，我非常疲倦。于是，我瘫坐下来，给他们散烟。我们坐在一起抽烟，凝视着新的一天清晨的绿色沼泽地。我有上千个问题想问，却又不知如何开口。

4
1957年2月20日

1957年2月20日，在一个比阿斯马特最大的村庄还大6 000倍的钢筋水泥城市（纽约），本地一位名叫纳尔逊·洛克菲勒的大人物正向全世界作宣言。那天，纽约城的最高温度只有37华氏度（2.7摄氏度），洛克菲勒穿着纽约盛行的华丽服饰：晚礼服。他49岁了，四方脸，抱负不凡，他是标准石油（Standard Oil）创始人约翰·D. 洛克菲勒（John D. Rockefeller）的孙子。纳尔逊出生时，《纽约时报》的头条就重磅宣布了这个消息。约翰·D. 洛克菲勒是世界上最富有的人，他拥有大约9亿美元的财富。很多美国人都难以准确理解纳尔逊的财富、政治和社会影响力，更别说游猎部落了。一年后，他将成为纽约州的州长；两年后他将参加美国总统的竞选。1974年，他成为了美国的副总统，辅佐杰拉尔德·福特（Gerald Ford）执政。

约翰·D. 洛克菲勒有着新英格兰贵族般的口音。他的举动为人熟知：他会一边紧握选民的手，一边说，"你好，伙计"。"他流露出一种自信满满的风范，这种自信仿佛是与生俱来一般"，他的前新闻秘书约瑟夫·珀西科（Joseph Persico）曾这样写道，"这绝不是倨傲，这就像在接触人或事之前就持有孩童般的开放心态。"2月的那天，在一栋刚刚翻新的四层联排别墅里，客人们从晚上8点30分开始陆续抵达。他们收到了现代艺术博物馆首次展览预告会的私人请柬，展览会在第二天向公众开放。

1960年6月,迈克尔·洛克菲勒和他的父亲纳尔逊·洛克菲勒在哈佛大学毕业典礼上的照片。

第一部分

　　这栋配有精致八角凸窗的房子是洛克菲勒家族的房产，位于西五十四（West Fifty Fourth）街15号（就在市中心的第五大道边上），恰在现代艺术博物馆（Museum of Modern Art）的正后方。这是个造型优美、风格现代的极简主义派场所。有人评论这里"太过雅致、朴素，不太像一个博物馆"，这种风格与其展览的物品或庆祝开业的人们形成了极大反差。艺术界和社交界一些有权势的人都在宾客名单中：有现代艺术博物馆的馆长勒内·d'阿农库尔（Rene d'Harnoncourt）、在华盛顿特区拥有面积54公顷土地的邓巴顿·奥克斯（Dumbarton Oaks）、纽约名流格特鲁德·梅隆（Gertrud Mellon）、《时代》和《生命》杂志的创始人亨利·卢斯（Henry Luce）、《纽约时报》的老板亨利·奥克斯·苏兹贝格（Henry Ochs Sulzberge）。当然，也有纳尔逊19岁的儿子迈克尔。他们正在庆祝的展品来自遥远的世界，有来自复活节岛的雕刻船桨，来自尼日利亚的木制面具（上面刻着一张拉长的夸张面孔），来自墨西哥前哥伦布时代的阿兹台克（Aztec）和玛雅（Mayan）石像，以及霍皮·克奇纳（Hopi Kachina）玩偶和来自比利牛斯山脉（Pyrenees）的驯鹿骨雕。它们都是位于世界偏僻角落的无名工匠作品。这些展品的周围没有摆放不同人种透镜画，没有非洲草屋、独木舟或渔网的图画，也没有地图。展品放置在粗糙的白色圆柱和方柱的顶端，用导轨射灯照射白墙以示照明。"极度简洁的背景"，《纽约时报》这样写道。一切呈现方式是暗示，靠艺术品本身说话。

　　宾客们食用点心品红酒时，纳尔逊提醒他们，他的新博物馆是"全世界第一家该类型的博物馆，第一家专门展览原始艺术的博物馆"。寒风肆虐门外的第五大道，阿农库尔和卢斯一边惊叹着展品的形状线条之美，一边倾听纳尔逊的演讲。他说，"历史和人类学博物馆此前也曾展览过类似物品"，但他提醒宾客们，"那些博物馆只是

野蛮收割

记录土著文明的研究，而我们的目的是补充他们的成就"。他带着洛克菲勒家族的自信说道，"我不想将原始艺术分门别类，我更愿意将它以及缺失的种种整合到已知的人类艺术中。我们的目标是选择杰出的艺术品，其稀缺性可媲美于全世界的任何博物馆。我们将它们展出，是为了让更多的人可以欣赏它们。"

　　这是一条大胆的宣言，用词清楚且明白。西方探险者从开始征服世界起，就热衷于携战利品而归，并将它们展示在自己的特殊房间或珍品阁里。有一份 1599 年的珍品阁清单列出了内容："一个非洲牙雕符咒、一个阿拉伯的毡制斗篷、一把印度石斧、一个猴子牙齿制成的符咒。"人类旅行是为了得到铭记和收获。我们从拉丁语的"去收回"（to recall）得到了"纪念品"（souvenir）这个词汇。全世界任何一个机场的土特产店都在践行这一定律。我每次旅行都会带回一些令人垂涎的小物品，从无例外。我的房子里摆放着来自婆罗洲的吹箭筒、来自泰国的佛教符咒和来自中国的大烟枪。可以肯定的是，从哥伦布时代开始，每名欧洲水手和他们的船长都曾将异国纪念品塞入自己的口袋或船上的货架。早期非洲、美洲、亚洲和大洋洲的本地土著都是未曾开化的野蛮人、无信仰者，他们创造的物品也绝非艺术品。例如，詹姆斯·库克船长（Captain James Cook）第三次航行收集的每一粒种子、每一片树叶和每一种植物都被单独记录，但大多数人造物品都没有记录在册。汉斯·斯隆爵士（Sir Hans Sloan）藏品中的人种学物品后来成为了不列颠博物馆（British Museum）的根基，却只被归类为"杂物"。

　　20 世纪初，少数几位西方艺术家受到了这些原始物品的深刻影响。保罗·高更（Paul Gauguin）的《裸体塔希提》（*Tahitian*）震惊

第一部分

了世界。巴勃罗·毕加索（Pablo Picasso）开始绘制他在巴黎跳蚤市场发现的面具，他的立体派雕像与粗糙、夸张的非洲土著雕刻极为相似。但像高更和毕加索这样的艺术家本身就是激进主义者，所以一位西方艺术家从"原始物品"中得到了灵感是一回事，但将这些"原始物品"本身当作和达·芬奇或马蒂斯相当的艺术品展出就是另外一回事了。

艺术品的故事就是收藏家的故事。在这个维度，全世界也许再无可与洛克菲勒家族媲美的收藏家了。纳尔逊·洛克菲勒从小就在艺术的熏陶下长大。他的父亲约翰·D. 洛克菲勒酷爱瓷器，50年间他在这项爱好上的花销高达1 000万美元，积累了某些评论家所称的全世界最重要的此类收藏品。他的母亲阿比·阿尔德里奇·洛克菲勒（Abby Aldrich Rockefeller）对亚洲和法国印象派画家痴迷不已，她和约翰·D. 洛克菲勒在西五十四街的别墅塞满了这些作品——包括中世纪挂毯和中国瓷器，以及法国和美国现代主义艺术家的作品。阿比对艺术品的痴迷导致了纽约现代艺术博物馆的创立。博物馆于1929年开创，就在华尔街股灾的九天之后。孩童时期的纳尔逊就受到了大量且强烈的艺术熏陶。他经常拜访著名现代艺术家的工作室。在1927年的一次拜访中，他从达特茅斯（Dartmouth）给母亲写了一封短信。母亲回信道："如果你从小就开始培养自己的艺术品位和眼光，那么，当你长大后拥有收藏它们的财力时，一定会成为这方面的专家。"

1930年，纳尔逊和他的新娘玛丽·托德亨特·克拉克（Mary Todhunter Clark）从约翰·D. 洛克菲勒那里得到了20 000美元和9个月环球蜜月旅行的结婚礼物。30年后的迈克尔也获得了相同待遇。

野蛮收割

洛克菲勒家族的员工会先行为他们的主人铺平道路，他们会联系所有旅行地的最高级别政府为他们主人的旅行提供帮助。在印度，纳尔逊甚至与圣雄甘地（Mahatma Gandhi）有过会面。在那次旅行中，他在苏门答腊（Sumatra）购买了一把装饰有雕刻人头和人发的小刀，这次购买开启了他对原始艺术品的终身爱好。"我开始将艺术视作百花齐放的个体表达，"他曾说，"这些个体来自世界各地且分属于不同年代，他们具有强烈的思想表达和伟大的创造力。我的眼光不再受限于学校传教和大博物馆展出的古典艺术形式。"在被指定为现代艺术博物馆第二任主席的那年，他曾努力试图说服博物馆理事会再安排一次原始艺术展览。但理事们驳回了他的这个想法。

20年后，纳尔逊的艺术品收藏超越了他的父母，他在纽约的公寓挂满了毕加索、布拉克（Braque）和莱热（Léger）的油画以及马蒂斯（Matisse）的壁画。他在波坎蒂克山（Pocantico Hills）有一座家族庄园，名为远眺庄（Kykuit）。这座庄园位于曼哈顿市中心以北28英里（44.8公里）的地方，庄园的花园里填满了考尔德（Calder）、贾科梅蒂（Giacomettis）、野口（Noguchis），甚至还有曾被认为是普拉克西特列斯（Praxiteles）作品的阿佛洛狄忒（Aphrodite）。珀西科说，"这里可以嗅到博物馆歇业后的氛围。这里有吉尔伯特·斯图尔特（Gilbert Stuart）绘制的目光向下凝视的乔治·华盛顿（George Washington）画像。在一个拱形窗里立着一座全尺寸的裸体男性雕像，那是罗丹（Rodin）的第一个主要作品《青铜时代》（*Age of Bronze*）。很多椅子上绑有红绳，以防有人坐上去。"在缅因州海豹港（Seal Harbor）的洛克菲勒避暑山庄，建筑师菲利普·约翰逊（Philip Johnson）为纳尔逊翻新了一个旧煤炭码头并建造了一个独立画廊，这里装满了当代绘画和雕刻作品。纳尔逊在委内瑞拉（Venezuela）的牧场塞满了当代拉丁美洲艺术品。

第一部分

  1955年，现代艺术博物馆举行了一次名为"人类大家庭"（The Family of Man）的照片展。"一切地方，"卡尔·桑德伯格（Carl Sandburg）在展出目录册里写道，"太阳、月亮、星星、气候和天气，都对人类充满了意义。也许大家理解的意义各不相同，但不同国家和不同种族的人类都在试图理解天空、大地和海洋对我们表达了什么。所有大陆上的人类都需要爱、事物、衣服、劳作、演讲、崇拜、睡眠、游戏、舞蹈、娱乐。从热带到极地，人类的生存都具有相似的需求，这些需求是如此不可抗拒的相似。"

  时代在变迁，艺术、政治、文化，三者不可分割。艺术世界的变化也是全球政治动荡的真实写照。遥远殖民地的那些曾被统治、被归附、被奴役和被剥削的人民开始宣告他们的独立和主权。英国于1947年被迫承认印度独立。荷兰在1949年移交了除新几内亚外的印度尼西亚群岛。比属刚果（The Belgian Congo）在1960年获得了自由，3年后肯尼亚（Kenya）也获得了自由。随着纳尔逊·洛克菲勒的新博物馆开馆，20世纪60年代正大步向前迈进：民权运动、女权运动、梵蒂冈第二次公教会议、天主教自由化运动、和平队（The Peace Corps）。博物馆的开馆恰好踩中了人们对那些神秘野蛮人进行重新思考的时点。纽约艺术评论家希尔顿·克雷默（Hilton Kramer）对原始艺术品博物馆的第一次展览进行了评论，他的这次评论几乎完全基于纳尔逊的藏品，评论读起来就像是一份终结殖民主义的宣言。

  "比艺术形式、工艺或文化起源的任何共性更令人震惊的是，"他写道，"艺术品中透出的艺术理念和体现出的活力，甚至粉碎了一些曾经认为成熟的关于原始性的定义。至少，对笔者而言，它粉碎了这个概念的本身……我们对其表现出的震撼说明不了任何问题，只能掩盖我们的无知。它让我们意识到，我们对历史的短浅认知已封锁了一些最杰出的文明……它凸显了我们西方情感的傲慢专横，暴露了历史地方主义的漏病。"

不过，这种对原始艺术的热爱也有一些黑暗和讽刺之处。谁知道一件米开朗基罗、马蒂斯，或者霍克尼（Hockney）作品的背后隐藏了什么样的内在渴望、邪恶、激情与好奇？梵高是自杀而亡？毕加索拥有贪得无厌的性欲？又有谁在乎？我们可以喜欢那些色彩，我们可以欣赏那些形状和线条。一名西方艺术家的个人生活也许会表达在他的画作中，但我们心中如何联系是个人的选择。我们可以欣赏一件画作或雕像，也可以不欣赏，不用非得在意或者了解其作者的意图。

但是，大部分原始艺术是宗教艺术，艺术家个体纳入了他所在的社群能立刻理解的符号语言以及蕴含在内的宗教力量。对于原始艺术的创作者来说，形式与功能不可分割。一面阿斯马特盾牌被雕刻的初衷也许是为了挡住弓矢，但盾牌顶端凸起的阳具、蚀刻其上的果蝠翅膀或野猪獠牙又具有灵性用途和含义。它代表着某个有名之人的灵魂寄居其中。对西方收藏家而言，这面阿斯马特盾牌只是件美丽的事物；但对阿斯马特人来说，它是具有超自然力之物。一名阿斯马特人看到一面盾牌也许会恐惧地跪下——"祖先的灵魂居住在盾牌之上"。在阿斯马特住过5年的作家及艺术家托比亚斯·施宁鲍姆（Tobias Schneebaum）曾写道，"祖先灵魂的存在，不但赋予了后人面对一切困难的勇气，还赋予了他们征服敌人成为胜者的无限力量。"

纳尔逊·洛克菲勒从他在蜜月中得到的那把苏门答腊小刀上发现了美。以他那具有洞见性的眼光，他还看到了一种艺术，但他当时还只是看到了表面。人头、真实的人发——具有某些深层次的含义，它们对制作这把刀的苏门答腊人和对纳尔逊·洛克菲勒来说，含义

第一部分

大相径庭。

随着原始艺术品本身由人种学古董变为艺术，它们被置于一栋曼哈顿联排别墅里导轨灯下的白色底座上供人们欣赏。同时，置于这里的艺术品也与它们本来的意义脱离了关系。纳尔逊曾在1965年告诉一位采访者："我对原始艺术的兴趣并非为了学术，而是崇尚于严格的审美意义。别问我现在拿着的这只碗是日用器具还是祭祀器皿……我丝毫不在乎，我享受它们的样式、颜色、纹理和形状给我带来的美。我对它的人类学或人种学意义不感兴趣，这就是我建立这个博物馆的原因——证明可以在纯美学的基础上对待原始艺术。"

那些蜂拥进入这个奇异世界的人们获得的不仅是这些死物，事实上，他们步入了一个与其生存环境完全不同的世界。这是一个处处充满危险的鬼神世界，病魔随时会缠上他们甚至让他们致命。这是一个充满秘密的世界，他们完全不懂这个世界的语言，更不理解这个世界的符号。他们在这个陌生的世界里生死未定。

在科幻小说中，常有些疯狂的科学家会制造出连接我们世界与另一个遥远世界的大门。我们的史诗英雄通过这个大门在两个世界间旅行。当这些大门被打开时，通常会发生一些意外的事情，1957年的那个晚上也是如此。纳尔逊·洛克菲勒打开了一扇通往新几内亚遥远沼泽的大门。这个世界里，幽灵在漫步，生死没有界限，"我"与"他者"没有界限，人作为食者与被食者也没有区别。这是一个与曼哈顿繁华市中心拥有较大差异的另类平行世界。一些人（大多数人）也许满足于观看底座上放置的复活节岛船桨或尼日利亚面具。但并非每人都如此，特别是那个希望向成就斐然的父亲努力证明自己的男孩。

迈克尔·洛克菲勒在原始艺术展览开幕之夜刚满19岁，这次展览对他产生了深远的影响。他强势的父亲享受于新博物馆给他带来的骄傲与快乐，沉浸于那些物件的奇异之美，满足于纽约精英对他投来的羡慕眼神。一种神秘的力量穿越数千英里，将两个截然不同的世界联系起来。难以想象，此后的纳尔逊·洛克菲勒是否会后悔他在第二天给博物馆馆长罗伯特·戈德华特写的信："昨晚真是个完美之夜——我们所有人共同的梦想得以实现。这个博物馆的创立以及由此与你建立的联系是我无限快乐与幸福之源。"

5

1957年12月

纳尔逊·洛克菲勒开放原始艺术博物馆的7个月后，皮普（Pip）、东鲍伊（Dombai）、苏（Su）、柯凯（Kokai）、瓦瓦（Wawar）和保考伊（Pakai）正将船桨探入阿拉弗拉海。复杂的家庭关系和经年累月的练习让他们早已团结一心，他们的划桨动作整齐划一。

他们的独木舟只有12英寸（30厘米）宽，18英寸（45厘米）高。船体摇晃厉害，并不平稳，然而，他们站成一列，靠从不穿鞋的强健宽厚的双脚维持住了身体的平衡。他们的船桨有10英尺（3米）长，桨板狭短呈卵形，握杆很长。一些船桨的末端悬挂着大葵花凤头鹦鹉的白色羽毛，这是成功猎头者的徽章。每支船桨握杆的四分之三长处，大概与眼睛平齐的高度均雕刻着一张过世亲人的脸。这样，划手每划一次桨就能看到船桨上的人像，从而忆起他死去的兄弟、叔叔或表亲。他们的船首上刻有阳具模型，阳具模型上有一张仰起的人脸。人脸形象生动而精美，独木舟会以这个人像的名字命名。

他们用独木舟运载一堆堆用香蕉叶包裹的干西米粉、长弓，以及不同矛尖的长矛和石质或铁质斧头。石头沿着古老贸易路线从高地运来，铁则通常来自荷兰传教士，他们从1952年开始渗透进入阿斯马特。在潮湿的沼泽和河流里，划手们无法生火，所以他们随身带着火种——在每条独木舟船尾的泥床里闷烧着一些燃煤。

"探水、划动"，"探水、划动"，每划一桨，船桨撞击舟侧

法雷奇（Faretsj）河上的奥马德塞普（Omadesep）村的独木舟。

第一部分

发出的声音就像敲鼓时激发的声音，也像心跳的声音。

他们全都来自奥茨詹内普村，很快，他们中的大部分人都会死去。

就算心底里有任何不安，他们也不会轻易表现出来。和他们一起前往南方的还有11艘独木舟，这些舟上的118个男人则来自附近的奥马德塞普（Omadesep）村。沼泽和河流旁的一些村庄约有一百人口，有些村人口少点，有些村人口多点，但奥茨詹内普村和奥马德塞普村的人口都超过了千人。这两个村分别坐落在两条平行的河流附近，两者之间的直线距离仅有几英里，它们都拥有强大的村民社群。村庄的男人们一起战斗、一起杀戮、一起保卫他们的妻子。有时，也会用她们做一晚的生意。他们的生活与村庄及领袖的联系单一且统一，他们看起来更像是单一生物体，而非人类个体的集合。但要说他们全然无惧，也是错误的。阿斯马特人生活的世界是一个复杂的鬼神世界，需用精心组织的仪式和持续的暴力维持平衡。没有谁的死亡是自发的。在他们眼中，即使疾病也产自鬼神之手。每个村民都能看到它们，能和它们交谈。藤蔓、红树林、西米树和漩涡都有灵，还有他们自己的手指、鼻子也有灵。在他们的世界之外，还存在一个萨凡（Safan）世界，那是远跨重洋的灵魂国度（他们祖先居住的王国）。在他们的眼中，两个世界同样真实。人们安抚着祖先的幽灵，将它们送回海的那边属于它们的地方，以求阻止疾病和死亡的发生。幽灵通常会在夜间来临，为了驱赶它们，阿斯马特人通常用祖先的头骨做自己的枕头。

皮普、东鲍伊、苏、柯凯、瓦瓦和保考伊的独木舟与奥马德塞普村男人们的独木舟聚集在一起。男人们、独木舟、河水，似乎早已融为一体，他们如同在平地上行走一般。他们的独木舟、船桨、饰物，全都来自丛林。有时，他们无声前行；有时，他们会突然高声吟唱。歌词拖得又长又慢，他们特意拉长了声调，就像一首挽歌。

野蛮收割

海鸟来了，
你来吗？
你可以来陪伴我。

"喔！"瓦瓦为了增加气势，大喊了一声。与此同时，6支船桨同声敲打在独木舟两侧的船舷，"喔！"

我们相信你，
每个人都相信你，
因为你住在海里。
你从哪儿来？
我会跟随你。

  他们用女人的话题开玩笑，互相取乐。在他们的生活中，一半以上的战斗与女人相关。他们会为了女人在村庄间大打出手，战争的部分原因是为了赢得女人们的青睐。尽管外人也许很难发现隐藏在丛林中的那些小溪口，但他们对这里的一切了如指掌。在这个无尽雷同的绿色环境中，没有季节的区别（不分雨季和旱季）。但他们知道西米河滨属于谁，也知道村庄的边界如何划分。例如：奥茨詹内普村的边界从哪里结束，奥马德塞普村的边界从哪里开始。

  他们有口述的传统。孩提时，他们在烟雾缭绕的门户建筑中坐在父亲的膝头学到了这些传统。作为这个无季节世界里的游猎采集者，他们没有时间概念。有时，他们整晚敲鼓唱歌直到白天才进入梦乡；有时，他们会在黄昏入眠。他们根据海潮的时点决定独木舟的出航时机。保考伊提到了比瓦海（Biwar laut）村的话题。曾经，比瓦海村人从奥茨詹内普村偷走了两个女人，"他们"后来到比瓦

第一部分

海村杀人报复（这里的"他们"指他们的父亲、兄弟、连襟、叔伯）。那大致是30年前发生的事情，而现在看来仿佛就在昨天。在亚沃尔河（Jawor River）河口泥滩上的一个开口处，他们集体打了一个寒颤，因为这里是个充满鬼神传说的地方。

他们耳熟能详于德苏瓦皮奇（Desiopitsj）和比维日皮奇（Biwiripitsj）的故事。他们是这个世界上的第一对兄弟，他们开创了如何猎头、如何屠宰人体，以及如何用人肉和头骨将男孩变为男人并在这个世界生存下去的规则。这个故事是阿斯马特的创世神话，其来源已不可考。它对阿斯马特的食人行为的源流作了简单诠释，这个复杂问题时常在人类学家的口中引发激烈争论。为什么一些文明会实施一些涉及人类社会最根本禁忌的行为？孰因孰果，先有鸡还是先有蛋，很难确定。但在阿斯马特，至少存在食物严重缺乏的问题，特别是富含脂肪和蛋白质的食物。除了鳄鱼，这里没有大型动物可猎杀，即使野猪也非新几内亚原产。这里没有园艺学，村民们也无他处可去——当他们的先民于4 000年前抵达这座岛屿时，这里就成为了他们的终身栖息地。阿斯马特人为了抢夺西米地和渔场展开了激烈的争斗，村庄彼此敌对。人类学家大卫·艾德（David Eyde）相信所有的阿斯马特战争都源于生存问题。在一份统计了100个有食人风俗传统文明的研究清单中，人类学家佩姬·里夫斯·桑迪（Peggy Reeves Sanday）发现，91%的食人风俗传统文明都不同程度地存在"生态压力"。阿斯马特的人口谋杀数量达到峰值时也难以维系他们整体人口的营养量，但对战争领袖及其领袖家人来说这也许非常重要。人类为了给生命赋予意义，为了对生命作出解释而创造了无数神话和故事。数千年来，阿斯马特人也创造了无数故事和仪式来美化他们解决基本营养问题（或饮食问题）的行为，并为他们的行为找到了正当的支撑理由创世说。到20世纪50年代时，阿斯马特的食人风俗已被人们视作为猎头及相应宗教仪式的副产品，而非它的原本目的。

阿斯马特食人风俗引申出了一种整体意识，以及一个互相对立的世界。德苏瓦皮奇和比维日皮奇的故事揭示了在阿斯马特的"受害者"与"行凶者"之间、"我"与"他者"之间，存在的相关联系。荷兰的赫拉德·泽格瓦德（Gerard Zegwaard）曾在20世纪50年代详细描述了"猎头"与"食人风俗"相关的仪式。这个故事激发我联想到了迈克尔的死亡。如果迈克尔是被人杀害，杀戮过程就应该紧密遵照这个传说的剧本。

德苏瓦皮奇老了，没法再外出打猎，所以，比维日皮奇不得不干更多的活儿。有一天，男孩带回家一头野猪。他砍掉野猪的头，用一把鹤鸵骨匕首插进野猪的喉咙，将野猪的头钉在地板上。"呸，不过是个野猪头，"德苏瓦皮奇看着说，"为什么不用人头代替？那肯定会很了不起，我想。"

比维日皮奇不同意德苏瓦皮奇的观点，事实上，他也不知道去哪里能弄到人头。

德苏瓦皮奇被这个想法迷住了，他说，"好吧，你可以拿我的头。"一番哄骗后，他说服比维日皮奇用矛刺死了自己。比维日皮奇用一把竹刀切进了他的喉咙，将头向前压，直到脊椎折断。即使比维日皮奇取下了他哥哥的头，德苏瓦皮奇依然还能继续说话。他描述了屠宰人体的正确方法、将男孩变为男人的秘密，以及必须不折不扣遵照的说明。

比维日皮奇带着他的手下从这次成功的猎头行动中归来，他吹响了一支竹制的狩猎号角，宣布了他们胜利的回归。

第一部分

"干得怎样?"女人们从河岸呼喊,"你完成了什么?"

"我,比维日皮奇,今晚去了群岛之河(Islands River)。我杀死了一个男人,一个大人物。我将他的肉堆放在独木舟里。"

"他叫什么名字?"女人们喊道。

"他的名字是德苏瓦皮奇。"

勇士们驾着独木舟冲上了岸,女人们欢欣鼓舞,号叫跳跃。

刚进门,比维日皮奇就坐在地上,谦恭地低下头。然后,他得到了受害者(他的哥哥德苏瓦皮奇)的名字——"nao juus",意为斩首之名。接着,在成为他杀死的男人后,他受到了受害者家庭的欢迎,就像他是受害者本人一样。

他母亲的大哥接着将砍下的头颅举到炉火上方,等待头发燃起。然后,他将头发的灰烬混上从受害者头颅中流出的血液后,涂抹到新人的头、肩和身体上,将他与受害者的身份合二为一。

男孩现在的名为德苏瓦皮奇。他叮嘱人们用红赭石和白垩在他身上作画。他的头发被西米叶纤维接长,前额上悬挂着一块珍珠母。他的后脑勺放置了两条黑色鹤鸵羽毛的穗带,他的鼻中隔被放进了一块猪骨雕制而成的鼻钉。他的手臂、腰部、小腿和脚踝包裹了细藤带,其中一条臂带上别了一把鹤鸵大腿雕制的匕首。男孩因为杀人而成为了男人,这把匕首可以用人大腿骨或者鳄鱼的颌骨制作。他的腹部挂着一个特里同螺(triton shell),他的臀部围着一条西米叶围裙,他的下背部系着一块竹板。他现在拥有了一个男人应该拥有的着装。

接着,德苏瓦皮奇指示新人的舅舅必须去处理那个被割下来的头颅。

人们用灰、赭石和白垩绘制头颅,并在上面装饰鹤鸵羽毛穗带和珠子。他们在头颅的鼻子里塞满了树脂,他们还用一张网将整个头颅盖住以固定饰品。他们会将装饰后的头颅放在新人的两腿之间，这个人头——人的果实——将会滋养新人的生殖器（产生新人类的地方），并确保新人的成熟。头颅会在新人的两腿间放上两三天。在这段时间中，新人必须全程盯着它。

几天后，德苏瓦皮奇指导村民们如何打扮自己，如何在独木舟上绘制白垩和赭石的条带。接着，所有人都登上独木舟。被启蒙的男孩（德苏瓦皮奇）和亲人一起站的独木舟上，他的前方放着那个头骨。当他们敲鼓放歌划向大海时——去往太阳落下的西方和祖先居住的地方——他靠在一根木棒上，表现得像个筋疲力尽的老人。他们越往西走，他就表现得越虚弱和衰老，直到他无力地靠在一个叔叔的肩头。终于，他因为衰老而死去，身体瘫在了独木舟的船底。

接着，他的一个舅舅把他和那个头骨浸入海水。然后，再从水中提起。他的饰物被人取下，放进了一个魔术垫里。他重生了，一个女人诞下的孩子现在重新诞生为男人，这次是由男人所生。

独木舟里的男人们一边唱歌，一边将新人带回陆地，向着东边太阳升起的方向，前往生者之地。这个年轻男人起初的表现就像新生儿，之后，他像个不知道河流、树木及万物名字的儿童。渐渐地，他学到了更多的知识。独木舟经过的每一条支流，他的名字都被岸边的村民唤起，他用一支竹号角进行了回应。回到村里后，他整晚都与家人待在一起，再次被人从头到脚进行了装饰。休息一阵后，家人到丛林中继续采集西米。然后是更多的舞蹈和舂西米活动，头骨则被悬挂在男人房间的中央。最后，新人离开了门户，臂下夹着那张魔术垫，手里拿着华丽装饰的头骨。男人们拿起了盾牌，唱歌时他们将盾牌举起又放下。他们再次跳起了舞蹈，这次，新人加入了男人的行列，一边舞蹈一边摇晃头骨。他们重复着制备人头和舂西米时唱的那些歌曲。

第一部分

最后，德苏瓦皮奇再次发出指令：未来的所有人都要按照他的指导行事。

在很多方面，刚开始与欧洲人接触的阿斯马特世界与西方世界的所有禁忌相颠倒。在阿斯马特的部分地区——男人相互间会发生性关系；他们偶尔会共享各自的妻子；某些仪式上他们甚至会饮下自己的尿液。他们有时会做出深度亲密的行为：一次，塔姆波尔（Tambor）村的所有男人都吮吸了巴西姆村酋长的阴茎。他们会杀死邻居，还会猎人头、食人肉，这一切恶行在皮普和他的兄弟眼中是再平常不过的事情。今天的我们，正是从拉丁语"森林"（silva）中得到了"野蛮"（savage）这个词语，这些来自奥茨詹内普村在阿拉弗拉海面划船的阿斯马特男人也许就是某些欧洲中世纪幻想小说中的人物。用历史学家柯克帕特里克·塞尔（Kirkpatrick Sale）的话说，就是那些生活在布满"地狱生物的森林里的男人，他们掳走妇女、食掉小孩。他们的整个种族都受到了诅咒，长相类人却与野兽、野人无异……他们体型巨大、强壮多毛，他们手握大木棒，露出巨大的生殖器，身上悬挂着一串串难闻的树叶。他们沉默不语，毫无理由地掌握了自然的秘密。他们被失控的自然欲望和激情所驱动，总是出现在那里，潜伏在那昏暗的树林中。在夜晚，将人们从欲望、焦虑和恐惧中惊醒。"

但是，皮普和他的门户伙伴并非野人，而是复杂的生物学意义上的现代人。他们的脑力和动手能力足以驾驶一辆波音747飞机，他们交流的语言复杂到拥有17种时态。他们的世界和全部经历都在这里，在这个由树木、海洋、河流和沼泽组成的独立宇宙之中，隔离了其他资源、人类、思想和技术，他们是勉强糊口的游猎采集者。

野蛮收割

他们没有玉米，缺乏稳定的食物供给。猎头和食人的行为，在他们看来，就像领圣餐或跪在垫子上朝拜麦加一样正当。这里没有帝国大厦，没有美国或莎士比亚，没有原子弹、火箭飞船、汽车或收音机，也没有耶稣或电话。但他们有属于他们的符号，以及为他们的世界和他们的位置建立秩序的东西。他们认为，一次红色的落日意味着其他某个地方正发生着一场大型猎头战斗。他们认为，月亮每晚都会改换形状，是因为它被太阳惹恼了，而太阳每晚都会退回到地下世界——在海另外一边的陆地。他们认为，自己是树木的后裔，因为人和树都有腿脚、手臂，顶上都长着果实。一个人是一棵树，一棵树是一个人。他们认为，自己与果蝠、袋貂、国王凤头鹦鹉并无区别，因为他们都要猎食同一样猎物：果实（无论是树的果实，还是人类的果实）。他们像野猪和鳄鱼，因为野猪和鳄鱼也和他们一样杀人食肉。他们也像螳螂，因为螳螂在繁殖时也会吞食同类的头。

他们认为，一个能猎走很多人头的男人是强大的，他会受到其他男人的尊敬和女人的爱慕。他们认为，潮汐和每一条溪流都知道鱼虾在哪里游走。他们知道如何用猎狗寻找森林里的鹤鸵和野猪。他们知道如何在几小时内用手头的材料制造独木舟并建造房子。他们知道如何用一种只有沼泽人才懂的形式和符号组成的语言雕刻木头以及将生命注入到一块木头之中。毕竟，他们就是这样被创造而出——世界上的第一个男人用木头雕刻了人类，然后敲鼓并赋予了这个男人生命。鼓、矛、独木舟船首、盾牌和比西（bisj）柱、他们的歌谣，就是他们的文学。

"海上有只鸟，"来自奥茨詹内普村的男人们一边唱着，一边用船桨敲打独木舟的船身。

看着我，

第一部分

因为我在这艘船里,
别让狂风挡住我,
让我回家。

海水溅到了船舷上。海岸在他们左面,看起来仿佛一条线。他们视野中只有海洋、天空和树木。他们正前往位于迪古尔河（Digul River）的韦金（Wagin）村。他们需要沿着木麻黄海岸（Casuarina Coast）向下游航行70英里（112公里）。对于阿斯马特人来说,这是一段漫长的旅程。他们会途经许多村庄,那里也许有许多的敌人。

奥茨詹内普村的勇士还不知道的是,他们被诱入了一个陷阱。在阿斯马特,欺骗行为司空见惯。阿斯马特人擅长于利用欺骗战胜敌人,如他们将鬼神赶回萨凡,也必须先对它们实施诱骗。在他们的世界,欺骗都是为了保持平衡,保持平衡是阿斯马特人生活的关键。奥茨詹内普村和奥马德塞普村是彼此敌对的,历史上他们彼此杀戮已是常事,奥茨詹内普村常为受害的一方。但他们又是邻居,死亡和婚姻将他们紧密相连。

比如,奥马德塞普村某个门户的头领及木刻大师法尼普塔斯（Faniptas）就与奥茨詹内普村的三个男人有亲戚关系。他身材高挑,头发上编着长长的西米叶,鼻子上钉着一块雕刻的猪骨。几天前,他划船从法雷奇河（Faretsj River）逆流而上,这条河在潮起时可漫过沼泽地与尤塔河相通,且能通往奥茨詹内普村,航程为2小时。"你好,我的兄弟姐妹们,"他跟那个村庄的男人说道,"别攻击我,跟我去韦金村吧。"几年前,有支来自奥马德塞普村的家庭队伍搬到了那里。"韦金村有很多狗牙,我们将去那里发财。"

在韦金村附近的丛林有一条名为迪古尔的河流。迪古尔河的一条支流上有很多漩涡,而阿斯马特人认为漩涡是地下世界的入口,也是鬼神的栖息地。这个特殊入口的守卫是一种狗，所以，那里有大量的"jurisis"（"狗牙"）产出。在阿斯马特，没有钱的概念，所以，用狗牙串成的项链成为人们娶新娘时的首选。根据他们的传说，欲令漩涡产出狗牙，需向漩涡中投放用香蕉叶包裹的新鲜头骨。奥马德塞普村的男人去哪里弄头骨呢？法尼普塔斯和他的同村伙伴策划了一个阴谋：他们要说服一些奥茨詹内普村的男人与他们同往，在途中将他们猎杀，并将他们的头颅扔进漩涡以换取狗牙。

当然，事情的发展并非如此简单。一场大规模的残杀事件即将开启。这场导致迈克尔·洛克菲勒死亡的事件仅是这一系列残杀事件的开始。皮普、东鲍伊、苏、柯凯、瓦瓦和保考伊正划桨径直冲进这起事件的中心。

6 2012年2月

特里卡纳航空（Tregana Airways）双水獭飞机（Twin Otter）的引擎嗡嗡响起。我系着安全带坐在第一排座椅上。由于腿部空间太小，我的膝盖不得不被迫抵着胸口。这架飞机非常老旧，地板还用的是光秃秃的胶合板。我们脚下的大地如同铺着绿毯，上面流淌着蜿蜒曲折的河流。这里就像是为挖土机驾驶员准备的训练场，他们如看到这样的环境一定会为之疯狂。引擎放慢了速度，我们开始下降。随着下方丛林中出现一块开阔的沼泽低地，飞机猛地侧倾向左飞去。开阔地上建有几栋瓦顶的房子和一座始建于第二次世界大战时期的绿色草地简易机场。我们的飞机再次侧身转向，掠过一条河流后开始着陆，飞机在跑道的尽头匆忙刹住。机舱后门弹开，一股浓浓的潮湿气息涌了进来。我刚从两级舷梯上落地，双水獭飞机又重新起航，剩下我独自一人留在了阿斯马特。

我为了来到这里，花了九天时间，但仿佛过了一辈子那般。

我不清楚自己对"原始性"（the primitive）——这是它过去的惯常称呼——的痴迷始于何时。虽然听着有点陈词滥调，但我的确对我家那台老飞科牌（Philco）黑白电视上播放的《人猿泰山》电影记忆犹新。那是我最初的电视记忆之一，那时的我也就四五岁。茂

位于尤尔(Ewer)的机场,这是阿斯马特方圆1万平方英里(25 899平方公里)的丛林和沼泽之内唯一的一座简易机场。

第一部分

密丛林、鼓点声、号叫、火光。随着我年岁的渐长，我对它们的痴迷度也逐渐提高。我无法融入当下的集体，我坚持着自己的想法。我曾受过别人的欺负，我也打过架。小学五年级时，我接触了空手道，一种老式空手道。这种空手道需由一个局外人（outsider）配合教习且非常劳累。重复训练、身体接触和蛮横行为，充斥于练习过程之中。那时的我沉迷于这项训练。我个子不高，但我能承受训练给我带来的打击和痛苦，直到浑身青紫、鼻子受伤血流不止。没过多久，我就能让那些大个子空谈者给我下跪求饶。

我酷爱读书，我能在夏日的吊床和门廊秋千上长时间阅读直到深夜。我喜欢平行世界、平行宇宙的科学构想。有一段时间，我阅读了大卫·利恩（David Lean）的杰作《阿拉伯的劳伦斯》（*Lawrence of Arabia*）。我当时的年纪尚小，难以理解 T. E. 劳伦斯（T. E. Lawrence）微妙的内心斗争，但我已能轻微地感受到某些情绪并辨认出一个与我同类的局外者。

后来，科幻图书逐渐让位给了那些伟大的非虚构类探险传记。我读过劳伦斯的经典作品——《智慧七柱》（*Seven Pillars of Wisdom*），也读过威尔弗雷德·塞西杰（Wilfred Thesiger）的《阿拉伯沙地》（*Arabian Sands*）。《阿拉伯沙地》讲述了主人公与贝都因人（Bedouin）一同穿越沙特阿拉伯的鲁卜哈利沙漠（Arabian Empty Quarter）的艰难之旅。弗朗西斯·奇切斯特（Francis Chichester）曾在环球旅行时穿越合恩角（Cape Horn）。一次，他听到了一种声音，于是，爬上甲板，看到一架飞机在头顶盘旋确认他的情况并祝他好运。然而，他并未感受到短暂的友谊之情。相反，他感到恼怒，因为他的独处被打断了。还有伯纳德·穆瓦特西耶（Bernard Moitessier）的故事。在星期日黄金环球大赛（Sunday Times Golden Globe race，第一届单人帆船环球赛）中，他曾在接近终点线时决定继续航行而错过了冠军，因为他无法忍受航行的停止。也正因为如此，他又绕地球航行了半圈，并最终抵达了塔希提（Tahiti）的海岸。

  大学毕业后，我开始四处旅行。还记得曾经的一次旅行，我走出开罗（Cairo）机场，就闻到了一种前所未闻的味道——既刺鼻又香甜的怪味。这里烟尘弥漫，腐烂的水果味与汽车尾气味相混杂。昏暗的街灯勉强照亮了黑暗。一辆没有车窗玻璃、锈迹斑斑、破烂不堪的巴士咆哮着喷出灰色的尾烟。一个迷人、极具说服力且长着一嘴烂牙的男人，坚称我和女友要去的酒店早已打烊，并引导我们去了解放广场（Tahrir square）边上一家破烂但友好的酒店。埃及是我最爱的地方，我将恐惧抛诸脑后。在卢克索（Luxor），我们在尼罗河的岸边花了很多时间和一位三桅船的船长讨价还价。我们不需要一次平常3小时的航行之旅，我们需要前往阿斯旺（Aswan）5天的冒险航行。这是一次美好的旅行，我们食用西红柿和尼罗河里的鱼，晚上船尾会燃起奇怪的火焰。

  从埃及之旅开始，我有了拥抱世界的想法。我并不想去那些平常的地方，而是希望去那些布满灰尘的旮旯角落。美国就像被包裹在塑料薄膜中的世界，令人拘束。我想拥抱的是电影《人猿泰山》里的那些鼓声、号叫和火光。我想体验远航水手的恐惧和孤独，还有塞西杰和劳伦斯的贝都因激情与壮观。苏丹（Sudan）、刚果（Congo）、印度（India）、阿富汗（Afghanistan）、北极（The Arctic）、西伯利亚（Siberia）、孟加拉（Bangladesh）、马里（Mali）和印度尼西亚（Indonesia），20年间，我走遍了世界的各个角落。我喜欢强烈的味道，也即我们人类强烈的感觉和情感——无论是感情上还是身体上的爱、恨、暴力、痛苦与折磨。我希望层层剥开人类开化的一切，我喜欢自己的这个想法。在那些偏远的地区，作为局外人，我感觉自己更合群。因为不会有人期待我在那些地方找到归属感，事实上，

第一部分

我也不可能在那些地方找到归属感。

所有的一切让我产生了一个想法：居住在丛林里的传统部落社会也许能告诉我某些东西的根在哪儿——关于我们是谁的问题。当代人类学家很久之前质疑原始社会能平稳线性地发展到文明社会的理论。他们对技术先进的现代文化比像阿斯马特这样复杂的文化更"文明"的概念持疑问态度。纳尔逊·洛克菲勒的博物馆试图将与世隔绝的文盲部落人的艺术与教育与西方做比较。对我而言，少年梦永不熄灭。原始人、部落人，我不管人们对他们的称呼，我渴望看到《圣经》、《古兰经》、基督教的罪与耻辱文化、衣服和刀叉发明之前的人性。我希望看到如柯克帕特里克·塞尔所描述的世界。那里居住着中世纪的野蛮人，掌握着自然秘密的男人。那是一个依靠自然欲望支配一切的世界，一个披着狼皮的男孩可以与那些龇牙咧嘴的生物共舞的世界。

在追索梦想的道路上，我发现了托比亚斯·施宁鲍姆关于阿斯马特人的书。阿斯马特人居住在世界最偏远的角落，远离一切现代事物。他们也许还保留着最纯粹的天真和理想的希望，我也许能在他们身上审视这个原始、未经过滤的世界。施宁鲍姆与他们一起在泥地里打过滚，乘坐过他们的独木舟，同睡同起。我绝不是同性恋，但他的一切经历让我产生了共鸣。正是在施宁鲍姆那里，我第一次听说了迈克尔·洛克菲勒的故事。

现在，我终于来到了这里。

几个月来，我一直深入研究阿斯马特文化，我沉浸在荷兰殖民地档案和传教士的文件里。这个过程甚是耗时，我曾在一个寒冷的冬夜在荷兰蒂尔堡（Tilburg）与许贝特斯·冯·佩吉（Hubertus von

Peij）坐在一起，共同研究他的手绘地图。我曾在加那利群岛的特内里费岛（Canary Island of Tenerife）花了无数个小时的时间倾听维姆·范德瓦尔（Wim vandeWaal）的谈话。范德瓦尔是前荷兰巡警，曾于1961年在阿斯马特服役，与洛克菲勒案牵涉甚深。他们都为我提供了很多可以追踪下去的人名和线索。一连串的文档从未公开过，它们叙述了一个鲜活的故事，惊人而直截。为了弄明白迈克尔的遭遇，我不得不先了解阿斯马特。

不过，亲临阿斯马特与从其他途径了解阿斯马特大不相同。很多网站提供了来自那里的照片信息，但这些照片信息要么时间老旧，要么模糊不清。谷歌地图上也仅显示了一块绿色的空白，所以，我除了去那里实地考察弄清真相外别无他选。我没有预约，没有一个完整的计划，我手里只有一个名字——"亚历克斯（Alex）"先生。据说，亚历克斯在阿加茨拥有一家酒店，他会说英语，也能安排旅行。

我从华盛顿特区乘航班飞往伦敦、新加坡、雅加达（Jakatra）。然后，连夜赶上了前往查亚普拉（Jayapura）[前霍兰迪亚（Hollandia），曾经的荷属新几内亚的首都]的航班。我必须从警方那里弄到一张在印度尼西亚巴布亚（Papua）省旅行的许可证。迈克尔也曾穿越查亚普拉，如同大部分查亚普拉的曾经的殖民地官员一样。我不由畅想着与他们（鬼魂）身处老殖民地大楼交谈的场景。印度尼西亚为了压制不断蔓延的巴布亚独立运动，施行了用印度尼西亚人填满这个区域的策略。现在，巴布亚人反倒成了自己领土里的少数民族。查亚普拉是印度尼西亚的大城市，这个城市里塞满了摩托车、汽车、面包车和混凝土大厦，几乎看不到土著人。

我继续飞往提米卡（Timika）。提米卡是一座燥热和肮脏的小城，我希望能在那里找到一艘前往阿加茨的航船。不过，那里并无船只，甚至没有河流，距其最近的"港口"大约在30英里（48公里）之外。

第一部分

我想办法坐车抵达了那里。出租车司机的名字叫埃努姆（Ainum），是来自望加锡（Makassar）的印度尼西亚人。我们找到了日程不定的木制货船和一艘每两周出发一次的轮船。埃努姆告诉我，每周四和周六有航班去往那里，但购票点只有一处——候机楼。提米卡是世界上最大的铜矿及第三大金矿格拉斯伯格矿（Grasberg Mine）的所在地，矿场的拥有者和运营者是美国自由港麦克莫兰公司（Freeport-McMoRan）的分公司。提米卡机场的候机楼（国际航班）崭新、现代、闪亮、味道清新，每一面墙上都有自由港公司的环境管理口号。墙上的时钟显示着雅加达、伦敦和新奥尔良的时间。停车场另一侧的国内航班候机楼却只有一个简易的棚。水泥地板上满地刺眼的橙色槟榔渣、烟蒂、塑料吸管、空酸奶盒、破旧塑料袋，洗手间的液体四处横流。不过，我终于在这里看见了巴布亚人，这些穿着破旧T恤的矮小黑人男女，光脚上长满老茧，全身散发着体味。

不过，周四的航班已售完。"别担心，"埃努姆说，"我在机场有个朋友，我能帮你弄到票。"他做到了，他到我下榻的酒店递给我一张别人名下的机票，我给了他两倍的机票钱。

四天后，我回到那个候机楼。这里还是混乱嘈杂、人潮汹涌，气温达到了100华氏度（37.7摄氏度）。两只锁在一起的红绿鹦鹉栖息在一张长凳上。女人们的脸颊上纹着带黑点的小刺青，男人们留着络腮胡。不过，我后来才知道，他们都不是阿斯马特人。在候机室中，没人知道飞机在哪儿，更不知道它何时起飞。我找了个位置坐下，感觉很虚弱，有点发烧，胃部痉挛。3个小时后，飞机出现了。我们鱼贯而出，挤了进去，40分钟后，我已身处阿斯马特。

飞机降落在位于尤尔（Ewer）村的机场。不过，这里是数千平方英里内唯一一处地面干燥到可以降落飞机的地点。我背起包，跟着其他乘客，沿着一条摇摇晃晃的步道往河流的方向走去，途中经

野蛮收割

过了几栋木头房子。我看到了一栋又大又长的门户（阿斯马特人的房子），男人们在房子的游廊里闲荡。我恍如隔世；这景象似乎只是书里的照片。我看见了一座剥落的水泥桥墩，螺旋楼梯的钢筋暴露在外，桥墩上系着一些鲜艳的红色、黄色和绿色的玻璃钢快艇。我将背包递给一个印度尼西亚人，跳上了一艘小艇和其他三人一起驱艇离去，其他三人全是印度尼西亚人。

我不清楚自己的目的地，也不清楚我们的航行时间。我们在一条 0.25 英里（400 米）宽的河道中顺流而下，和其他快艇竞速前行，两岸是茂密的丛林。渐渐地，河流开阔起来——我们越来越接近大海，辽阔的阿拉弗拉海就在我们的前方。这时，另一个方向驶近了一条大划艇，划艇上的乘客夸张地上下挥手、指指点点。当我们抵达河口时，我马上明白了他们的手势。他们指着的是河口沸腾翻滚的波浪、漩涡和水流。船长收了油门，但水花还是溅了我们一身。船长正设法穿越激流去往对岸。我们转头向左，前往阿沙韦茨（Asawets）河的上游。15 分钟后，我们的小艇驶入了阿加茨。

这里给人的感觉就像到了世界的尽头。我们在 1 英里（1.6 公里）长的破败码头上看到了一排建在柱子上的棚屋。棚屋下方漂浮着塑料水瓶、拉面包装以及香烟盒；几十个光着屁股、黝黑发亮的小孩跳入浮着泡沫的棕色河流；一条破旧的步道斜着向水道延伸。一个光脚男人抓过我的背包，我盲目地跟着他。几分钟后，我们抵达了帕达艾诺（Pada Elo）酒店。酒店有四个位于河面上方的无窗的胶合板房间，中间是一个由装满水的油桶垫起的院子，院子的晾衣绳上挂着刚洗好的衣服。一个穿着牛仔裤的年轻女人带我看了房间，房间里有两张单人床。河道旁的一处洞口是这里的洗手间，这里没有自来水，也没有电。一只凤头鹦鹉在油桶边上踱步，用它那黑亮的眼睛盯着我。

第一部分

"我在找阿莱克斯先生。"我说。

女人摇摇头,耸了耸肩,她显然不会英语。

天空像破了个洞,大雨滂沱而下,我从未见过如此大的雨。我疲倦地坐下,此时的我烧得更厉害了。房间非常昏暗,湿热令人窒息,一排蚂蚁在床柱上爬行,水滴从屋顶滴落聚成一条"小河"流过地板。雨水拍打着茅草屋顶,足足下了两天。我翻来覆去难以入眠,我来这里的目的是什么?我在追寻什么?我不会这里的语言,如何展开调查呢?

后来,公鸡的打鸣声将我唤醒。刺眼的光从房门、墙壁和房顶的裂缝漏了进来。我用水桶中的冷水将脸部清洗干净,然后走了出去。水汽从长满苔藓的残破的步道上蒸腾而起,其下是无处不在的空塑料水瓶。它们成千上万地聚集,就像一条泥泞的地毯。四处可见的船只——独木舟、6英尺(1.82米)长的大划艇和色彩斑斓的小快艇——拥挤在小溪和河流里。阿加茨拥有7 000人口,却没有一条主干街道,甚至没有一辆汽车。码头区的店铺沿着步道开设,爪哇(Java)、巴吉兹(Bugis)、托那加(toraja)和印度尼西亚的商人以及来自整个群岛的投机者人来人往。小镇广场和足球场均是用木板在粪堆上搭建而成。这里是崛起的印度尼西亚(Indian country of Indonesia)共和国的边境,在这里,"天命扩张说"(Manifest Destiny)极为盛行,就像100年前的美国。曾经,迈克尔·洛克菲勒抵达阿加茨时,这里设有荷兰行政管理机构。距离这里最近的是阿斯马特的修鲁(Sjuru)村,那里住着几个荷兰传教士、修女和殖民地官员,迈克尔曾被这里的荷兰政府接待过。今天,这里没有了西方人。雅加达(Jakarta)当局投资了该区域并支付了比爪哇公务员高六倍的工资,阿加茨从此走上了快速发展的道路。

阿加茨的市场里充斥着阿斯马特人。阿斯马特皮肤黝黑、胸部

野蛮收割

宽阔的男人和瘦骨嶙峋的短发女人在市场上售卖用棕榈叶包裹的蛤蜊和螃蟹。他们还售卖鳐鱼、鲇鱼，以及外观奇怪的白色团块——西米棕榈的树心。这些都是阿斯马特人最重要的食物。我越来越靠近阿斯马特人的纯净世界。

步行了1个小时后，我发现了另一家酒店。这家酒店的房间配备了厕所、床单，还有一扇能打开并看到一个黑土院子的窗户。更令我高兴的是，这里的前台服务员还能说点英语。我向服务员询问了有关导游的事情，他拿出手机拨通了一个电话。几分钟后，哈伦（Harun）走了进来。

哈伦是阿斯马特人。他沉默寡言、说话轻细、目光低垂，左手打着肮脏的石膏，性格难以捉摸。"我是导游，"他说，"很多游客都来阿斯马特旅游。"

"多少人？"我说。

"今年好像有4个。"他说。

"我想要艘船去考察河流和村庄。"我说。我特意不提洛克菲勒，虽然我已有了一个明确的计划——进行一场侦察之旅，往南穿越迈克尔曾到访过的村庄，最后在奥马德塞普村和奥茨詹内普村结束旅程。

我拿出了迈克尔两次旅行的地图给哈伦看。"一周还是两周，我还不能确定。"我说，"我只打算考察一下。"

哈伦点了点头，"我能带你去任何地方。"

我们谈了下价格。他的手臂受伤了，他告诉我，有天晚上他从一处步道摔了下去。他现在要前往医院，他说他几小时后会回来。

他回来的时候带来了另外两个男人：阿马兹（Amates）和威伦姆（Wilem）。"医生说我手臂受伤了，不能带伤陪你前行，但我的朋友可以为你提供帮助。"

第一部分

阿马兹看起来紧张不安，似乎是受了很重的伤。他满头大汗，宽松的褶皱长裤里的身体摇摇晃晃，他的嘴巴像个丑陋的黑洞。他的脖子上有一个正在化脓的痈，他不停地摸着它。他还有根手指头断了一半，手指的残端还肿胀着。威伦姆则完全相反，威伦姆的身体偏胖，他穿着人字拖鞋、运动短裤和白蓝条带的球衣，神情有些高傲。阿马兹的英语说得很慢，"我来自比瓦海村，"他说，"我上过大学，当过英语老师。这是威伦姆，他是开船的司机。"

我们又进行了一番讨价还价，最后确定了一个数目。他们会为我提供食物和燃料。

第二天早上刚过6点，我们驾着一艘30英尺（9米）长的由15匹马力的约翰逊牌（Johnson）舷外机提供动力的大划艇离开码头。阿沙韦茨河有半英里（800米）宽，几乎没有河风。划艇上有5人：阿马兹、威伦姆和我，还有威伦姆的助手马努（Manu）以及阿马兹的兄弟菲洛（Filo）。划艇上载着200升汽油、一堆米面和水，还有足够让全体阿斯马特人患上癌症的散装烟草和丁香卷烟——价值数百美元。我们沿着河的左岸经过了修鲁村，那曾是阿斯马特的起源村庄，阿加茨就建在附近（现在的修鲁村是一片废墟，浓烟滚滚）。然后，我们左转驶入了凡波雷普河（Famborep River）。

上一秒，还有船只、沿海贸易商以及阿加茨和修鲁村的气味和喧嚣；下一秒，却是一片寂静，绿树葱葱，水声哗哗。凡波雷普河只有20英尺（6米）宽，是一个由挂藤、附生植物和苔藓丛生的红树林组成的水淹世界。幽暗的水面倒映着树木和天空的影子，阳光穿过疯长的植物，河流淹没了我目所能及的陆地，鸟儿在呼喊。这景象美丽、空灵而疏远。这里没有垃圾，没有任何人造物品，给人

野蛮收割

一种洪荒时期的感觉。

阿马兹指着一扇苏斯博士风格（Seussian）的叶子。"一棵西米树！"他说，"我在这里睡过一次，那时，我从比瓦海村回阿加茨的学校。"阿马兹今年32岁，有6个孩子。他自幼聪慧，早年被送到了阿加茨的天主教寄宿学校，后来又上了巴厘（Bali）岛的大学。不过，他现在没有工作也没有钱。即便乘坐大动力划艇顺流而下到比瓦海村只有几小时的航程，但他也有5年没回家了，因为这段旅程对他来说太昂贵。

接着，我们进入了班杜夫河（Banduw River），这是鳄鱼的地盘。我们曲折前行，来到了杰特河（Jet River），然后转向北方，水道开始变宽。阿斯马特是另外一个世界，它引人入胜，是一个奇特而丰饶的世界，完全脱离了我们世界的掌控。这里丛林茂密，河流可充作交通要道，不会给人腻烦和压抑的感觉。这是一个被淹没的伊甸园，不乏鸟鱼、淡水和变幻莫测的天空。我们经过了一个个村庄，在靠近它们之前你就能闻到味道、看到烟雾、听到欢笑声。你可以看到村里的独木舟被村民拖上泥岸栖息。河面上一艘艘独木舟从我们身边划过，划桨的男人在舟上站成一排，船尾的煤块上升起了袅袅青烟。

4个小时后，我们来到阿奇村，这是阿加茨之外最大和最发达的村庄之一。航行中一路的微风陪伴让我们并未感到湿热，停航时，我们才见识了这里的太阳的威力。我们把划艇系在一些摇晃着的桩子上，爬上一栋未粉刷的木屋，那是阿马兹姐姐的房子。木屋前廊挤满了穿着T恤和运动短裤的男女，地板被光脚踩踏多年后显得富有光泽。一个短发的苗条女人冲了出来。"噢，噢，噢！"她哭了。"噢……"她呜咽着，抓着阿马兹的手肘、手臂，紧紧抱着他前后摆动身体并抽泣起来。她用泪水涟涟的脸蛋摩擦阿马兹的手臂和面颊。但这种戏剧性的情感宣泄又快速结束，紧接着，她倏地转身离开。

第一部分

这是我第一次瞥见阿斯马特人的行事方式——他们拥有强烈的极端情感以及自我警觉意识。我花了很长时间才明白,这些行事方式都与食人行为密不可分。

　　这栋房子有四个房间,板制的墙壁,里面还有两张红色的丝绒沙发。大门上挂着一个猪颚骨,墙角的钉子上悬挂着一张七尺长弓和厚厚的一捆竹箭,后门廊处摆列着几个塑料制的"雨水浴缸",墙上挂着手编的渔网。每间房有一个装满了燃煤的泥制壁炉和一口被熏黑的锅。屋里到处都是叔叔们、表亲们、侄子外甥们。阿马兹将每人都视作"我的兄弟",其中一个是白化病患者。他们有的躺着,有的坐着,有的蹲在光亮的地板上。炉火边,一个女人拿出几捧粉白色西米,将西米压进一个模子里再盖上一片香蕉叶,然后将其放在火上烤。几分钟后,她取出模子,将烤制好的长方形的西米饼干抖到了一个锡盘上。西米略带坚果味且干燥,食用起来有沙子的颗粒感,难以想象有人竟靠它们生存。尽管阿马兹的家人现居住于阿奇村,但他们均来自比瓦海村。因此,阿马兹说,"这种西米来自比瓦海村的丛林,并非出自阿奇村。如果我们选择在阿奇村的丛林获取西米,会容易引起一些不必要的纠纷。"

　　几小时过去了,几乎没人走动,我不由产生了一种时空错位感。阿奇村有酒店、商店以及印度尼西亚商人运营的小饭店,还有一个水泥码头和清真寺。我们现在所住的房子有个金属屋顶,还有几张不协调的丝绒沙发。房间角落里放着一台电视,人们用透明塑料毕恭毕敬地将其盖着。这里的主要食物仍是用明火烹制的西米。我过往的环游世界的经历告诉我,我总会受到不同地方的人的欢迎。在旅行中,我经常成为大家关注的对象。人们好奇于我从哪里来?为什么去往他们中间?我更像是他们通往神秘美国的一扇小门。可在这里,没人对我感兴趣,也没人问我任何问题。我感觉自己就像一个鬼魂，我进入他们的领地越深，这种感觉就越强烈。除了阿马兹，这里的人几乎不会英语。我除了呆坐在一旁观察其他人静坐、出汗、吸烟、聊天外，几乎不能做任何事情。我感觉自己的面前有一面无法翻越的墙，除了一些似是而非的线索，我无法看到墙另一面的任何事物，我甚至不能确定这堵墙是什么。这不是迈克尔·洛克菲勒眼中的那个阿斯马特。那个阿斯马特已被覆盖了一层层的东西——一层层基督教和印度尼西亚的东西。我丝毫分辨不出今天的阿斯马特与曾经的阿斯马特发生了什么改变，无法洞穿阿斯马特人及他们的文化，至少目前还不行。

如果我想去洗手间，必须从一扇木门出去，越过泥地上一艘10英尺（3米）长的小艇，拉着绷紧的绳索跨过一块3英寸（7.6厘米）宽的原木到达另一间屋子。屋子里塞满了人，有做饭的，有睡觉的。从这间屋子的另一扇木板门出去可以到达一个木制的室外厕所，厕洞开在河流的旁边。

天色渐晚，菲洛在烛光下匆匆做了些白米饭和方便面。这时天空又坠下了瓢泼大雨，雨滴敲打屋顶，屋檐上弥漫着一层厚厚的水雾。我退回了专为我腾挪的主卧室。房间里塞满了渔网，这里没有家具，只有一把斧头、一套弓箭和几张夸张鲜艳的耶稣画像。我在摇曳的烛光下给单薄的充气床垫充气，然后躺了上去，我已筋疲力尽了。

7
1957年12月

　　来自奥茨詹内普村和奥马德塞普村的124个男人沿着海岸向南边的韦金村划去。皮普和法尼普塔斯知道最近有一些有奇怪的人出现，这些奇怪的人来自大海的另一边，这些奇怪的人利用魔法漂洋过海进入了他们的世界。但在1957年，他们只将这些漂洋过海来到他们世界中的人看作模糊的幽灵，他们认为这些白人并不会给他们的生活带来影响。这群战士控制着船队保持着与岸边的距离，等他们靠近迪古尔河时天气发生了巨变。低垂的碧黑色云层占据了天空，狂风将大海掀起了巨浪，一场猛烈的冬季风暴降临了。狂风卷起阿拉弗拉海的海水冲向浅滩。独木舟难以承受巨大的海浪，海水从船舷上涌灌进来，男人们再也无力控制平衡，无法继续前进，也阻止不了浪花涌进独木舟。冰冷的倾盆大雨从低沉的乌云中倾盆而下。在翻滚的碎浪中，他们被迫在海边村庄埃梅内（Emene）停靠。

　　在纽约，艺术评论家正在庆祝人类的和谐，并认为人类在欣赏爱、游戏、舞蹈和日落上具有共性。而在阿斯马特，即将被传颂为世界上最伟大艺术家的男人们却正拿起矛、弓箭和斧头彼此攻击。在这场冰冷的大雨中，埃梅内村袭击了来自奥马德塞普村和奥茨詹内普村的男人。他们赤身搏斗，呼喊号叫，在泥土里翻滚。这是可怕的，也是光荣的，因为他们是战士。来自奥马德塞普村的男人死亡1人，来自埃梅内村的男人死亡4人，来自奥马德塞普村和奥茨詹内普村

科尔内留斯·范克塞尔（Cornelius·VanKessel）神父左臂戴着野猪牙，头上戴着袋貂皮头带，身上画了传统的阿斯马特记号。

第一部分

的男人们四散逃入了丛林沼泽之中。

第二天早上,他们发现自己的独木舟被人毁掉了。法尼普塔斯带领着大家前往北方,徒步穿越泥地,他们一路战斗着穿过了一个又一个敌人的地盘。拜永村(Baiyun)一役死亡6人,其中3人来自奥马德塞普村,3人来自拜永村。当他们抵达巴西姆村附近时,奥马德塞普村的男人将矛尖转向了他们的旅伴(来自奥茨詹内普村的男人),计划杀死他们所有人。埃韦里萨斯·比罗基普茨(Everisus Birojipts)当时还是个小孩,6—7岁,他亲眼看到了皮普倒下。"父亲,"他边说边盯着这个死了的男人,"我看到皮普的眼睛还睁着,他也许还活着。"

"不,他死了,"比罗基普茨的父亲说,"别担心。"

皮普的确还活着,3小时后他站了起来,处理了伤口,朝尤塔河和他自己的家奥茨詹内普村走去。他独身一人快速行走,超过了其他所有人。

每条河的河口都属于上游的村庄。在尤塔河的河口,皮普遇到了他的亲戚,他们立刻划船回到了村庄。皮普向大家控诉了奥马德塞普村人的背叛之举。战士们用赭石和黑灰在整个胸口画上"X"字样,在腿脚上画上环,他们头上缠着袋貂皮头带和凤头鹦鹉羽毛,鼻子上穿着刻成野猪獠牙形状的贝壳,这能给他们带来力量。为了克服心中的恐惧,他们希望将自己武装得更加凶猛。他们变成了丛林里的野兽——食果实者、食人者。在门户里,他们整晚敲鼓唱歌反复喊叫,汗水如瀑从胸膛、手臂和腿上流下。门户里充满了他们的体味,这种体味又给他们带来了额外的力量和勇气。他们舞蹈、叫喊、号叫,将自己推向无惧的极限。他们拿着弓箭和长矛跳舞,有些笔直的长矛带有1英寸(2.54厘米)长的倒刺,有些矛尖分了6个小叉,有些矛尖可以断在猎物的体内。黎明之前,他们将盾牌聚集起来——

野蛮收割

6英尺（1.82米）长的盾牌精细雕刻着森林、猎头、果蝠、野猪獠牙和螳螂的符号——每张盾牌顶上都刻着一个人类阳具形状的凸起。他们带上石灰粉，将它们扔向空中提升士气。他们看起来就像丛林里的野生生物。20条独木舟上的200个男人在晨光中沉默地顺尤塔河而下，航行至狭窄、水流紊乱的河口等待。

阿斯马特能做到如此长时间的与世隔绝实在难得。居住在像亚马逊丛林这种地方的人不易于与现代人接触倒还能理解，毕竟，那里是亚马逊河上游1 000里的支流流域。但阿斯马特的情况大不相同。他们就在海边，河流是他们的主要交通通道，欧洲人在此处航行了数个世纪。葡萄牙人早在1526年就接触了这个区域，西班牙人在几年之后也抵达过这里。1595年，荷兰为了保护辣椒供应运输通道，向摩鹿加群岛（Moluccas）——阿斯马特以北900英里（1 440公里）的地方——派出了远征军。很快，他们成立了东印度联合公司（United East Indies Company），开始了长时间的对印度尼西亚群岛的统治。但新几内亚仍是一个巨大的谜团。它的海岸闷热潮湿，它的内陆是难以穿越的陡峭山峰和山谷，西南海岸更是如此。事实上，它保持不受政府控制的时间比世界上除南极洲以外的其他任何海岸都要长。阿斯马特不生长庄稼，那里的土地无法滋养可供蓄养或狩猎的大型哺乳动物。阿斯马特没有任何矿产资源，这里的水太浅且受潮水影响极大，一般船只航行非常困难。这里似乎从未被征服，当扬·卡斯滕斯（Jan Carstenz）于1623年在这里登陆时，当地土著未发出警告就袭击了他们。加文·苏特（Gavin Souter）曾在他的新几内亚历史里这样记录，"将一个男人撕成碎片，用箭和矛刺死了另外8个人，刺伤了剩下的7个人"。

第一部分

1770年，詹姆斯·库克船长曾在库克河（Cook River）——今天称库蒂河（Kuti River）——下游的入海口处停靠。为保险起见，他派出了两船人前往河流上游探路。在那里，他们与满载阿斯马特人的独木舟相遇。阿斯马特人手持矛和弓箭，笼罩在白色的烟云里。事实上，这只是阿斯马特人扔出的石灰粉，库克的手下却以为是某种硝烟类武器。下面是一段来自参战船员的回忆："他们的装备是大约4英尺（1.21米）长的普通标枪，由某种芦苇秆做主干，一端装有硬木矛尖。但不寻常的是，他们用来产生火光或烟雾的东西，很像未经警告就发射的手枪或炮散发出的烟雾。难以辨别具体情况，以至于我们船上的船员都认为他们装备了火器。"第一次交锋后，库克的手下战死20人，阿斯马特人的死亡人数未知。库克认为没必要继续深入，更没必要怂恿他人进去。

1800年，荷兰政府从东印度联合公司手里接管了印度尼西亚群岛。1个世纪后，荷兰政府开始了一系列深入巴布亚西南海岸河流上游的侵略行动，但很少与阿斯马特人直接接触。1902年，在英国政府的压力下——其领土被该岛荷兰领地的马林德（Marind）猎头战士入侵——荷兰人在阿斯马特西南方向150英里（240公里）的马老奇（Merauke）成立了一个派出所。荷兰殖民地的首府霍兰迪亚位于阿斯马特北方300英里（480公里）处。霍兰迪亚在高山的另一边，那里距离阿斯马特非常遥远，就像坐落在另一个星球。

阿斯马特人在自己的世界里怡然自得，这些外人（荷兰人）就像是偶尔路过的鬼神。此后，第二次世界大战在太平洋点燃战火，大战波及了整个北海岸，以霍兰迪亚的大型美军基地和比亚克（Biak）岛发生的战斗最为惨烈。日本人在阿加茨建立了一个据点，他们曾在那里一天之内杀死了22个男人，但他们对阿斯马特其他地区的影响很小。

野蛮收割

1947年,荷兰神父赫拉德·泽格瓦德抵达了米米卡(Mimika)地区。此地位于阿斯马特的西北方,其语言和文化都与阿斯马特大不相同,这里拥有更加坚实的陆地。泽格瓦德隶属传教士兄弟会圣心教(Order of the Sacred Heart),这个教会自19世纪末期开始在太平洋区域活动。圣心教教士都是受过高等教育的虔诚教徒,他们的修行需要自我鞭挞,这种修行方式要用带结的鞭子抽打自己背部。他们除了会说母语荷兰语外,还会拉丁语、英语、法语和德语,并遵循亚里士多德、托马斯·阿基纳(Thomas Aquinas)和尼采(Nietzsche)的哲学。当年的泽格瓦德28岁,他拥有人类学家那般的好奇心。为了旅行,他蓄满了肮脏的胡须,将皮肤晒成了深小麦色。他抽起了袋烟,融入了阿斯马特文化,无意中卷入了仪式和猎头袭击行动并把这些仪式和行动记在了日记里(从没有白人见过这些)。

猎头袭击可能发生于任何时间任何地点。村庄随时都在变动,更大、更强的村庄会摧毁更弱小的邻居以占有他们的猎场、渔场和西米采集地来扩张领土。战士们面对面的肉搏并不常见。当交战双方村庄的男人们坐着独木舟在河上相遇时,他们会隔水咒骂,辱骂敌人的妻子和女人。他们拉弓把箭射向敌人头顶或射入水中,向对方扔石灰粉。但如果他们发现双方势均力敌,就不会真正搏斗而选择离开。

更受青睐的做法是,在村庄里埋伏或袭击某个运气不好的在开阔地被抓的流浪男人、女人和小孩。整个村庄的男人为了安全,通常会集体打鱼或集体去丛林收集西米。战士们会在人们干活场所的上下游封锁交通,其他人会陪同女人们进入森林收获西米。当然,这必然导致老人和孩子孤立无援,他们也时常成为被狩猎的对象。

也有一些人在交战双方的村庄中都有血缘或亲戚关系。如来自奥马德塞普村的法尼普塔斯,他就可以在两个村庄间安全通行,被

第一部分

当作客人一样对待。村庄之间通过联姻生子或杀人取名这样的行为通常会让他们的后代产生一些相互联系。但在现实生活中，阿斯马特人的机会主义和骗子行径显露无遗。有时，这些拜访者会在睡梦中被杀；有时，他们会在收到礼物后在离开时被杀；或者，像去韦金村旅行那样，他们被引诱到旅途中当作猎物被杀。

与仪式相关的村庄伏击是为了恢复对立世界的新秩序。仪式包括制造一根用红树林枝条雕成的复杂木柱，这种柱子可高20英尺（6米），被称为比西柱。每根柱子上都雕刻了一列上下堆叠的祖先头像，雕在柱子上的都是非常重要的人物。柱子的基座上刻着独木舟、蛇和鳄鱼的图案，顶上的凸起部分刻着猎头符号。这些柱子栩栩如生，通常具有性暗示意味，令人难忘。

对阿斯马特人来说，祖先文化渗透于他们生活的每个方面。雕刻祖先的符号是生者纪念祖先的标志，以说明祖先的死，生者并未忘却。生者有为他们复仇的责任，如果复仇不能完成，生者将受到惩罚。比西这个词来自"mbiu"（死者的精神或灵魂）。与其他物品相比，比西柱更能充当死者的化身，死者的灵魂寄居其中。柱子既是祖先存在的标志，也是复仇者责任的提醒。柱子既拥有阴茎也拥有阴道，这是繁殖力的标志。由生入死、由死入生，这是一个统一整体不可分割的对立两面。

萨凡坐落在阿斯马特的西方，那是他们祖先灵魂的家园。阿斯马特人在阿斯马特出生、生活、死亡。之后，他们进入尘世的第二层世界，类似地狱边缘。为了穿越这层世界到达萨凡，他们需要生者的帮助。他们必须进行持续7个月的比西庆祝仪式，这个仪式是以战士攻击丛林里的一棵红树林树木开始的（就像攻击人的方式。他们先是呼喊着用箭矢射树，然后将树砍倒带回村庄，就像在战斗中带回自己猎杀的人那样）。只有大人物才有资格享受这样的仪式。

因为，做这样的仪式必须为雕刻匠提供食物，主持这样的宴会也需要大量的食物。而这些条件，非一般人可以做到。

比西柱完工后，通常会发起新一轮的攻击事件。这样大仇得报，新的平衡得以恢复。人们获取了新的人头（能滋养年轻男人成长的新种子），并将受害者的鲜血擦抹到比西柱上。在宴会和比西庆祝仪式的尾期，比西柱上的灵魂得到祭祀，它们可以回归并给生者提供帮助。村民们接着开始发生性行为，比西柱则被留在西米地里任其腐烂以给西米施肥。如果不举行比西庆祝仪式，就不能唤起人们的追忆，不能获取新的人头，生命和幸福也就不能从祖先的世界流入人间。

偷袭经常发生在黎明前。经过整晚的策划后，偷袭一方通常分为三组组合进攻：领导者发号施令、弓箭手展开袭击、战士用矛和盾执行杀戮。战士们乘坐独木舟尽可能地靠近敌方村庄并将其围起。领导组全都是年长、受人尊敬的战士，他们压住阵脚进行指挥。弓箭手匍匐爬到村庄与河流之间的区域。矛手跟在弓箭手的后面，介于村庄与丛林之间，因为所有阿斯马特房子都藏有后门。

一个袭击者发出声响。

"谁？"房子里的某人回应道。

"你的丈夫，修鲁村！"袭击者回答，报出了自己村庄的名字。

然后，场面一片混乱，妇孺试图逃进丛林或者乘舟逃走。有时，他们会得到宽恕——如果袭击一方缺少女人，袭击者会将她们掠走成为自己的妻子，孩子则被收养起来。袭击者一旦制伏一个受害者，就会推倒并对其殴打。受害者的头部会受到特别关注。袭击者会大声呼喊，"我的头，我赢来的头！"如果袭击者不知道受害者的名字，他们会问出受害者的名字。最好的情况是，在时间充裕的条件下，受害者不会被立刻杀死。袭击者会将他们带回独木舟，迫使他坐下

第一部分

并将他们的双手和胸口绑着悬挂在一根柱子上。

袭击者会在河流交汇处或河湾处将受害者斩首（有时，行刑者甚至是女人——伟大猎头人的妻子也会因此而变得伟大）。回村后，他们将吹响号角，继续举行庆典和宴会。

荷兰神父泽格瓦德在1947年抵达米米卡地区时，这样的事情在阿斯马特早已司空见惯。1928年，载着100个阿斯马特人的10条独木舟在米米卡地区一个荷兰派出所附近的阿涂卡（Atuka）村登岸。阿涂卡村人四散而逃，阿斯马特人洗劫了他们的村庄，他们抢走了这里的所有铁制品。他们将阿涂卡村学校的桌椅砸成碎片，抽出了所有的钉子，因为他们可以将这些铁制品当作自己的雕刻工具。到1947年，阿斯马特的偷袭战愈演愈烈，多达6 000个阿斯马特人逃出自己的村庄避难。避难者在相邻的米米卡地区落脚，泽格瓦德就是在那里首次遇见了他们。这是一次难民危机，荷兰殖民政府强迫他们回到自己的村庄。泽格瓦德和荷兰居民是当地的殖民官员，这次事件之后，他们开始定期拜访这里的沼泽和河流。

泽格瓦德是纯洁状态下的阿斯马特人的最好的统治者。在那个阿斯马特人首次与欧洲人长期接触的年代，泽格瓦德的文字描述了一幅血腥的画面。"现在，殖民政府中有一种言论趋势试图冲淡阿斯马特文化中存在的暴力，"他写道，"我频繁地感受到政府官员对阿斯马特的'野蛮故事'持怀疑态度。我不会责怪他们，因为我在粗浅了解阿斯马特文化时，也曾抱有和他们一样的想法。我曾提到过，阿斯马特人是绝佳的演员——他们可以给别人制造良好的印象，将自己伪装起来，暗示情况'并不真的那么糟糕'。"

"阿斯马特语言，"他继续说，"对于如'搏斗'、'争论'、'争吵'、

野蛮收割

'谋杀'、'猎头'这样的概念拥有丰富的词语。两人之间的任何简单冲突都有可能升级为累及近亲家庭所有成员的大规模冲突。最终，上升到家族矛盾，乃至整个村庄的战争。他们与一个亲近或友好村庄的简单冲突通常会引发大型战争。阿斯马特人用他们可以持有的所有武器战斗：棍棒、弓箭、长矛、船桨等。他们在与亲近或友好村庄的战争冲突中试图维持一种平衡，但在与无关或敌对村庄的战争冲突中则无所不用其极。第二次世界大战期间发生的一些例子可以有助于这一事态的阐明：两个修鲁村的男人在一次为了烟草和女人的战斗中被贾索科（Jasokor）村人用箭射杀，之后引起了大规模战争，尤尔村有 6 人战死，修鲁村有 5 个男人和 1 个女人战死。第二次世界大战后的 1950 年，两个男人在一次为了女人的争夺中被打死，另一方进行了还击……1952 年有 3 个男人在亚马西（Jamasj）村被杀，1953 年 3 月也发生了一起 3 人谋杀事件，这次谋杀事件正是对 1952 年的那次杀戮的报复。有时，这样的战斗会持续数个小时，甚至几天也不中止。"如果一个男人感觉自己被某种方式错误对待了，他会安静地等待复仇，他会耐心等待寻找最合适的机会和杀戮地点。我在那里作人口普查工作时，阿斯马特人通过儿童进行的复仇模式可用来解释阿斯马特儿童的稀少。我知道 1952 年的厄马（Erma）村发生了一次儿童复仇杀戮事件。孩子被杀的原因是他的父母在别人的西米地里采集了西米。被杀孩子的父母之后又对来自约尼（Joni）村的男人进行了复仇，因为他是杀死他们孩子的那个男人的亲戚。这些冲突（经常会以杀戮为高潮）是家族分裂或村庄单位解体的常见原因。几乎每个门户的历史都始于冲突。

1947—1948 年，泽格瓦德记录了修鲁村 "61 起暴力导致的死亡事件"。其中 65 名是猎头受害者，受害者的名字被"谋杀者"掠夺。因此，修鲁村的总人口在这两年期间由 675 人下降到了 610 人——

第一部分

绝对人数下降了10%，每年的人口呈4%的下降比例减少。

泽格瓦德计算了修鲁村、尤尔村、阿亚马（Ayam）村、安姆波雷普（Amborep）村和瓦瑟（Warse）村在那两年的平均人口。他推测"阿斯马特地区由于暴力致死导致的人口减少的平均比例大约为每年2%—3%"。这个比例放在世界上的任何地方都是一个极高的数字。即便以美国最著名的谋杀之都华盛顿特区为例，那几年的谋杀率也远低于1%。

1952年，泽格瓦德在修鲁村开设了宅邸，政府很快随之在邻近设立了派出所，并将其命名为阿加茨派出所。政府平定阿斯马特的行动开始了，不过这是一个漫长的过程，花费了超过20年的时间。

几位政府官员和神父乘坐独木舟或汽艇前往河流的上游，利用鱼钩、斧头和香烟与阿斯马特人接触。阿斯马特人很快就对香烟产生了兴趣并上瘾。对于除了木头、贝壳和产自高地的石头外一无所知的阿斯马特人来说，这些物件是革命性的高科技产品。砍倒西米树（他们的主要食物来源）、挖空独木舟，雕刻盾牌、鼓、碗和比西柱，这些他们生活中最主要的任务均为石器完成。政府官员为他们带去的铁制品颠覆了他们的传统认知，就像当时的美国人首次看见拖拉机一般。

白人虽然人数稀少，但他们却拥有令人难以理解的影响力。他们到达了这个地方，接触了这个民族。阿斯马特人认为，他们的世界由纯粹的物理世界（丛林、河流、天空、大地、他们自己）组成。对大多数阿斯马特人而言，这就是他们的村庄、狩猎场、采集场，任何邻近村庄和他们的战争领土。他们所见一切即他们的宇宙。任何有形之物（tangible immediacy）以外的东西一定来自灵界——这是他们唯一可以接受的解释。灵无处不在，它们总是嫉妒生者，总想回来制造麻烦。如果村庄里死了人，女人们会在泥里打滚，用泥包裹全身，这样死者的灵魂就无法闻到她们，故而无法找到她们。阿斯马特人认为飞机是灵魂之舟，白人是超生命体。他们来自海那边的大陆，是来自鬼神之地的神秘人物。这些陌生人的到访意味着转世灵魂的入侵，这些灵魂的祖先总想回来侵犯生者。阿斯马特人带着恐惧和敌意迎接他们，为了压制和吓退这些入侵的灵，他们拿起矛、弓箭和头骨。他们认为，也许这些灵看到自己被挖空的头骨时会感到恐惧。

这些新来的超生命体白人还很富有，他们带来的铁钉和铁斧是令阿斯马特人瞠目的奇迹。它们由阿斯马特人从未见过的最珍稀最有价值的原料制成。这些白人还拥有全铁制成的轮船，令人无法想象。这些携带奇迹制品的生物真是富有！他们拥有令人敬畏的力量。

对阿斯马特人来说，通常情况下，他们的妻子神圣且不容侵犯。通奸行为通常会导致冲突爆发，甚至导致村庄的分裂。在实际生活中，他们也会产生"Papisj"行为——男性伴侣之间分享妻子。因为他们认为，这种做法具有破坏性，可以吓坏那些外来的灵，将它们赶回萨凡。阿斯马特的村庄通常会在紧张局势下发生"Papisj"行为。那些年代，神父或政府官员的到访也会促使他们开展大规模的性伴侣交换行为。

1955年，泽格瓦德搬回了马老奇，荷兰神父科尔内留斯·"克斯"·范克塞尔（Cornelius·"Kees"·VanKessel）接替了他的工作。范克塞尔身材高瘦、脸形窄长，留着一把乱胡子。他有很严重的旅游癖，他从7岁起就梦想成为一名传教士。12岁时，他进入了神学院，1947年他被派往新几内亚。8年后，他被派往阿斯马特南部的阿奇村，那是当地最为强大也最为暴力的村庄之一。

"使团一行并未调用动力船，"他在一份未发表的回忆录里写道，"所有的行李都装在10艘独木舟里。丛林的消息传得很快：在锡雷

第一部分

奇（Siretsj）河，我们得到了阿奇村所有头领的全程陪同。在靠近村庄时，这支大船队根据阿斯马特的传统进行了特殊编队——除了船桨安静的划水声外，没人发出任何声响。当船队靠近村庄时，一名领唱者开始吟唱一首庄严的歌，然后，歌声被整个船队的齐声呼喊打断，村庄也作出了呼声回应。当我们来到房子前时，那里的女人们将石灰粉扔向了空中。"

范克塞尔在这里建了一栋房子，他乘坐独木舟在各条河流间旅行，确保货运的畅通。当然，他也学会了这里的语言。"我在每个村庄会留下一两把斧头，但在阿奇村我发了上百把斧头……每天，为了平息村民对小刀、砍刀、刀片、鱼钩和烟草的渴望，我不得不和他们交换其他食物及艺术品！"

范克塞尔不同于普通人，他野心巨大但也极度虔诚。他的虔诚信仰建立在"人们善良、世界和生活美好且充满了奇迹"、"上帝平和充满博爱，能忍受人类的古怪和不完美"这样的理念上，他毫不含糊地相信天堂。他喜欢香烟，他在荷兰的家人一直为他供应他最喜爱的荷兰拉巴斯牌香烟。他认为宗教信仰不能被强迫，他会耐心地劝人皈依。他渴望了解阿斯马特人，所以他与他们交谈，与他们同食同睡，逐步向他们介绍自己信仰的上帝。他的形象引人注目，这个身材瘦长的白人常穿短裤和帆布鞋，留着狂野的胡子，嘴上叼着一支香烟。他经常会在胸口、腿脚上画上白色和赭红色的条带，胡子上粘着白色羽毛，有时会在额头上绑上袋貂皮头带。他具有自由、乐观的精神。因为这点，阿斯马特人喜爱他；也因为这点，他的上司不信任并排挤他。他与上司之间永远存在着矛盾，他对权力感到焦躁，只喜欢畅快直言。圣心教的档案里充斥着大堆他的上司们留下的信件，他们都试图驯服这个难以束缚的孩子。他因未能足够快地施洗足够多的阿斯马特人而受到过训诫，因直言不讳及不服从荷兰官员的命令受到过训诫。他认为那些官员对阿斯马特的现实和文化一无所知。

理想情况下，范克塞尔能做个好神父。但在现实中，他还是个乐观主义的多情种。多年后，他坠入爱河，辞去神职而结婚。不过，他仍与教会保持着紧密的联系，他的信仰从未消退。范克塞尔与他的上级之间的分歧在迈克尔失踪后更严重了。

渐渐地，传教士们开始将巴布亚教友安插进村庄当传教员。这些传教员开始向阿斯马特人传导基督教的知识，并向教会和政府报告阿斯马特人的猎头袭击。针对传教士们的活动，不同村庄对其接受程度各不相同，奥茨詹内普村就对这样的活动非常抵触。这个村庄与外来者的初次接触就曾非常不顺。1953年10月，一群印度尼西亚的鳄鱼猎人雇用了奥马德塞普村村民作为向导，袭击了一群在尤塔（Ewat）河口附近捕鱼的奥茨詹内普村的女人。这些猎人杀死了6个女人和2个小孩，其中4人遭枪击致死——这是奥茨詹内普村与他者的第一次接触，还是与携带火器的他者。荷兰官员埃布F. R. J. 林克·扬森（F. R. J. Eibrink Jansen）曾在1955年抵达奥茨詹内普村调查这起杀人事件。实际上，这却引起了一场经典的文化误会。虽然埃布林克·扬森是为伸张正义而来，但他首次与奥茨詹内普村的正面接触就带来了全副武装的巡警队，还有一群来自奥马德塞普村的战士。出现在奥茨詹内普村男人眼前的是一群携带着武器的荷兰白人，还有奥马德塞普村的敌人，他们被吓坏了。巡警在狭窄的河道里被几百名尖叫着扔石灰粉和全副武装的奥茨詹内普村的战士重重包围。埃布林克·扬森决定后撤。"我本可以将他们全部杀死，"第二天他告诉范克塞尔，"但如果这样，我会伤到几十个无辜的百姓，因此，我很快下达了撤退令。"

两个月后，范克塞尔首次访问了奥茨詹内普村。"我们受到了

第一部分

最诚挚的欢迎,但紧接着,我们被解除了武装。"他在1956年4月15日再次拜访了奥茨詹内普村,"我们又受到了诚挚的欢迎"。他留下了两个传道员,但他们在24小时后就逃走了。"村民们热衷于传道员带去的烟草,传道员误以为这是一种恶意,落荒而逃!"

席卷阿斯马特的大杀戮仍在继续。1956年9月,奥马德塞普村人杀死了奥茨詹内普村的4个人,将未能复仇的死亡人数增加到了10个。

范克塞尔去了安姆波雷普村,发现这个村庄刚"击退过一次贾索科村和凯莫(Kaimo)村的袭击"。范克塞尔赶往贾索科村,发现村庄里除了他的两个传道员外空无一人,"传道员简明扼要地告诉我,'这里的村民刚离开,前往偷袭达门(Damen)村。'我又匆忙赶往达门村,但为时已晚:这里的房屋熊熊燃烧,村民们正哀悼死者——8个男人、8个女人和8个孩子死于这场偷袭。死者被贾索科村人带上独木舟载回贾索科村举行庆祝仪式。"

5月,在阿贾姆村,亚帕(Japaer)村来访的28个男人和男孩被屠杀,范克塞尔也差点丧命于此。"在划船去往阿贾姆村的河道上,我遭遇了亚帕村船队发出的箭雨。我和3艘阿奇村人的独木舟一起航行,亚帕村船队在后面追赶我们。我将烟草扔到河里才减缓了追兵的速度(免费的烟草救了我的命)。最后,他们停止了追逐,因为我们靠近了阿贾姆村,那里设有强大的警力,我逃脱了这次惊险的命运。亚帕村人对任何外人都充满了仇意。"

范克塞尔记录了一份与暴力事件相关的清单:1955年,300人死亡;1956年,120人死亡,包括奥茨詹内普村被奥马德塞普村杀死的4个人和被巴西姆村杀死的2个人;1957年,200人死亡。这份清单仅统计了南阿斯马特地区。如果加上未能完全统计的死亡人数，这份清单将令人难以想象。

1956年10月，一个同事加入了范克塞尔的队伍，他的名字叫许贝特斯·冯·佩吉。冯·佩吉，26岁，他和范克塞尔一样是最近得到任命的圣心教传教士。冯·佩吉也是从小就有猎奇的野心。他12岁时就想成为神父，他本可以去巴西、菲律宾或者印度尼西亚的其他地区，但他选择了更具挑战性的新几内亚，希望开启一段新的冒险。"我听说过那里的故事，"他说，"那里深深吸引着我。"在马老奇学习了4个月的马来语后，他被上司泽格瓦德派去了阿贾姆村。"阿贾姆村的情况非常糟糕，"他后来这样对我说道（当时，我去荷兰蒂尔堡采访已84岁的佩吉，他的身体状况还算不错），"为了报复20世纪40年代频发的偷袭，那里发生了很多杀戮事件。"正如冯·佩吉所言，"他们不会忘记仇恨，且永远不会。"

泽格瓦德将冯·佩吉派往阿贾姆村。"我没有无线电，没有电话，也联系不上任何人。"冯·佩吉在阿贾姆村生活了3年，之后又在阿奇村生活了2年。他比范克塞尔更保守。范克塞尔就像丛林里的野人，他身上画着条纹，胡子上粘着羽毛。而冯·佩吉并未选择入乡随俗，他保持着白人传教士的风格，收拾得干干净净，穿着白色短裤和白色T恤。他试图每月拜访一次他教区里的村庄。在阿斯马特人中安插非阿斯马特人的巴布亚传道员，目的是"为发生的事情作证，如有必要的话，还可上报政府"。佩吉很快学会了阿斯马特语，就像范克塞尔一样，他并不急于对个人施洗。"我们有很多时间，他们还不能快速理解我们的想法"。

回到1957年年末的那天，为了报复奥马德塞普村前一天对东鲍

第一部分

伊、苏、柯凯、瓦瓦和保考伊的谋杀，奥茨詹内普村的男人们藏在尤塔河口错综繁杂的低矮灌木丛中。他们已意识到有超生命体进入了他们的世界，他们认识范克塞尔和冯·佩吉，也接受了他俩会偶然出现在村里的事实。随着时间的推移，他们渐渐熟悉。他们渴望得到范克塞尔和冯·佩吉带来的烟草和现代工具。他们还知道范克塞尔和冯·佩吉背后有政府人员和警察撑腰。但公平地说，在当时，这些外来者对他们生活的影响并不大。奥茨詹内普村的阿斯马特人并未改变，他们的使命感依旧。他们眼中的世界平衡仍然围绕战争、猎头和仪式而建立。此时，等着奥马德塞普村人的奥茨詹内普村的战士们正践行着自己的使命——袭击、战斗、恢复二元世界的平衡。如果我们能进入他们的心灵，如果我们能摄下他们所见、所感，并成为他们，我们或许就能理解他们的需求。暴力行为就是他们生活的根基。暴力让他们完整，并赋予了他们身份，且滋养了他们。暴力帮助精液流动、西米生长。因为暴力，他们创造了矛与盾、鼓与面具，以及比西柱。暴力就是他们的语言、他们的艺术，也是他们符号化的表达方式。事实上，正是这种"艺术"吸引了纳尔逊·洛克菲勒这样的西方收藏家的注意。

奥马德塞普村的船队从韦金之旅的海滨战斗中归来。当船队的掉队者们渡过尤塔河口时，奥茨詹内普村的战士展开了全力攻击，他们驾驶着敏捷的独木舟急速而上。奥马德塞普村人早已筋疲力尽，毫无还手之力。奥茨詹内普村的战士呼喊着、尖叫着，石灰粉在河面飘散，竹角声响彻河道。奥茨詹内普村的战士用船桨击打舟侧。战士们用弓箭屠杀来自奥马德塞普村的敌人，毫无怜惜之情，河水被鲜血染红。他们拍打俘虏的脑袋，并将他们拖回自己的独木舟并绑在横挡上，这有助于砍下他们的头颅。在几天前，两个村庄一起前往韦金村的124人中，只有11人活着回了家。

野蛮收割

范克塞尔把这次事件称为西尔维斯特（Sylvester）大屠杀，因为这起事件发生的时间是12月底。

8
2012年2月

威伦姆在凌晨3点将我唤醒，我摸黑蹑手蹑脚地绕过横七竖八躺在客厅地板上的人们爬上了船。很快，我们跟随着潮水航行。夜色已深，对岸闪烁着几盏黄色的灯光，但夜空布满了繁星，满月发出的亮光让长长的树影映衬在1英里（1.6公里）宽的河面上。我们都有点昏昏欲睡，于是都沉默不语，迷失在自己的遐想中，只有头顶的蝙蝠上下翻飞。阿马兹散了一圈香烟。

1小时后，天开始蒙蒙发出亮光。我们渡河前往对岸，浪头越来越大，大划艇开始了猛烈颠簸。早晨的天色灰蒙蒙的，太阳还未升起，我们进入了阿拉弗拉海。南方刮过来的海风渐渐增大，我们保持着离岸0.25英里（400米）的距离渡过了贝奇河河口，航行在迈克尔·洛克菲勒在宿命的那天选择的航线上。太阳渐渐升起，风浪更加强劲，船体上下起伏，海水从船舷上侧倒灌而入。我找到了卫星电话，我们要前往阿平河（Aping River）上游寻找避风港。

在河流和小溪口的交汇处，常能看到一两间小棚屋——那是为临时捕鱼者修建的营地。菲洛将屋内弄干后，开始烧水做饭，我踱步穿过覆盖着棕榈叶的竹地板。阿马兹告诉我，这是一个刚从奥马德塞普村分离出来的新村庄，而奥马德塞普村本身也是很久以前从

皮里恩（Pirien）村前头人柯凯（Kokai），他穿戴着传统的阿斯马特袋貂皮头带、鼻饰、背包和弓箭。

第一部分

比瓦海村分离出来的。"为什么?"我问道。

"女人惹起的麻烦。"他说。

我们吃饭、抽烟、打盹、拍苍蝇,在威伦姆确定风速变小后,我们继续前进。在午后不久,我们到达了法吉特河(Fajit River)的巴西姆村。巴西姆村的地盘很大,码头区的步道沿线立着几个店铺。天气湿热,几乎没有风。像往常一样,我们爬上一个码头,一群沉默不语、眼神茫然、穿着破烂的男女和小孩们围坐在我们身旁。阿马兹咕哝了几句,之后大步走开。后来我才知道,我们要临时占用学校老师的房子,那是小学里的4间光秃秃的木头房间。

起初,这些村庄给我的感觉就像它们刚遭受了掠夺。它们似乎在等待着什么,四处空荡,似乎它们已失去了存在的理由。巴西姆村的门户一片空荡,不过,这些门户的建造方式令人惊叹——这种建筑又长又大,用藤条绑成,整体上竟没用一颗钉子。我四处巡视,没看见任何雕刻制品。没去采集西米或打鱼的人会无精打采地闲坐在那里,似乎在等待着什么。不过,孩子们除外,他们疯狂地嬉戏玩耍。他们大声喧哗,爬上棕榈树,用泥巴涂满全身,从码头上打闹着跳进棕色的河里。只听声音,阿斯马特村就像一个嘈杂的操场,充满了孩子们的欢笑声、叫喊声和玩闹声。

那天晚上,我们坐在地板上,一个老人走了进来。他身材瘦小,大约5英尺(1.52米)高,140磅(63.5公斤)重,下巴突出、鼻子很大、眼睛深陷,他的脖子和太阳穴上的血管膨出,鼻中隔上有一个洞。他的涤纶T恤满是污痕,布满小洞,上面印着一个鼻子上贯穿贝壳的巴布亚人图像和"NOSESLIDE!"的英文文字。他的脖子上挂着一个装饰着凤头鹦鹉羽毛的编织袋,编织袋垂到了胸口——体现了他的重要身份。他的眼神敏锐、话速敏捷,声音略带沙哑,流露出一种我在阿斯马特从未嗅到的野性。"这是柯凯(Kokai),"

野蛮收割

阿马兹介绍道，"他是我哥哥和爸爸所住的皮里恩（Pirien）村的头人。"简言之，他是皮里恩村的酋长，皮里恩原是奥茨詹内普村一个门户的名字，奥茨詹内普村在洛克菲勒失踪后的某个时间遭遇了一次严重分裂，皮里恩村则由此分裂而来。"他在巴西姆村有位新妻子，所以他经常到这里来。"柯凯和我们一起围坐在地板上，阿马兹拿出一袋烟草，开始卷烟卷。这是一个不能错过的机会。我向阿马兹坦白，我对奥茨詹内普村和奥马德塞普村的一些旧事颇感兴趣，特别是1958年荷兰人为了报复韦金之旅的杀戮事件而对村庄发动的袭击。事实上，我在荷兰政府的档案里找到了当时的殖民地原始报告，那份报告对这些事件作了官方的描述。但我对其可信度持保留态度。

"柯凯多大年纪？"我问阿马兹。

阿马兹和柯凯交谈了起来，我在一旁等着。"他也不知道，"阿马兹回答，"也许有60岁了。"

"他还记得荷兰人袭击的事吗，有人被杀的那次？"

阿马兹用一种我很快就会熟悉的方式跟柯凯交流——委婉的絮叨，10个字的问题要花10分钟来描述。阿马兹的问话结束后，柯凯看着我，他用两片卷纸卷起一支长长的香烟。烛光闪烁，天气湿热，我的双腿被坚硬的木地板硌痛了。早上3点，我从充气床垫起床后就未接触过垫子。接着柯凯打开了话匣。

"他还记得，"阿马兹翻译道，"他那时还是个孩子，他看到了事情的经过。"柯凯开始断断续续地讲述这个曲折的故事，阿马兹不时地停下来给我翻译。我发现在这个没有电视、电影和任何媒体的世界，阿斯马特人是极佳的说书者，他们的表现生动且形象。柯凯用手势作了拉弓的动作，他拍打着自己的大腿、胸口和前额。他用手扫过自己的头，以示意他的后脑勺刮过了一阵风；他瞪大双眼，以表示恐惧；他用手臂和肩膀演示奔跑，然后是偷偷溜进丛林的动

第一部分

作。他用中指和大拇指拿住卷烟，用食指轻抹燃烧的烟头清理烟灰。我听到了奥索姆（Osom）、法雷奇阿姆（Faratsjam）、阿肯（Akon）、萨穆特（Samut）和伊皮（Ipi）的名字。还听到了一个故事，这个故事是围绕迈克尔·洛克菲勒之谜发生的一连串事件里的第二环。在柯凯生动的讲述中，这个原本尘封在荷兰档案库几页打印纸里的故事从沉睡中被唤醒。

9　1958年2月

1958年2月6日，马克斯·拉普雷（Max Lapré）登上政府的交通艇"团结"（Eendracht）号。他将前往奥茨詹内普村，太阳当头暴晒，暴晒下的他有点发蔫。"团结"号有30英尺（9米）长，吃水浅，船头高，弯曲的舷弧线在船侧离水面1英尺（30厘米）的地方收住，船头的小舱室有两个舷窗，白色的遮篷覆盖了露天甲板。拉普雷肌肉结实，跟着他的还有11个巴布亚警察。他们都穿着卡其布军装式样的制服，装备了毛瑟（Mauser）M98步枪和施迈瑟（Schmeisser）轻机枪，拉普雷自己也配了枪。

拉普雷有点害怕，因为他身后紧随着3条来自阿奇村的独木舟，独木舟上满载着战士。看着这些战士裸身于太阳下划船，拉普雷忽然感觉自己非常渺小。他仿佛是个小白点置身于一个全然陌生的黑皮肤的世界。然而，这个世界却被他的国家所统治，这片丛林、沼泽、土著，都必须由他的政府统治和驯服。他决定用文明政府的力量给这些土著一个教训。

以今天的视角，殖民早已成为历史。但1956年，接管阿斯马特地区的新政府官员拉普雷却来自另一个时代，他有着与今人不同的视界。马克斯·拉普雷的祖先在17世纪就来到了荷属东印度群岛（Dutch East Indies）。他于1925年出生于苏门答腊岛，他的父亲是荷兰皇家印度陆军（Royal Netherlands Indies Army）的士兵。马克斯

马克斯·拉普雷时期的奥茨詹内普村和低潮时的尤塔河。

第一部分

3 岁时，他全家搬到了西里伯斯岛（Celebes）的玛琅（Malang）。马克斯成长于一群殖民主义分子组成的孤立环境。这里的殖民者要相互联手对抗当地社会的民众，他们还要在自己国家女王生日时为其祝酒庆祝。从 20 世纪 30 年代起，这个群体受到了印度尼西亚独立运动和日本人在太平洋扩张的威胁。多年后，马克斯在一次采访中回忆与日本士兵初次相遇时的场景。"在玛琅的华人区有一家日本商店"，拉普雷说，"那些房子很深，一直向内走，你总能看到类似内院的地方。一次，我往那个商店的内侧一直走。在内院，我看到了很多日本人正聚集开会。他们身穿制服席地而坐，武士刀靠在他们的边上。忽然间，他们看到了我。我慌忙躲开，这可把我吓坏了。"

即便如此，当日本在 1942 年侵略新加坡时，荷兰政府还是感到非常震惊。拉普雷的父亲被派往前线，17 岁的拉普雷永远无法忘记自己当年与父亲的对话——"你去给他们一个教训。"

事实恰好相反，威廉·拉普雷（William Lapré）踩上了地雷，在病床上被日军俘虏。直到 1946 年，他才有机会与家人团聚。随着战争的深入，拉普雷家失去了收入来源和佣人，荷兰学校也关门了。马克斯成了一个皮条客，他将手表、布料、衣服和漂亮商品卖给妓女。他女友的父亲遭到了日本人的处决。他本人也在 1944 年遭受了日本士兵的殴打，被迫前往劳改营。他被剃光了头发，被迫用一把钝斧头砍树。他睡在木棚里，早上只能食用一杯茶和玉米的混合物，晚上则食用玉米和生菜。他因痢疾变得虚弱，但他的野心丝毫不减，他的精神似乎飘离了自己的身体。

拉普雷的痢疾或许还救了他的性命，因为他很快因患痢疾被转到了一个医院，从劳改营释放并与祖父母住到了一起。第二次世界大战结束时，他的麻烦仍未结束，因为印度尼西亚人正寻求独立。印度尼西亚共和国没收了荷兰人的房子和车子，荷兰人遭

野蛮收割

致了棍棒的殴打。拉普雷家的佣人恢复原职后，被禁止进屋。马克斯再次被捕入狱，这次的逮捕者从日本人换为了全副武装的印度尼西亚年轻人。马克斯被关押在玛琅的一所监狱。一天，监狱里的一名囚犯开始吟唱荷兰国歌《威廉颂》（*The Wilhelmus*）。然后，所有囚犯加入了进来。结果，他们遭到了石头和棍棒的殴打。一个印度尼西亚和欧洲的混血试图说服他们成为印度尼西亚的公民，但他们不屑一顾。

在1946年6月被释放后，拉普雷坐船回到了荷兰。

现在，离开10年后的他又回来了。他将前往荷兰在东方的最后一个殖民地工作。对拉普雷来说，死人太平常了，但最近奥马德塞普村和奥茨詹内普村之间的争斗已超过了他的底线。荷兰作为一个文明国家，正试图从它占领的新几内亚地区谋取利益，现在是时候介入了。他与阿斯马特有仇吗？他在后来的采访中矢口否认。但他确是一个不折不扣的殖民主义者。他对阿斯马特的文化了解吗？他在乎吗？在他的文章或报告里找不到任何他对阿斯马特人有过同情的证据。他似乎在踏入他的职位时就带着某种偏见。在与拉普雷见面后，范克塞尔感慨——拉普雷正在计划用强力手段统治阿斯马特。

拉普雷到达阿斯马特后不久，小村庄阿特姆巴特（Atembut）村从比瓦海村猎了一个人头，这是为了报复比瓦海村3年前杀死了他们的2个男人和2个女人。拉普雷奔到村庄时，发现这里空无一人。他点燃了大火烧毁了这里的房屋，捣毁了所有的独木舟，用机关枪对空扫射。之后，范克塞尔这样评价拉普雷的这次行动——不合时宜。

此前，第一次听说奥马德塞普村和奥茨詹内普村之间的战争消

第一部分

息时，拉普雷就派出了名叫迪亚斯（Dias）的警察前往处理。迪亚斯是个殖民地混血儿，他拥有一半印度尼西亚血统和一半荷兰血统。迪亚斯带着一支队伍于1958年1月18日气势汹汹地降临奥马德塞普村，他们逮捕了11人，没收了村庄所有能找到的武器，烧掉了独木舟和一栋房屋。此后，他计划前往奥茨詹内普村，有人向迪亚斯报告奥茨詹内普村人决不会屈服。在预感到麻烦后，迪亚斯派出了3个巴布亚警察，带着一面荷兰国旗和一些铁斧前往奥茨詹内普村和平交涉。警察很快回来了，他们带来了奥茨詹内普村拒绝与政府发生任何关系的消息。正如拉普雷后来在正式报告中所记录的，"他们不惜用武力来澄清立场。他们拒绝接受荷兰国旗。"

10天后，拉普雷亲自上阵。他首先在阿奇村停驻，他在那里寻求当地人的帮助，企图能通过交涉解决问题。这个举动很奇怪，因为村庄之间并无同盟关系，而且一船船来自阿奇村的战士的逼近只会让奥茨詹内普村的抵抗意识更加坚决，绝不会产生息事宁人的想法。"也许，阿奇村人将之视作一次砍掉别人头颅的好机会，"拉普雷揣度着阿奇村的划手们的思想，"你永远不知道这些人的想法，他们最喜欢的就是战斗。"他又一次派出3个巴布亚人将荷兰国旗送去，结果依然是拒绝，奥茨詹内普村"全副武装地等待着他们"。

多年后，拉普雷说他去奥茨詹内普村只是为了"调查"，看能否找到某人指认肇事者以平息事态。事实真是这样吗？他本可以等待事态平息，他本可以赤手空拳地和冯·佩吉或范克塞尔一起带着烟草坐着独木舟前往进行和平交涉。事实上，阿斯马特人直到1958年也未攻击过白人。他们也许是对身边的这些白皮肤怪人感到恐惧，也许已宽容地接受了少数不带武器还为他们提供鱼钩、斧头和烟草的像范克塞尔那样的人。

野蛮收割

西方人与部落民众初次接触的案例具有相似性。通常情况，部落民众对西方人并无敌意；但有时，文化的冲突也会导致战争的爆发。克里斯托弗·哥伦布（Christopher Columbus）于1492年抵达新世界，他在当年12月16日的日记里写道："他们是世界上最好的人民，他们是温柔的人民。他们成了我们的朋友，简直是个奇迹……他们拿出所有的东西和我们交易，给我们赠送礼物。我派出轮船上的小艇前去取水，他们非常乐意地告诉我们的人水在哪里，他们帮助我们将整桶整桶的水搬到船上。他们温和，不知道邪恶，也不知道谋杀和偷窃。国王殿下，这也许是世界上最温和最友好的人民了。"

400年后，托比亚斯·施宁鲍姆抵达了位于秘鲁亚马逊（Peruvian Amazon）的最后使团前哨地。他被告知，在使团营地以外的地方，有些与世隔绝的部落会猎取敌人的头颅，这些人具有极强的攻击性。但施宁鲍姆对土著具有深厚的感情且拥有无法满足的好奇心，他并不畏惧他们。一天，他离开使团，独自前往丛林。经过了4天徒步旅行后，他看到了河两岸的一群男人。如果他携带了武器并表现出惧怕之意，如果他以一群人的方式前往且紧张不安，谁也无法预料将会发生的事情。但施宁鲍姆表现出的是友好：他脱去衣物，赤身裸体地走进他们。这些野蛮人是什么反应呢？他们拥抱了他，抚摸了他，亲吻了他的全身，对他感到惊讶，并将他带回了他们的村庄。他在那里与他们共住了几个月的时间。

不可避免地，白人和土著间的这种早期的和平相处很快将转变为暴力冲突。在除了眼前世界之外一无所知和自以为了解一切的两类人之间充满了巨大的文化冲突，力量的不平衡太过悬殊。毕竟，他们不只是技术水平不同，他们还处于完全不同的世界——白人永远对这个他者世界一无所知。白人不相信鬼神，也不认为它们存在。他们是瞎子、聋子，他们对土著文化里的符号和含义的理解异常迟钝。

第一部分

20世纪30年代，探险家们开始了一系列进入现在的巴布亚新几内亚的徒步旅行。探险队伍几乎都是由几个白人及大批搬运工和警察组成的大团队，所有人都武装了现代火器。而土著们的反应也大致相同，如巴布亚人对白人的到来感到恐慌，他们将这些白人视为鬼魂或死者的灵。这些白皮肤生物的脚印，对于土著人中负责解读脚印的人来说，代表着脚指头被砍掉的生物。他们认为白人脚印上的鞋底花纹代表着这种生物存在某种奇异的骨骼特征。

对土著来说，应对这些生物要么是予以回避（想办法将他们从自己的领地驱除），要么就用甜美的土豆和猪对其安抚。当时的那些报告长篇累牍地记录了一个接一个的误会。澳大利亚人杰克·希兹（Jack Hides）和吉姆·奥马利（Jim O'Malley）1935年进入巴布亚高原（Great Papuan Plateau）。他们对当地的艾托罗（Etoro）人来说，就像来自外太空的人类。"我们吓了一跳，"一个艾托罗目击者回忆，"之前没人见过这样的人，也不知道他们是什么物种。当他们看到了欧洲人和他们身上的衣服时，他们认为这些人一定是梦中的人物或是灵人现身。"最终，大约50名装备了弓箭的艾托罗战士登场，他们阔步前进，高喊大叫。希兹为了打断他们并控制住场面，用两根手指发出了响亮的口哨声。一瞬间，两个世界——实际上是三个，白人世界、艾托罗世界、灵界——爆发了大规模冲突。对澳大利亚人来说，口哨声是一种声响，是为了吸引土著注意力而发出；对艾托罗人来说，这是他们从未听过的声音，也许是巫师逼近的声音。这一系列持续恶化的文化误解事件最终导致希兹和搬运工们开枪射击，当场击毙了2个艾托罗人。

拉普雷进入了尤塔河，在这里，地理学可帮不上忙。这里的河

野蛮收割

面很窄，潮起时，河口也仅有 75 英尺（23 米）宽。拉普雷的队伍溯流而上，上游河道的河面快速变窄，仅有下游河道宽度的一半。他们向上游行进了 300 码（274 米）后，遭遇了一支载满奥茨詹内普村武装战士的独木舟船队。"他们尖叫着、咆哮着"，拉普雷写道，但等拉普雷靠近他们时，他们又迅速撤退了。拉普雷追赶了一会儿，紧张感让他不愿过多深入，他决定撤回。

拉普雷不想冒任何风险，于是，他补充了武力。2 月 6 日，他从马老奇派出了一支机动警察部队赶往法雷奇河河口，联系了那里的迪亚斯和另外 10 个警察，他们和满载阿奇村战士的独木舟一起，再次抵达了尤塔河的河口。

当时正值下午，潮水正在上涨，但河水还是太浅，汽艇无法进入。他们只能等待，众人紧张的情绪随着下午的闷热天气渐渐升温。最终，那天的晚些时候，水深达到了要求，他们进入了他们眼中的黑暗势力的心脏。尤塔河缩窄为 30 英尺（9 米）宽，有时仅为 20 英尺（6 米）宽，两边的河岸靠得越来越近。聂帕桐、芦苇和红树林根从黑色淤泥里伸出，互相缠绕着。接着，天开始下雨，那是一场猛烈的热带暴雨。拉普雷感到惶恐不安，范克塞尔曾穿着短裤和帆布鞋坐在土著独木舟到达这里，他却乘坐着钢制的动力摩托汽艇驶往上游，里面塞满了穿着制服手持枪械的警察。更糟糕的是，他还带领着一支来自阿奇村战士的队伍，而他们是奥茨詹内普村的历史敌人。拉普雷相信每棵树的后面都潜伏着一个野蛮战士，他开始思索自己如何脱身的问题——尤塔河上游太过狭窄，汽艇很难快速掉头。

拉普雷抓住舵杆亲自操控汽艇，他们花了 1 个小时的时间才偷偷靠近了村庄。天气湿热，悬于头顶的树木和藤条都在滴水，空气异常潮湿。这条航道曲折且狭窄，引擎的声音在这里难以穿越树墙而发出回声。而这段慢得让人痛苦的路程的目的却是为了与一群身

第一部分

上画满战争油彩、装饰着羽毛和猪牙狗齿、鼻子上穿着贝壳和猪骨的人进行武装对峙。他们绝不会遵守任何战俘协议，他们是来自另一个世界的人类。

拉普雷的担忧正在应验。1小时后，他们转过一个河弯，视线豁然开朗。一块林中空地上人山人海，拉普雷记录到他们没有看到任何女人、小孩或狗，这是个不好的信号。事实上，村民们与拉普雷一样害怕，也许他们更加恐惧。拉普雷到来的消息在丛林中快速传播，村民们知道此前奥马德塞普村发生的事情：独木舟被毁、男人们被捕。他们知道枪炮的威力。他们非常困惑，他们不清楚拉普雷和他的队伍会干什么，也不知道他们应如何应对。他们在自己的世界里骄傲而独立，但在他们的世界中，也许早已将拉普雷视为鬼魂。该怎么办？

左边有一群人慢慢靠近，拉普雷相信他们是来投降的。但右边站着一群武装了弓箭、矛、盾的人。拉普雷看了看左边，又看了看右边，他同样不知所措。女人和孩子们从房里鱼贯而出，逃入丛林。房子后面第三群男人突然开始跳起了"战舞"。拉普雷和一支警察队伍爬上了左岸，迪亚斯和他的手下爬上了右岸。奥茨詹内普村的几个男人迅速溜进了灌木丛，武装的男人们也退到了森林之中。

"出来！"拉普雷通过翻译喊道，"放下你们的武器！"

几个男人慢慢挪步，试图逃跑，拉普雷的警察试图限制住他们。

然后群情鼎沸，场面混乱。一个男人从一间屋子里跑了出来，他手上拿着件什么东西，跑向了拉普雷。他拿着什么？

枪声从各个方向响起，"砰、砰、砰"。一个名叫法雷奇阿姆的阿斯马特人被射中了头部，他的后脑勺爆裂开来；4颗子弹射中了奥索姆——分别在他的上臂、两边腋窝和臀部；阿肯身体的正中中弹；萨穆特被击中了胸口；伊皮的下巴在那血腥的一瞬间直接消失。

野蛮收割

在新几内亚发生过很多次类似的遭遇，村民们会记住弹伤的每个细节，这种伤害对他们来说太令人震惊。对于过去只会赤手肉搏或用矛、箭伤人的他们来说，这种暴力太过猛烈，如同魔法一般。因为他们手里的原始武器与这些白人的火器完全不同，原始武器难以将人一击毙命。

阿斯马特人陷入了恐慌，他们四散而逃，消失在了丛林中。"停止射击！"拉普雷喊道。他下令快速清理战场，他们击毙了2个村民。接下来，他在最大的几艘独木舟上放了火。天黑后不久，拉普雷和他的人爬回了自己的船，向下游驶去。

拉普雷向范克塞尔解释了他的行为："雨下得很大，而且那些人的行为实在太奇怪。"

拉普雷在海上度过了一晚，第二天早上5点30分又驶回了尤塔河上游。不过，这次河流被人堵住了。奥茨詹内普村的男人们砍了一整晚的树，将其放倒在河道里。拉普雷花了6个小时才往奥茨詹内普村的方向前进了几英里。当拉普雷再次到达奥茨詹内普村时，村庄被遗弃了，但他们听到了丛林里传来的歌声和鼓声。拉普雷没有追赶他们。

接下来的几天，拉普雷拜访了附近的几个村庄。离奥茨詹内普村只有几英里远的巴西姆村，因为联姻和血缘的关系与奥茨詹内普村关系紧密，为了免于战祸，他们也遗弃了自己的村庄。拉普雷还发现布埃皮斯村（Buepis）是个"难以驾驭"的村庄。在法吉特河河口，他接触了一个名叫贝特卡姆（Betekam）的强大酋长，这个酋长实现了在5个村庄娶了5个妻子的壮举。他不仅获得了权力和声望，还可以在5个村庄间自由通行。贝特卡姆说，"拉普雷在奥茨詹内普村留下了5具尸体和1名伤员。事实上，这个村庄具有极强的战斗力，很大程度上是因为他们不愿放弃'旧习俗和猎头行为'"。贝特卡

第一部分

姆说，奥茨詹内普村的村民们很害怕，他们不想回去。拉普雷提出了一个交换条件，希望贝特卡姆代为传达——如果村民们回到村庄，并归还从奥马德塞普获取的人头，他可以放过他们。

没有证据表明有任何人头曾上交给了拉普雷，他的行动并未平息奥茨詹内普村或阿斯马特其他地方村落的猎头行为。拉普雷承认，他可能将村庄赶入了更深处的丛林或更上游的河流，从而使它们更加远离了政府的控制。他在3个月后再次拜访了奥茨詹内普村，许多居民都逃走了。"那里的人们也许是藏了起来，等着事态的发展，"他在巡游报告里写道，"事件的经过令人遗憾，但另一方面，这让当地人清楚了一个道理——猎头和食人行为是不被政府所允许的。他们与这个政府机构只有过偶然的接触。他们很可能已理解了，最好不要和当局作对，避免与其发生正面冲突。但他们并未向政府妥协，他们的抵抗态度表现为——拒绝接受接洽物品和荷兰国旗。"

这些话显然是从西方世界的角度描写的，将其框定在阿斯马特人身上是荒唐可笑的。对我们西方人来说，这些话看似具有合理性，这是对抵抗政府的人民的直接分析，抵抗政府的人民需要得到教训。但荷兰国旗、政府机构、法律规定，对阿斯马特人而言没有意义。在他们眼中的拉普雷的袭击行为完全是另一回事。这是一次极为不安的经历，并非一次简单的强制实施法律的行为。超生命体令人困惑地出现在了他们的世界，然后用几乎是超自然的武器向他们展开了屠杀。因为他们的整个生活都围绕着抚慰、欺骗和驱赶鬼神而建立。就仿佛一个基督教徒，突然看见了魔鬼和天使出现在了自己面前并袭击了自己……这让他们感到困惑。

对奥茨詹内普村的人来说，拉普雷杀死的那5个人的灵魂会怎么样？他们出没于村庄、四处漫游、造成危害、让人们生病，他们死了就像活着一样真实。印度尼西亚猎人曾杀死8个人，奥马德塞

野蛮收割

普村人杀死了4个人，拉普雷现在又增添了5个人。一共有17个男人、女人和孩子死去，世界失去了平衡。一个裸露的伤口正在村里溃烂。更糟糕的是，拉普雷是个白人，很难想象他给奥茨詹内普村的人带来了如何的惊恐？如何解释？如何应对？

10 1958年3月

马克斯·拉普雷并不是行动于真空中。如果说阿斯马特和奥茨詹内普村的世界正处于动乱中，新几内亚周围的更大的世界也同样如此。在拉普雷袭击奥茨詹内普村的那几天，新上任的美国驻印度尼西亚大使威廉·帕尔弗里·琼斯（William Palfrey Jones）在雅加达举行的一个仪式上向印度尼西亚总统苏加诺（Sukarno）递交了国书。苏加诺和琼斯举起盛满橙汁的香槟杯为自己和德怀特·D. 艾森豪威尔（Dwight D. Eisenhower）总统的健康干杯时，照相机的闪光不断。琼斯重申了美国的立场——无意介入印度尼西亚的国内事务，非常乐意帮助该国维护艰难获得的独立权。

琼斯的话背后的意思其实更为具体。印度尼西亚群岛拥有久远且复杂的文化，但这种文化被荷兰人压抑了太长时间，甚至超过了人的寿命。1928年，苏加诺就曾宣称，统一和独立是印度尼西亚的一切。"苏加诺看到，王子和乞丐、贵族和苦力、穆斯林和基督徒——所有人都能联合起来热情追求同一个目标，"琼斯写道，"这个目标就是'自由'。"1945年8月17日，印度尼西亚被日本占领的日子已成为历史。印度尼西亚民族主义运动组织宣告，他们要成立印度尼西亚共和国。

荷兰则希望要回自己曾经的殖民地，于是，他们带来了坦克和战斗机。经过4年的战争并经由联合国印度尼西亚委员会进行的谈

印度尼西亚总统苏加诺(Sukarno)。

第一部分

判后，荷兰政府才放弃了最初的殖民诉求。但在谈判时，荷兰坚持保留西新几内亚岛屿西侧属于荷兰。印度尼西亚人是穆斯林；新几内亚人则是美拉尼西亚人和泛灵论者（一个分离之地），所以荷兰人提出的条件颇有道理。苏加诺搁置了有关新几内亚的事项，他签署了协议，在1950年成立印度尼西亚共和国，条件是在1951年内就新几内亚问题作进一步谈判。随着印度尼西亚共和国的正式诞生（一个拥有分散在数千平方英里国土上的1.5亿人口的国家），荷兰人并未消停而是从中作梗。他们丝毫不理会自己签订的关于进一步讨论印度尼西亚收回新几内亚的协议，还得到了英国、澳大利亚和美国的支持。琼斯的谈话是一次精心平衡各方权益的举动：印度尼西亚主权、巴布亚以及苏加诺自己与印度尼西亚共产党（PKI）间的平衡。

轮到苏加诺在仪式上讲话时，他的措辞同样鲜明。苏加诺强调了印度尼西亚的独立外交政策——不站在世界任何主要集团的一边——并重点突出了"通过实现西伊里安（West Irian，荷兰的新几内亚殖民地）回归，来完成印度尼西亚革命"的重要性。对于苏加诺和印度尼西亚人来说，巴布亚（新几内亚的一部分）的"回归"是根本性问题。在他的心里，缺了它，印度尼西亚仍然是分裂的和不自由的。

1954—1957年，印度尼西亚向联合国大会提交了4份该问题的决议草案，均未得到通过。为了报复，1956年印度尼西亚将荷兰企业国有化，并驱逐了数万名仍居住在那里的荷兰人，加剧了两国间的对抗。

对荷兰来说，留住巴布亚殖民地纯粹是出于感情，因为那里并没有什么有价值的自然资源。荷兰人在那块殖民地花掉的钱比赚取的更多。但印度尼西亚军方正为了那里的统治权准备着战斗。苏加

野蛮收割

诺总统靠着在这两方之间长袖善舞以维持自己的权力。他试图煽动民族主义者产生占领西新几内亚和英属马来西亚的狂热，并通过这种煽动来转移两方的注意力。澳大利亚的外部事务部长珀西·斯彭德（Percy Spender）非常害怕印度尼西亚变成"有敌意和咄咄逼人的邻居"。印度尼西亚看起来极不稳定，他们处于经济崩溃的边缘。那时，共产主义席卷了整个东南亚，印度尼西亚共产党的力量不断壮大，在1957年，他们赢得了地方选举27%的已投选票。经济崩溃是印度尼西亚共产党所希望的。因为，从理论上讲，这将是令人恐惧的"倒下的多米诺骨牌"的一部分：越南、柬埔寨、泰国、印度尼西亚。一个共产主义的印度尼西亚将足以令澳大利亚感到恐惧，但更糟糕的是新几内亚留下共产主义烙印，那里离澳大利亚只隔着一片阿拉弗拉海。

在寻求西方军队的协助被拒后，苏加诺在1956年对莫斯科和北京进行了正式的国事访问，并获得了来自苏联的1亿美元贷款和来自中国的数额相对较低的援助保证。同时，仍占据着婆罗洲岛领土的英国担心西新几内亚从荷兰手中转交给苏加诺将为自己的殖民政权被强行取缔开创先例，保持着否定态度。美国对此问题持中立立场，其目的是避免印度尼西亚共产党的力量得以增强，且能抚慰澳大利亚和英国而平衡各方利益。

荷兰知道自己永远占据殖民地是不现实的，他们只希望能再占领10年。"曾经，新几内亚只是荷兰政府的弃儿。"维姆·范德瓦尔说。范德瓦尔曾是荷兰巡防官，曾在1961年被政府派驻阿斯马特。现在，他住在加那利群岛。他继续说道，"但在那时，新几内亚就是他们的一切，迫于不断升级的国内政治压力，他们不得不就此做些什么。荷兰政府不想谈论新几内亚问题，但政府知道自己必须加快进程，以显示他们有能力领导巴布亚走向独立。"

第一部分

正因为如此，整个20世纪50年代，传教士和殖民政府在这个曾被帝国遗忘的角落里获得了越来越强的存在感。尽管琼斯对苏加诺说了那些话，但从1957年开始，美国的对印政策开始变为反对意见，"他们运用合适的手段，反对共产党领导的印度尼西亚获得西新几内亚控制权的任何尝试。"

荷兰在全岛建立了地方选举议会，希望到1970年可以缔造一个精英阶层统治这个国家，届时，荷兰会提议同意新几内亚的独立。"对荷兰人来说，他们希望看到在新几内亚独立时，当地人将拥有足够数量的合格居民来接管政府的大部分工作"，一份1960年的荷兰政府文件声称。不过，实际情况是，除了在霍兰迪亚和比亚克能找到的少数精英外，大部分土著仍生活在石器时代，这个任务显得异常艰巨。猎头的食人族该如何实现自我管理？这解释了为什么马克斯·拉普雷从未因奥茨詹内普村的杀人行为接受过审查，也解释了荷兰官员为何总是反复告诉游客猎头行为早已消失。而实际上，这种行为仍然盛行。考虑到荷兰300年的印度尼西亚占领史，荷兰政府极不情愿放弃自己曾经的殖民地。这在事实上也解释了拉普雷驾船前往尤塔河上游的奥茨詹内普村要给当地村民一个教训的原因。

到迈克尔·洛克菲勒准备去新几内亚的时候，已是1961年了。苏加诺感到自己逐渐被西方怠慢，于是，他购买了价值数亿美元的苏联武器，威胁要用武力收回西新几内亚。随着约翰·F.肯尼迪（John F. Kennedy）当选为新一届的美国总统，华盛顿的政策也发生了改变。肯尼迪的顾问支持应将新几内亚归还印度尼西亚的政治主张，以此来安抚印度尼西亚的共产主义者，进而迫使苏加诺远离东方阵营。而这一政策与荷兰、英国和澳大利亚的政策产生了对立。

野蛮收割

荷兰外交部长约瑟夫·伦斯（Joseph Luns）制订了著名的伦斯计划（Luns plan）：荷兰未来将从新几内亚撤离并终结自己的殖民主权，而新几内亚将以一个主权国家的形式获得联合国的管理。联合国将成立一个"会员国咨询委员会"，该委员会可监督新几内亚新政府的选举并确定其最终地位。最终，新几内亚将创立一个在政治上与西方结盟，并可与荷兰建立友好商业关系的独立国家。沃尔特·罗斯托（Walt Rostow）是肯尼迪的国家安全顾问，他反对这个计划，他写信告诉肯尼迪说，将西新几内亚归还给苏加诺是阻止印度尼西亚"被赶往苏联怀抱"的唯一选项。他还写信说，美国应对荷兰坦白，告诉他们，让一群"石器时代"的巴布亚人决定自己的命运是毫无意义的。

迈克尔·洛克菲勒就这样一步步走进了这堆麻烦之中。他不是一个简单的西方大学生背包客，他的父亲是美国最富有、最有权力和最有影响力的人之一，一个几个月前还在竞选美国总统的男人。伦斯计划于1961年9月正式被提出，荷兰政府不惜一切要让迈克尔和他的父亲感到开心。他们需要美国人的结盟。当迈克尔抵达阿斯马特后，他们会为迈克尔提供全力的后勤保障，还会为其提供一位来自荷兰新几内亚土著事务局的人类学家。这一帮助将会对迈克尔的失踪产生深远的影响。

第二部分
迈克尔之死

2012年，丹尼人（Dani）回忆迈克尔·洛克菲勒和那次哈佛皮博迪探险，图片摄于巴列姆山谷。

11 1961年3月

"信不信由你,我终于到了新几内亚。"迈克尔·洛克菲勒在1961年3月29日给他最好的朋友山姆·帕特南的信中这样写道。他从波士顿(Boston)起航经由纽约飞往东京。由于纽约机场的雷达出现故障,纽约的航班不得不延误了1小时才起飞。这差点让他患上了心脏病,因为他总担心自己错过航班。去往东京的途中,飞机几乎是空的,他横躺在4个座位上。世界上有各种各样的旅游者,他们以不同的方式接受新文化。我每去往一个陌生的土地,都会以享受大餐庆祝的方式去接受新文化。这就像一种仪式,用自己的身体迎接一个崭新的地方,迈克尔也是如此,他迫不及待地用一顿"美味"的天妇罗大餐享受了日本文化。

接下来,他从东京起航继续飞往比亚克。比亚克是新几内亚北岸的一个岛屿,前美国空军机场的所在地,荷兰在这里安置了一支空军中队以保护自己的殖民地。迈克尔在那里和哈佛大学的人类学研究生卡尔·海德(Karl Heider)取得了联系。海德在迈克尔的前一天已先行抵达。海德让聚在一起的大批荷兰官员大失所望,因为荷兰官员们以为自己夹道欢迎的是纽约州长之子。迈克尔和海德在炎热潮湿的比亚克徒步旅行了一整天,之后乘坐一辆道格拉斯 DC-3 飞机前往霍兰迪亚。迈克尔在机舱里向下俯视,蜿蜒、泛黄的河流汇入新几内亚北滨的景象令他惊讶不已。这时,飞行员捅了捅他的肋部，指向窗外——飞机的右引擎停止工作了。迈克尔急忙爬进了他的座位，海德则抓紧了自认为最有价值的文件和物品。幸运的是，飞机安全返航并在比亚克迫降成功，他们第二天继续飞往霍兰迪亚。

迈克尔要去的地方不是阿斯马特，而是岛屿高地的巴列姆山谷。他身材高挑，胡子刮得异常干净，长着他父亲那样的方下巴，戴着厚厚的黑框眼镜。他在曼哈顿市区的家庭长大，周末通常在纽约的韦斯特切斯特县（Westchester County）的洛克菲勒庄园度过。纳尔逊时常带迈克尔去参加周六下午的艺术品交易，这种有益于父子感情联系的活动训练了迈克尔的艺术品位。他的双胞胎妹妹玛丽记得，他们都很喜欢欣赏父亲摆放他的艺术品。迈克尔11岁那年，下午放学后通常很晚才回家，他的母亲终于发现了迈克尔的秘密：迈克尔在放学回家的路上，透过位于麦迪逊大街（Madison Avenue）的老牌大师（Old Masters）艺术画廊的二楼窗户发现了一幅他喜欢的画，于是按响了门铃，画廊老板哈利·尤特纳克帕里安（Harry Yotnakparian）同意迈克尔在那里逗留任意长的时间，只要他不碍事就行。

到哈佛的第4学年快结束时，用山姆·帕特南的女朋友的话说，迈克尔成了"一个安静的艺术家精灵"。但他也陷入过犹豫，因为虽然从出生起他就接受了艺术的熏陶，但他的父亲还是希望他能子承父业——将家族企业、银行业或金融业作为自己追求的事业，对艺术充满的激情只能作为闲暇爱好。迈克尔以优等成绩从哈佛毕业，获得了历史和经济学的学士学位，但他渴望和追求的是其他一些东西和猎奇的形式。他开始了全世界的旅行。他在委内瑞拉他父亲的牧场里工作了一个夏天，他在1957年前往日本旅行。围绕在他身边的不仅是艺术品，更是原始艺术品。很难说清楚他的旅行癖究竟从何而来，是与生俱来还是通过某些经历、书籍甚至物品而获得激发？

第二部分

但我们可以肯定的是，迈克尔就是旅行癖患者之一。

想象一下，你成长的环境中充满了曾被你父亲垂涎三尺的物品，每一个物品都诉说着遥远地方的美丽故事。想象一下，你在欣赏这些物品的同时，思索着它们的根，并带着它们去寻找它们那原始的家。这是何等美妙的事情。随着毕业临近，迈克尔和帕特南做了秘密规划。他俩从读菲利浦斯·埃克塞特（Phillips Exeter）中学的大学预科班时就是好友，那时迈克尔是学校年刊的艺术指导，而山姆是编辑。现在，他们想远离城市，在帕特南入读医学院以及迈克尔追求商业生涯之前来一次大冒险。用帕特南当时的女朋友的话说："最后的狂欢"。那时，帕特南粗涉电影艺术。他认识了罗伯特·加德纳（Robert Gardner），当时的加德纳经营着哈佛电影研究中心（Harvard Film Study Center），他热衷于录制人种学电影纪录片。加德纳希望制作一部关于与世隔绝的新石器时代的人类的电影。"利用电影艺术对一群偏远地区的陌生人进行人文观察，"他说，"这是一部关于我的世界之外的世界的电影，这部电影能揭示我和我的内心世界。"

1959年，他开始物色合适的项目。这时，一个远房亲戚告诉他，在新几内亚有一个神秘的部落，它们的文化基础还停留在仪式性的战争阶段。加德纳联系了维克多·德布勒因（Victor deBruyn），他是荷属新几内亚的本土事务局的领导。维克多回复加德纳，他的政府不仅对电影感兴趣，还可以为他们提供更多的帮助。加德纳和人类学家玛格丽特·米德（Margaret Mead）做过访谈，他曾咨询过的对象还有纳尔逊·洛克菲勒经营的原始艺术博物馆的馆长罗伯特·戈德华特以及荷兰国家人种学博物馆的副馆长阿德里安·赫布兰兹（Adrian Gerbrands）。赫布兰兹最近刚开始在阿斯马特进行田野调查。维克多建议在巴列姆山谷的达尼（Dani）部落制作一部电影，并承诺荷兰政府可为这次活动提供5 000美元的资助。

野蛮收割

从某种角度考虑，达尼部落与世隔绝的程度或许比阿斯马特更深。虽然西方人在阿斯马特的西南海岸与阿斯马特人的偶遇极少，但至少人们可以知道丛林和沼泽里住着阿斯马特人。任何一个关注新几内亚内陆的人都只能看到一种统一的景象：新几内亚内陆的中部地区满是高大崎岖的山脉。如果你从海滨逆流而上，那些河流会越变越窄直至变为陡峭山崖倾斜而下的水花，那里是无人居住的荒野。20世纪30年代，澳大利亚探险家和淘金客发现该岛靠近澳大利亚的一侧存在高地。1938年，一个名为理查德·阿奇博尔德（Richard Archbold）的美国人在美国自然历史博物馆赞助的一次考察中飞越了巴列姆山谷。他大为惊讶，他看见的并非崎岖的无人居住的山脉，而是一个绿色的山谷。他看见的并非人烟稀少与世隔绝的海滨地区，而是人口稠密的乡村，一个炊烟袅袅的世界。这里有精美打理的花园、灌溉水渠、石墙、挂着藤蔓的小桥和草屋。5万人全身除了草裙和遮羞布之外不着寸缕，他们或许认为自己是地球上唯一的人类。住在巴列姆山谷的达尼人是最后一个伟大的世外文明。

直到1960年，那里也只有少数几个新教徒传教士、一个荷兰官员的小型代表团、一个机场，仅此而已。美国和苏联正将火箭送入太空，但这小部分居住在瓦梅纳（Wamena）"城"的荷兰官员却连自来水或电供应也无法享受。很少有人接触过巴列姆山谷的南北两端。达尼人并非是阿斯马特人那样的猎头者和食人族，但他们会和近邻土著进行周期性的复仇战争，这让加德纳产生了极大兴趣。他就像大多数痴迷于土著人的观察者一样，感觉自己很快能深入了解处于未堕落状态的人类，他希望花上几个月的时间观察并拍摄他们，研究人性暴力的来源和战争倾向的根源。

加德纳开始考虑招募更多作家和摄影师参与这场考察，因为他们可以用更丰富的媒体手段记录这里。一天下午午饭时，在剧作

第二部分

家莉莲·赫尔曼（Lillian Hellman）位于马撒葡萄园岛（Martha's Vineyard）的家中，加德纳见到了作家彼得·马西森（Peter Matthiessen）。于是，加德纳向他发出了一同前往巴列姆山谷的邀请。"他说可以为我支付酬劳，"马西森告诉我，"这在当时对我非常重要。"加德纳经常在剑桥（Cambridge）的皮博迪博物馆（Peabody Museum）的台阶上抽烟休息，他在那里遇到了卡尔·海德并认识了迈克尔。认识迈克尔后，加德纳嗅到了金钱资助的气味。于是，他为迈克尔提供了担任电影声音工程师职务的机会。

这是一次完美的大学毕业探险。迈克尔邀请山姆·帕特南在几个月后也就是他在哈佛医学院的第一年结束后加入他们。迈克尔全身心地投入了这个项目，学习了有关录音的一切知识，还问加德纳他能否用这次考察购买的新耐格（Nagra）牌磁带录音机在1960年的美国共和党全国代表大会上练习录音。但在他的一切准备成行之前，还有一个难题困扰着他——服兵役。原则上，迈克尔要在美国预备役军队服役半年，并被推荐参加打字机修理训练。"我的第一反应是害怕，"他从新泽西州的迪克斯堡（Fort Dix）的基础训练营写信给加德纳，"……我预计自己将被送往俄克拉荷马州的莱昂纳多·伍德基地（Fort Leonard Wood）或者肯塔基州的杰克逊堡（Fort Jackson）。"于是，他写了一封"热情洋溢"的信给他的上尉，"描述自己在该领域的极度不胜任"。显然，作为纽约州州长的儿子并没什么坏处，因为他的任命很快得到修改，他去了距离哈佛仅一条公路之隔的帝文斯堡（Fort Devens），在那里进行"交通法规分析"训练。"至少我的打字技术将得到很好的锻炼，"他说，"军队教会了我日常生活高度有序。这些训练对我在此后新几内亚的野外生活体验极为宝贵。还有野营知识、急救课程、陆地导航等训练对我帮助极大。"

野蛮收割

1960年11月，加德纳了解到迈克尔对艺术的兴趣。几周后，他进一步为迈克尔提供了帮助，他为迈克尔引荐了一位居住在新几内亚的人种学家阿德里安·赫布兰兹。加德纳说，迈克尔对赫布兰兹在阿斯马特的工作兴奋不已。加德纳告诉赫布兰兹，"迈克尔对与你见面和拜访阿斯马特地区变得越来越感兴趣。"加德纳说，"我向你保证，他一定知道如何照顾自己，绝不会成为负担。"

4月2日，迈克尔终于到达了瓦梅纳，他非常兴奋。"这次飞行太精彩了，"他曾在信中这样提到，"我们飞越了圣丹尼湖（Lake Sentani）、丛林、山脉、内陆不可穿越的巨大沼泽，终于看见了巴列姆山谷。巴列姆山谷像眼前突然冒出的巨大的、肥沃的洞穴。我们都被以前看到的照片误导了！巴列姆山谷是块惊人的广袤的土地，这里点缀着绿色山谷平地和蓝色的周边群山。这里的色彩在光线下变换着万千颜色，四周的山峰从地面升起……超过10 000英尺（3 048米）高。山顶的云层将山峰隐藏，改变了它们的模样。谷底被巴列姆河及其支流、小山包和岩石块、达尼人人为制造的栅栏分成了碎片。这里的气候有点像炎夏的缅因州，只是阳光更好。"

几天后，他们通过小船和人工脚力将数百磅的设备运到了山谷北部。他们在一面悬崖底部的小溪边建了一个营地，边上有几棵稀疏的松树。这是个漂亮的地方，营地稍稍高出地面但很安全。这里距离达尼人的聚居地适中，既保留了考察必需的个人空间又不会错过近距离考察达尼人的机会。马西森和《生活》杂志的摄影师埃利奥特·艾里索方（Eliot Elisofon）很快加入了进来。马西森对迈克尔的第一印象非常深刻："他非常年轻，有点被宠坏的感觉。他在日常生活中会多次提起他的父亲。"

第二部分

他们抵达这里的时节正好。巴列姆山谷确如迈克尔描述的那般美丽。这个地方变换着千种颜色，四周围绕着利齿般的山峰。在6 000英尺（1 828米）的高度，气温很低、夜晚凉爽、天气干燥、少有蚊子。当迈克尔到达那里时，那里的达尼人仍然保持着与世隔绝的生活。男人们除了用长葫芦盖住私处外一丝不挂，女人们除了围有宽松的草裙外也同样赤裸着身体。女人们的腰部横挎着一个装小孩或小猪的网袋。某种程度上，他们所建的营地正是两个世界的精华所在——既能接触原始社会又能退回到彬彬有礼的现代舒适营地。队伍会在炊事帐篷里分享文明人的饭菜——煎蛋卷、橙汁和咖啡组成的早餐。晚上，达尼人会围过来惊讶地用相机、镜子观看他们的衣着服饰，还可以喝点喜力啤酒（Heineken）。白天，他们这些外来者会分散进入达尼人的各个村庄，去观察并记录达尼人。"战士波利克（Polik），"他写道，"拿着一根15英尺（4.57米）长的矛，戴着不可思议的头饰招摇过市。他的脸总用炭和猪油涂黑，藏在了垂到肩膀的头发后面，这是一种新石器时代的野性象征。"

当战争来临，他们会全部聚集于一块无人地带的高原草地。敌对双方的村庄会各自集合起来相互呼喊着奔向对方彼此威胁，有时也会相互对抗。电影拍摄成员们的白皮肤赋予了他们被豁免的权利，因为达尼人逐渐习惯了这些白人的存在。即使在战斗时，也允许白人以中立的方式留在中间——就像是一支电影拍摄队伍被允许目击并记录第二次世界大战的定位进攻战斗，还不用受到惩罚。电影拍摄队伍和达尼人的战争行动如此接近，以至于迈克尔被一支利箭射伤了腿。与更先进世界的大规模暴力相比，这是一种奇怪的战争。"他们的战争遵循一系列远比我们更文明的规则，"马西森说，"通常情况下，1人的死亡就意味着战争的结束。"

迈克尔工作非常努力，他记录了那里的一切声响，包括：歌曲、音乐和战争。同时，他还热衷于拍照。他疯狂地拍照，一天内他会用掉18个胶卷。有天晚上，团队开会批评了迈克尔，认为他疯狂的拍照影响了重要的声音录制工作。"迈克尔流着泪走开了。"马西森说。自那个晚上，迈克尔摆正了心态，更加努力于自己的工作。据马西森的回忆，"他混乱、肮脏，还有点忘事"。

迈克尔和海德住一个帐篷，海德对他非常了解。"迈克尔非常安静，也非常谦虚，"海德回忆，"尽管每人都知道他的身份，也知道他父亲的地位，但他从不搞特殊化。他并不会占据太多空间，和他相处非常容易，他还是一个非常有耐心的人。"达尼人也向他张开了双臂。艾里索方教授会教达尼人拍照时如何摆姿势，但迈克尔只会安静地观察，拍下眼中的见闻。夜晚，海德总能惊讶地看到队伍里这位最富有的成员在缝补他的旧军袜。迈克尔野心勃勃，他开始严肃考虑自己的摄影作品。4月底，他给朋友山姆写信表述了自己的想法：他们应该一起出版一本有关达尼人的书。"如果可以想办法在医学院时就搞定这个计划，这将是伟大的，这是上帝赋予你我的一个巨大机会。我拍摄的照片可以对表现达尼人文化的文章奠定影像基础，然后，以图书的形式出版。当然，这也许是一个近乎疯狂的想法，做好它将非常困难。请将你的想法告诉我，"他随后又加了一段附言，"注意保密，这件事除了你，我未告诉任何人。在事情未变得明朗之前，我不会将这个想法告诉任何人。"

有些人不喜欢与蜘蛛、泥土以及满身猪油的赤身男人待在一起，但迈克尔·洛克菲勒却乐于与他们共舞。这里的人不会因为他是洛克菲勒家族中人而对他另眼相待，因为他们根本不知道洛克菲勒意味着什么，迈克尔感觉生活在他们中间非常美好。在新几内亚生活了几周时间后，家的概念开始变得抽象，思乡之情也越来越淡，物质财产意识渐渐失去了意义。深度关注单个项目会让人精神倍增。

第二部分

重要的东西就在那里——一个充满汗液赤裸身体的世界，一个烟雾弥漫的小屋世界，一个猪和猪油的世界。在这里，他终于摆脱了社会习俗，摆脱了洛克菲勒家族的影子。

4月底5月初，迈克尔开始计划他和帕特南去往阿斯马特的旅行。在巴列姆山谷，他是加德纳领导下的团队里最年轻的成员。而现在，他将首次按照自己的安排去单独冒险。"迈克尔的父亲已让他加入了博物馆的董事会，"海德说，"迈克尔说，他想要做些前人从未做过的事情，将一件大收藏品带回纽约，阿斯马特是他最佳的选择。"他的目标是与山姆一起先进行一次2—4周的短期旅行，为电影结束拍摄后的更长旅行做一次预演。事实上，他绝不是独自一人在没有任何资源的情况下探知新世界。迈克尔既是有着政府支持的哈佛考察队的成员，又是洛克菲勒家族的重要成员，他还是原始艺术博物馆的信托人。不论他去往巴列姆山谷以外的哪里，他都会得到VIP待遇。

迈克尔写信给罗伯特·戈德华特谈到了他即将进行的旅行，并提到他可能会沿着澳大利亚属新几内亚的塞皮克河（Sepik River）收集艺术品。"沿着塞皮克河收集……需要一些思考和讨论，"戈德华特回信，"你知道的，过去几年里，那里有过几次收集考察活动，从我们过往的经验和带回的艺术品来看，那里已非一个可以给我们带来惊喜的区域。"

但最终，戈德华特还是介绍迈克尔认识了澳大利亚的政府官员，并为当地政府提供了一封推荐信，说，"期待他获得令人惊喜的收获"。荷属新几内亚土著事务部为迈克尔提供了一位人类学家作为向导和旅伴。勒内·瓦萨当年34岁，留着整洁的小胡子，小腿粗壮且结实。他一直在霍兰迪亚岛工作，此前从未去过阿斯马特。两人取得联系后，于6月20日一同飞往马老奇。他们在那里与当地的埃布林克·扬森共进了午餐，扬森是该地区的最高级别政府官员，同时出席的还有荷兰指挥官和地方议会的议长。下午，他们在当地的一所餐馆食用了食物，于晚上5点乘坐政府为他们提供的交通艇"塔斯曼"号出发。他们沿着海岸线向北航行，瓦萨记录道，"他们在那里遭遇了风浪。"

6月22日凌晨，他们抵达了皮里马蓬（Pirimapun）的政府办公所，他们在那里首次见到了阿斯马特人和独木舟——一些人拿着雕刻精美的弓，把独木舟泊在了泥地里。这个居住点非常简陋，只有一个码头和几间属于维姆·范德瓦尔的茅草屋。范德瓦尔是一个瘦削的金发荷兰巡警，时年21岁，他正在监工建造一处简易机场。一位加拿大新教徒传教士和医生肯·德雷瑟（Ken Dresser）也在这个办公所工作，还有几个巴布亚警察。

范德瓦尔的履历与拉普雷截然相反。他很晚才读完高中，当时已20岁了，在上大学之前他必须服满2年的兵役。他认为这是浪费时间的行为。他最好的朋友的一个兄弟在新几内亚当巡警，相比于当兵，这个具有异国色彩的选择将更令人兴奋。

在申请殖民地巡警职位的300个候选人中，有16个人脱颖而出，而范德瓦尔就在其中。1959年年底，他从荷兰来到了新几内亚。在霍兰迪亚学习了9个月的马来语并接受了殖民地政府的培训。他于1960年10月被派往皮里马蓬。"那是一个'探险领域'是新几内亚最荒蛮的地区。"他从未获得有指导性的工作建议。"'去接触，'别人告诉我，'这样他们就会慢慢获得政府的信任'。"范德瓦尔将在那里建造一处简易机场，因为只有皮里马蓬才有足够干燥的土地。当时的他没有任何设备，甚至没有手推车。作为1个月工作的

第二部分

酬劳，他将支付给工人们的工钱是1把斧头、1把小刀和部分鱼钩和鱼线。供给船每月会航行到这里一次。他有一个无线电台和一台发电机，他每天会打开两次发电机，向上级报告他仍活着。

范德瓦尔很喜欢这份工作。除了给简易机场"运点沙子"和划着独木舟进行短途旅游外，这里并无什么别的事情可干。作为邮政局长，他会在寄回家的信上戳上一些奇怪的日期，比如1960年9月35日之类。在那里度过了几个月的时间后，他让马老奇的一个木匠用一个平板将两艘独木舟连接起来并盖上了一个茅草屋顶。他制造了一艘双体船。范德瓦尔给双体船加上了一个舷外发动机，他现在可以自由地去往任何地方，还能睡在船上。他在他的辖地内四处巡查，沿着河流上下航行，与不同村庄的人们交流接触。在荷兰人的口中，猎头行为早已作古。这里的人是这样告诉迈克尔的，他的父亲和妹妹一年后抵达这里时也听到了同样的说辞。考虑到巴布亚的政治局势和荷兰政府的需求，必须给外界的人树立这样的认识。因为荷兰正准备着让这个国家独立，所以他们希望这里可以给国际社会表现出他们具有在10年后实现自我独立领导的能力。"但在实际生活中，猎头行为依然存在，"范德瓦尔说，"有时，甚至还会出现大规模的袭击行动。"事实上，这种行为一直持续了很多年：1970年，美国传教士弗朗克·特伦肯舒（Frank Trenkenschuh）前往索戈波（Sogopo）村和提（Ti）村传道，因为前一天，阿斯马特战士杀死了这里的5个男女；20世纪80年代早期，施宁鲍姆还听说过发生在阿斯马特偏远地区的猎头袭击和杀戮事件。

范德瓦尔在旅行时几乎不带防备士兵，他通常只带1个厨师和1个船童。他在皮里马蓬管辖着好几个巴布亚警察，但他总习惯将他们留在后方。他有把左轮手枪，但从未带在身上。为什么范德瓦尔、赫布兰兹、泽格瓦德、范克塞尔、冯·佩吉能在如此凶猛和好战的阿斯马特人中自由旅行和生活？因为阿斯马特人非常珍惜这些白人带去的生活交易品——令他们上瘾的烟草、铁斧、鱼钩和鱼线。一个科亚里（Koiari）村人回忆他们在 20 世纪 30 年代在新几内亚高地与澳大利亚探险家初次相遇时的场景。他说："我们不知道这些生物来自何方，是来自天堂、地狱，还是水中？我们猜想着他们或许是'鬼神'，但我们并未见过'鬼神'……我们非常害怕。我们担心他们会带来更多的'鬼神'将我们毁灭。同时，我们又乐于接受他们带来的大量物品，比如火柴和小刀。"

阿斯马特人对西方物品的喜爱程度和他们对枪炮的恐惧程度对等。西方枪炮的阴影笼罩着生活在这里的人们，每次与现代武装的西方人发生的枪炮冲突都令他们震惊。阿斯马特人在战场上是凶猛而无情的战士，但竹箭木矛与现代枪械的火力相比就像玩具。他们在新几内亚与武装白人的对峙无异于曾经的美洲土著与西班牙征服者的对峙。贾雷德·戴蒙德（Jared Diamond）在《枪炮、细菌与钢铁》（*Guns, Germs, and Steel*）中讲述过这样的故事："1532 年 11 月 16 日，法兰西斯克·皮泽洛（Francisco Pizarro）在秘鲁（Peruvian）高地的卡哈马卡（Cajamarca）镇遇到了印加（Inca）皇帝阿塔瓦尔帕（Atahualpa）。皮泽洛所带领的 168 个人被 80 000 名全副武装的印加士兵重重包围。战斗并未持续多长时间。几分钟后，阿塔瓦尔帕被俘虏，几千名土著（印加士兵）死亡，西班牙方面无一人伤亡。""英国人查理·萨维奇（Charlie Savage）于 1908 年抵达斐济（Fiji），他划着独木舟到了河流上游的斐济亚·卡萨乌（Fijian Kasavu）村。他在距离村庄围墙不远处停了下来，之后向那里的毫无防卫的当地居民射击。他射杀的居民人数众多，以至于存活下来的居民将大堆尸体堆积起来用作掩体……"在戴蒙德的书中，这种枪炮威力凌驾于缺乏枪炮的土著人之上的例子不胜枚举。

第二部分

事实上，阿斯马特地区也不例外。在一次由政府赞助的对澳属新几内亚高地的考察中，斯特里克兰－普拉里（Strickland-Purari）的巡逻队报告道，"1935年，巡逻队至少有9次与土著发生冲突并开火。战斗中有54个男人被步枪击毙，没有巡警在这些小规模冲突中被击杀或严重受伤。当地的土著们很快认识到，在火器面前，他们无能为力。"

阿斯马特人尽了最大努力安抚西方人并配合他们的工作。阿斯马特宇宙等同于暴力宇宙，这意味着暴力不仅存在于人与人之间、村庄与村庄之间，还存在于人与鬼神之间。他们认为，不仅人类充满了复仇的怒火，鬼神也同样具有复仇的怒火。如果鬼神不能得到安抚，就会像两方敌对势力的人类一样猛烈攻击村庄，使男人、女人和小孩生病。当然，在与欧洲人的早期接触中，在很长的一段时间内，阿斯马特人都无法确定其身份。他们不明白这些白皮肤的人到底是谁？他们是鬼神还是人类？攻击这些白皮肤的人类，他们可能遭致类似马克斯·拉普雷制造的物质世界的袭击事件，还可能遭致来自鬼神的精神世界的报复。

作为20世纪50年代中期在那一地区唯一的白人，泽格瓦德会在猎头袭击事件发生后的第一时间出现在案发现场。随着时间的推移，阿斯马特人会聪明地选择将传教士和殖民地官员明令禁止的行为隐藏起来。就像拉普雷在他的报告中记录的，"阿斯马特人选择去丛林的更深处举行他们的仪式，这些仪式是他们在这个世界存在的标志。"庆祝我们人性中的共同点非常容易，毕竟，我们都是人类，我们都拥有爱、希望、恐惧、梦想和哀痛。忽视我们之间的差异也很容易。然后，忽视这些差异就会对我们认识世界、认识自我以及认识自我的位置带来偏差。我们都会握手，我们都会微笑。我们可以一起吃饭、一起欢笑、一起望向同一条河流和同一片棕榈树。

野蛮收割

我们都会躲进丛林小便，但我们的观点、信仰，心中最重要的东西却有着极大的差别。在尤塔河发生了奥马德塞普村和奥茨詹内普村之间的血腥战斗，白人拉普雷坚信依靠荷兰法律和政府的力量才是解决问题的关键，而阿斯马特人法尼普塔斯则在一次和谈中将自己的一个孩子送给了东鲍伊。外人很难真正理解阿斯马特比西柱所拥有的力量，也不能理解歌、头骨，对阿斯马特人有多神圣，更不能理解将西米礼物赠送给门户和长者的重要性。像维姆·范德瓦尔和迈克尔·洛克菲勒这样的白人，虽然也并未真正理解阿斯马特人和阿斯马特文化，但他们努力收集资料、拍摄照片、深入旅行以进一步研究阿斯马特文化并试图揭开那里的秘密。

范德瓦尔花了几个小时的时间带迈克尔和瓦萨参观了自己在皮里马蓬的小王国，并给他们介绍了神父范克塞尔。当时，范克塞尔正在那里建一栋房子。神父和迈克尔简单聊了几句，这次谈话让洛克菲勒兴奋不已，也决定了他短暂的生命。他几天后写信给戈德华特，说范克塞尔是探索木麻黄海岸南部阿斯马特地区的"第一个白人"。范克塞尔在阿斯马特地区拥有丰富的探险经历，他曾建议迈克尔将注意力放到南方。"出于几个理由，我认为事实终将证明他将是我最有价值的联系人……而且，他看起来似乎乐于为我提供帮助（为原始艺术博物馆收集物品）。他可能会为我的探险带来帮助，因为他获得了该地区土著的信任。通过他，我将能获得更多的机会去接触这里的人们。"迈克尔请戈德华特给范克塞尔写一封信，以证明自己与博物馆的关系。范克塞尔就是迈克尔所需要的人：他能让一切事情顺利进行，他能说阿斯马特语，他了解居住在这里的人的神圣的力量。如果他们真能一起旅行，迈克尔的命运或许会完全改变。

第二部分

事实上，迈克尔正是在与范克塞尔会面的路上失踪的。

迈克尔和瓦萨于中午离开皮里马蓬，晚上即抵达了阿加茨。迈克尔被安排在一位荷兰官员的舒适的房子里过夜。第二天早上，他们行走的线路与50年后我行走的线路完全相同。他们途经了瓦瑟村，并于当晚抵达阿奇村，他们的交通工具是土著划手们使用的独木舟。冯·佩吉神父离开了，他们当晚睡在了当地的邮政办公室。他们每天会支付给划手一包烟草和一节鱼线。

早上，他们赶往阿曼纳姆凯（Amanamkai）村，赫布兰兹和一位来自耶鲁大学的美国人类学家大卫·艾德居住在那里。阿斯马特深深吸引了他们。赫布兰兹带着迈克尔一行参观了阿曼纳姆凯村的门户，这里的门户刚完成重建，人们正围绕着重建的房子庆祝。"冥冥中，老天安排我先抵达了巴列姆山谷，然后又到了阿斯马特，"迈克尔在日记里写道，"我在两个地方都看到了当地人的重要的仪式。"这个门户占地面积极大，其长度超过了100英尺（30米）。它的后墙排列着16个壁炉，每个壁炉分属于不同的家庭小组，其上都标有一根雕柱。这里的地板偏凉且有弹性，地板上覆盖着从西米棕榈剥下的树皮。屋内的照明很是神奇——一道道阳光照进黑暗的屋子，屋子里呈现出一片烟雾缭绕的景象。屋子里塞满了带汗的男人，一群鼓手或站或坐，呈半圆形围坐在中央壁炉的边上。壁炉属于集体共有，周围是像鹤鸵一样跳舞的男人。他们前脚掌着地上下跳动，来回扇动膝盖。一个男人唱起一段旋律悲伤的歌谣，接着，所有男人加入了进来。这一情景让人恍惚——它原始有力、超凡脱俗，就像一个未受时间或科技影响的平行宇宙，一个浪漫化和神圣化的世界，一个存活在迈克尔父亲的博物馆馆藏展品的背后的世界。现在，这里是迈克尔要去探索、解密和收割的世界。

跳舞和敲鼓活动从白天持续到夜晚。这时，一船来自奥马德塞普村的男人靠岸。"他们带来了一个消息，"瓦萨记录道，"这个消息是，奥茨詹内普村让该地区不再安全，形势已非常紧张。"这是个"棘手"的消息，因为迈克尔和瓦萨正欲前往奥马德塞普村和奥茨詹内普村，他们需要雇很多划手。由于这个"棘手"的消息，很多划手已不愿参加这次旅行了。但在赫布兰兹和艾德（他的耶鲁大学的毕业论文正是关于"猎头和战争"的议题）的帮助下，迈克尔沉浸到了这里的艺术和仪式中，他记录道："那些比西柱是一种复仇性的雕刻……过去，在猎头行动之前人们通常要先行布置比西柱。比西柱上的雕刻代表了以前被猎头的人，现在的人们要帮他们复仇。"他从未想到过自己某日会成为被猎头者，从而满足一个他从未见过的人的复仇欲望。

　　第二天，他们碰上了持续整个下午的暴雨，他们只能继续等待。迈克尔在屋子的游廊里拍了一些男人们在瓢泼大雨中划独木舟的照片。第三天，迈克尔付钱给那些男人，让他们表演一次进攻演习。数百名戴着狗牙项链的战士（一些人赤裸身体）驾着"几十艘"独木舟穿梭在阿沃尔河（Awor River）上，迈克尔心醉神迷。独木舟分成两队，"疯狂地"冲向彼此并扔出石灰粉，围着迈克尔和瓦萨坐的独木舟转圈。"他们像一阵旋风，发出尖叫声、号叫声、号角声。"迈克尔使劲拍照，他沉迷于"优雅的划桨动作"、"纯粹的力量和速度"、"独木舟表现出的乐感和韵律"以及"阿斯马特独有的壮观场面"。

　　两天后的下午2点，他们才乘坐3艘独木舟离开阿曼纳姆凯村（因为奥马德塞普村和奥茨詹内普村的紧张局势造成划手短缺）。瓦萨、赫布兰兹、帕特南、迈克尔，坐在漏水的独木舟的中部，船头到船尾都站着赤身裸体的男人。"启程时，我们沿着阿沃尔河顺流而下，安静且惬意，"迈克尔写道，"划手们划桨时并不用太费力，流水就可带着独木舟前行。或者，也许是因为他们太擅长于划桨技术而

第二部分

将我误导。"迈克尔想节省胶卷,但他难以控制自己的双手,因为他被一个接一个的美丽景象吸引……迈克尔继续写道,"我可以持续不断地观察这些划手,特别是勒内的独木舟船尾上的那个男人。我永不会对这些景象感到厌倦。突进的独木舟掩映在河岸边郁郁葱葱的植物丛和高耸的树木下,又被阳光、暴风雨、落日、满月和蓝黑色的夜晚照亮。面对如此美景,谁能忍得住手持相机的双手?"

"我只愿我能记录那群叽叽喳喳的麻雀,它们停在海岸两边的树上,成百上千只小鸟疯了似的从一棵树飞到另一棵树。它们模糊的身影在树枝间穿梭,压弯了树的枝头,就像飞行的精灵。空气中充满了翅膀扇动的呼呼声和上千只鸟儿同时发出的尖鸣声。"太阳在一片橙红色的余晖中落下,接着满月升上天空,又大又亮。他们在沉默中继续划动,只听见河水轻柔拍打独木舟和船头观察员偶尔发出的说话声。

7个小时后,船队到达了一个临时营地,这个营地和阿马兹后来带我在法雷奇河见到的那个营地大不相同。成群的鸟围了过来,鸟鸣声和扇翅声充斥了幽暗的夜晚。这群人狼吞虎咽地享用了一顿由茶、剩饭和鲱鱼组成的冷餐。过了夜,第二天早上又顺着法雷奇河向上游航行了3个小时才抵达奥马德塞普村。起初,迈克尔非常失望——那里竟有一所学校!他请求参观这里的雕刻作品,结果令他大失所望。因为那些东西表现出了"白人的小刀和古玩儿兴趣草率'嫁接'而成的雕刻工艺"。迈克尔意识到这些东西是用来出售的,而非他们的真实使用品。迈克尔继续要求对盾牌和鼓作参观,渐渐地、悄无声息地,有意思的东西开始出现。首先映入眼帘的是一块破烂的盾牌,它古老而漂亮。然后是层层叠叠的鼓……鼓的把手雕刻着各样的纹路,非常精美。有了这些东西,迈克尔不再感到失落,他沉浸在了一种遭致长期压抑的兴奋中。他太年轻、太没有经验、

野蛮收割

太富有，无法压制他的兴奋和狂热，并不得不在此后为其付出代价。渡过贝奇河河口的那天，他为他的新宝贝们根据珍稀程度支付了不同的费用。与此同时，他让帕特南将这些新宝贝的创作者的名字分别作记录，并写进了他们的日记。

迈克尔在那所学校前的不远处发现了4根比西柱，4根柱子足有20英尺（6米）高，全由一整块红树林木头雕刻而成。柱子顶上伸出一面格子旗，呈阳具形状。所有的阿斯马特雕刻品（鼓、盾牌、矛、碗、桨）都非常精美，但没有一样能与比西柱媲美。它的三维细节、动态线条，均是在没有草稿或画线的条件下手工雕刻。人像的四肢及面孔和螳螂、犀鸟、鳄鱼交织在一起。你绝不会找到两件雕刻一致的比西柱，它们是令人难忘的力量与美的化身。事实上，如果比西柱脱离了它们的环境和文化（迈克尔正打算做），它们就失去了自身的意义，也失去了在阿斯马特人生活中的深远影响，变成了原始艺术博物馆展览的异国物品。那里的人绝不会真正理解它们被创造的目的。

迈克尔和赫布兰兹看着4根比西柱，赞叹着它们的不可思议。迈克尔完全没有讽刺的意思，他写道："考虑到西方商业主义对阿斯马特艺术的入侵和资源掠夺，我很快作出了一个决定——购买1根由法尼普塔斯制作的比西柱。因为这类物品在我眼中是不容侵犯的。"法尼普塔斯就是那个曾欺骗奥茨詹内普村的皮普及同伴跟他一同前往韦金村的男人。此后，赫布兰兹说服迈克尔买下了全部4根比西柱。因为拥有4根比西柱可供一套完整的仪式使用，这可是一次绝佳的机会（今天，这些柱子竖立在纽约的大都会艺术博物馆）。接下来，迈克尔又涌出了一个新主意，"我想将这些柱子竖立在门

第二部分

户之前，重演一次完整的仪式。毕竟，这些柱子本就为了门户而雕刻。"赫布兰兹和村民们进行了协商，很快征得了他们的同意。柱子将被安装在门户的前面，村民们如迈克尔希望的，重演了一次完整的仪式。

阿斯马特仪式化生活的很多部分是封闭的。某些歌曲因其至强至刚，甚至会对村庄内的妇女和儿童保密。阿斯马特人会将一些东西公开，一些东西隐藏起来。如果遇到外人的逼迫，他们有时会编些故事来敷衍外人的好奇心。

很难知道奥马德塞普村的男人们在实际生活中用这些比西柱举行了哪些具体的仪式。他们应迈克尔的请求将柱子竖在门户之前，围着柱子歌舞敲鼓。事实上，迈克尔发现这场仪式"相当令人失望"，而且很难拍照。"这场仪式没有牵涉到巫术，也没有供品。这也许解释了阿斯马特人为何会那么轻易地答应迈克尔的重演仪式的请求。在不激怒神且不误用巫术的前提下，阿斯马特人乐于为迈克尔提供这种有偿服务。"

他是对的——谁知道这些阿斯马特人是真表演还是假表演——但他也暴露出了自己的性格缺点：傲慢。尽管他常被人们描述为友好的、努力的和真诚的，但年少多金的迈克尔（23岁）早已习惯了拥有的感觉。总能得偿所愿的他丝毫没有意识到自己正在扰乱当地经济、扰乱当地的村庄仪式。这位地球上最大财团的继承人正以极低的价格掠夺圣物——地球上最有特权的人涉足最边缘化的世界，一个处于世界图腾柱上最底部的世界。迈克尔虽然对那些为售卖而制作的物品感到失望，但他仍然继续在村庄进行着自己的购买活动，他的每笔采购都在使当地的文化和艺术商业化。在接下来的4个月里，迈克尔大买特买，他怀疑是自己的行为导致赫布兰兹产生了某种缄默和不满。他称赫布兰兹为"性格难以捉摸，像贝壳一样将自己关闭起来"。迈克尔花了3天时间劝解赫布兰兹，才让其对自己的称呼由"洛克菲勒"改为"迈克尔"。赫布兰兹渐渐地对迈克尔那问不完的问题感到恼怒，他通常粗鲁地回答或者直接拒绝迈克尔的问题。山姆向迈克尔解释了赫布兰兹对这个 23 岁的年轻人从天而降的感觉，与迈克尔相比他太穷了。

"旅行快结束的时候，我开始了思索：也许阿德里（Adri，赫布兰兹的昵称）的这种内向、疏远的性格根源于他的抱负未能实现的幻灭感。"迈克尔写道，"我知道他在新几内亚逗留的那段时间被一些不顺心的事搞得大为恼火。比如：他在日本买来的镜头有质量缺陷、相机胶卷供应不足、录音机没能按时到货，以及雇用划手总是非常困难……我认为山姆的分析也许是对的，他指出像阿德里这样的人可能会对我们这样的新贵产生一些怨意。因为我们带着最好的照相设备、数量多至用不完的胶卷、有足够数量的钱可以购买这里的任何物品，甚至能支付两场比西柱仪式表演所产生的费用……旅行中，我们曾有一次自费装备了一台舷外发动机，这些消费行为早已超出了他的经济支付能力。"

在迈克尔之后对自己购买物品的描述中，我们可以初见一种迅速萌发的痴迷。名叫吉文（Givin）的男人给迈克尔带来 1 根矛，迈克尔立刻将其买下。"这根矛古老、漂亮，远超我的期待。以前，鲍勃（Bob）试图让我相信，西方收藏家早已对阿斯马特实施过掠夺，我的旅行已为时过晚。现在看来，我的选择是明智的。我在这里用如此短的时间看到了如此多漂亮且有价值的物品。现在……我几乎能肯定阿斯马特的原始性，我为此而感到兴奋。这件物品一定会在展览会上给人们带来链式反应。随后，长矛从村庄各处的房屋的阴暗角落里冒出来。我总计购买了 4 根令人不可思议的精美的矛。"

任何寻宝游戏都会有这样一个时刻——当你的寻宝之旅成功时，想象与现实通常会融为一体。寻宝之旅本由想象而生，寻宝者预想

第二部分

某处陌生地方，再由现实中寻找线索并追查到底。迈克尔也是如此，他时常想象自己深入了异国文化，这个想象就像厚大衣一样包裹着他。现在，他找到了这里，他的梦想变为了现实。当这一时刻来临时，你将认识到自己的成功。这时，探索成为了你最关心的事业——我越是深入阿斯马特，越是翻阅迈克尔的日记，就越能理解认同这点。寻找艺术品和追逐艺术品的过程同样重要。淫雨、酷热、寒冷、危险，在荒野中无处不在。你距离宝藏越近，就越愿意为了得到它而付出。没有什么可以比这更令人迷醉，它会让你感到强大和无懈可击。

迈克尔渴望得到阿斯马特的艺术品，但并非什么艺术品都能令他兴奋。他渴望得到真品，可以成为纯净世界试金石的物品，可以触摸远古和已消失的自我的物品。但物品越纯粹、越正宗，其蕴含的力量也越大，越是交易这些物品就越让迈克尔处于一个平行宇宙的边缘。他不会明白，这些比西柱的交易也是灵魂的交易，这些灵魂可以让你生病甚至死亡。一般人难有迈克尔那样的财力，因此，他们与阿斯马特人相处时不得不显示出友善、互惠和耐心。他们会在村庄里停留更长的时间，去交易、去建立联系、去混熟面孔。而迈克尔拥有数不尽的财产，他只会在每个村庄平均逗留一两天的时间——到达、购买，然后离开。

奥马德塞普村和奥茨詹内普村各自坐落在两条平行的河流旁——法雷奇河和尤塔河。两条河通过一个可航行的沼泽连通，就像马蹄铁的顶部。在官方的说法中，猎头行为也许早已取消，但赫布兰兹、瓦萨和迈克尔都非常清楚，这里村庄间的局势仍非常紧张。在错综复杂的阿斯马特的亲缘关系中，他们找到了一个名叫塔奇（Tatsji）的男人。"塔奇在奥茨詹内普村有亲戚，故而可以避免战祸。

野蛮收割

因此可以雇他来当船队的护卫。"瓦萨写道。6月30日上午11点，一支独木舟船队出发前往法雷奇河上游的奥茨詹内普村。法尼普塔斯也在这个船队中，迈克尔或瓦萨只知道法尼普塔斯是个雕刻匠，并不知道他的其他身份，更不知道他打算为解决3年前的韦金村之难欲将自己的女儿送给奥茨詹内普村的东鲍伊。"这是一次神奇的划船之旅，"迈克尔写道，"大量载满奥马德塞普村战士的独木舟跟着我们，利用我们的这次旅行作为庇护前往奥茨詹内普村进行和平谈判，那是他们非常害怕的强大的敌人和传统竞争者。"

河道曲折多弯，十分狭窄。船队在烈日下穿过悬垂或倒下的树木。河流越来越窄，然后变为比小溪稍大点的水道。船队从沼泽和仅有一人高的坚硬植物中穿过。尤塔河源自沼泽，在靠近源头的地方，船队穿过了已遭致废弃的瓦凯（Warkai）村。在阿斯马特，这种废弃的村落遗址标志着它曾经要么是袭击者要么是被袭击者。随着政府的渗透越来越强，村庄通常搬进了丛林深处。在那里，他们继续着屠宰和战争。

一进入奥茨詹内普村的领地，划手们就变得紧张起来。"每一棵树和每一个河湾，"瓦萨写道，"他们都会仔细观察。"他们发现了一片建在30英尺（9米）高的柱子上的房子，那是由奥茨詹内普村人最近建造的临时避难所——这也是战争和猎头行为依然活跃的标志。塔奇发出了一声悠长的呼喊，解释他们是谁、来自何处，以及来到此处的目的，解释他们身边没有政府官员、警察和传教士。所有人都停了下来，万籁俱寂。短暂的宁静后，所有的划手又齐声呼喊，宣布了他们的到来。接下来，四面八方的丛林中号角回响，男人和女人们从树林里鱼贯而出，唱起了歌。当男人们跳入独木舟并划出河道与他们会面时，紧张的气氛烟消云散。他们相互拥抱、握手，他们疯狂地做起了交易——用西米和芋头交易烟草和水果。

第二部分

尽管阿斯马特人和巴列姆山谷的达尼人一样野蛮且与世隔绝，但也有区别。达尼人虽然互相为敌，但战争中的死亡并不常见。达尼人是农民，红薯种植赋予了他们时间感和安定感。更重要的是，红薯为他们提供了充足的和可靠的食物来源。与迈克尔同行的阿斯马特人却大不相同，他们是纯粹的游猎采集部落和食人族，他们的文化比达尼人更古怪，迈克尔俨然察觉到了这点。"这里很野蛮，"迈克尔写道，"这里似乎比我以前见过的村庄更偏远。"那里有一群来自另一个村庄的男人，他们从未见过白人，也未见过赫布兰兹送出的鱼钩或尼龙鱼线。他们整晚歌唱，用迈克尔的话说，他们也许是为了庆祝自己与白人的相遇。但这真是庆祝吗？或者代表着别的什么更复杂的东西——一种努力压制自己深度不安的办法。因为遭遇了奇怪的来自异界的超生命体，他们也许会怀疑这些白人是自己肉身形态的祖先。

第二天早上，迈克尔离开这处临时避难所继续向河流上游的村庄前行。来自奥茨詹内普村的划手也加入了迈克尔的队伍，一路上，他们非常担心自己留在临时避难所的女人会遭到奥马德塞普村人的袭击。他们终于抵达了奥茨詹内普村的主村庄，这是迈克尔见过的最大的村庄。这里有5栋巨大的房屋，男人和男孩们簇拥在这些房屋的周围，几十艘独木舟和数百名正在游泳的男人将这里围得水泄不通。迈克尔抓起尼康（Nikon）相机，疯狂拍照。他们发现有17根比西柱屹立在奥茨詹内普村，上面的雕刻细节他们从未见过，其中1根比西柱的旗子上有成对螳螂的特写。雕刻比西柱是为了举行复仇仪式，奥马德塞普村的那些柱子——迈克尔购买的那4根——所代表的仪式早已完成，柱子里的灵魂已被发遣回萨凡。他们没有被扔到西米地里任其腐烂，而是被村里的老师取走了，最后被迈克尔购买。而奥茨詹内普的柱子仍然屹立着，还没来得及处置，也并未扔进丛林。这意味着，它们仍然携带着死者的灵魂，死者还未得到复仇。这些柱子就像是恢复平衡、复仇的许诺和誓言。当时的迈克尔和瓦萨并不知道3年前马克斯·拉普雷发动的那次袭击。迈克尔记录道，"这些柱子似乎是为了纪念1959年前后发生的一次宴会而刻（拉普雷的袭击事件发生在1958年）。"

你也许会觉得这听起来像是很久之前发生的事情，实则不然。阿斯马特人没有钟表，他们不会忘记任何事情。在迈克尔眼中，奥茨詹内普村地处偏远，但以阿斯马特的标准，它是一个具有自己的习俗以及独特雕刻风格的城市。

为了方便烟草的交易，村庄在面朝河流的一栋房屋前搭建了一个竹制平台。将房屋建造在柱子上是奥茨詹内普村特有的习俗。男人们敲鼓吟歌，迈克尔向他们提出了自己的购买要求。迈克尔提出自己要购买7根比西柱，每根比西柱可交换1包烟草和1把斧头，同时给每名划手1节鱼线和1个鱼钩。奥茨詹内普村的男人们同意了迈克尔的提议，迈克尔给他们支付了部分"定金"，男人们答应他们会在三四天后将那些柱子送到贝奇河东岸的一个会合点，然后运到阿加茨。在会合点，迈克尔会支付给他们余下的斧头和烟草。迈克尔还在这次交易中购买了12面盾牌。

迈克尔、瓦萨、帕特南和赫布兰兹在7月3日离开了奥茨詹内普村前往拜访阿斯马特人的其他村庄。独木舟必须渡过贝奇河的河口。考虑到4个月后发生在他身上的遭遇，这里再回看下他在日记中的重要记录："在去比瓦海村的路上，我们必须渡过贝奇河的入海口。这个季节的入海口很宽，足有几英里的宽度。强劲的季风有时会将阿拉弗拉海的巨浪倒灌至入海口的深处，使渡河行动变得危险……尽管我们在抵达入海口时，海浪仍非常汹涌，但阿斯马特的专家划手们在评估了海浪环境后还是确定了渡河可行。"

第二部分

3 天后，他们抵达了会合点。他们在这里扎营等待了两天，可来自奥茨詹内普村的男人以及那些比西柱并未出现。来自阿曼纳姆凯村的划手告诉他们，奥茨詹内普村的男人也许是害怕将妇孺留在后方故未能如期而至。这只是一种理论上的猜测，因为上次他们在离开临时避难所护送迈克尔去主村庄时也存在将妇孺留在后方的危险，但他们却依然出行。另一个可能性更高的理由是：铭刻在柱子上的死亡还未得到复仇，柱子的使命尚未完成，被马克斯·拉普雷杀害的奥索姆、法雷奇阿姆、阿肯、萨穆特和伊皮的灵魂依然占据着柱子。如果真是这样，就算用全世界所有的金钱或烟草与奥茨詹内普村的男人做交易，他们也不会答应，他们绝不会放这些柱子离开。

12 2012年3月

　　迈克尔·洛克菲勒在奥马德塞普村给那些围着比西柱跳舞的男人拍照的50年后，我站在了同一个地方。法雷奇河的河岸有5英尺（1.5米）厚的淤泥。这栋屋子与河流垂直，足有100英尺（30米）长，是一栋由柱子和西米棕榈的茎秆构成的巨大建筑。它的前面是一条长长的游廊，由带缺口的原木延伸而建。河对岸是茂密的丛林——聂帕桐、椰子树，以及缠绕的葱绿藤蔓。这栋房屋的边上有一个迷宫般的柱阵，它们屹立于淤泥地里，这是一座新房屋的地基。我运气不错，我们抵达时恰逢人们对这个新房屋的建造张罗庆祝活动。阿马兹告诉我，庆祝活动即将开始。

　　到现在为止，我和阿马兹、威伦姆一起，已经在这些河流和村庄中航行了至少7天。这是一段梦幻般的旅程，我们在黑夜、黎明、傍晚中旅行——只要潮水可支撑船队在河流中航行，我们就不会停航。我们穿越了滂沱大雨（河水冰冷新鲜，雨滴又重又大），也穿越了炎炎烈日。我自3周前抵达阿加茨后，再未碰过热水。除了在阿奇村阿马兹姐姐的房子里的那张沙发，我再未见过任何椅子或垫子。我们一天食用三顿米饭或拉面，外加少量的螃蟹、虾子、鱼和西米。这里没有油脂、酒精，糖也成为一种奢侈，除了菲洛在我的速溶咖啡里放的少量的糖外。我的体重在迅速下降。

　　在比瓦海村，我们睡在了学校的地板上。这个学校有1个老师

奥马德塞普村的男人们正庆祝新门户的建造。

第二部分

和8个学生，他们每天只有一半的时间上课。"他们去打鱼或去丛林采集西米了，"老师告诉我，"我没法留住他们。"我们又在这里留宿了一晚。当大雨倾盆而下时，男人们聚在了走廊里，整晚敲鼓唱歌，一直到破晓。"他们在唱一个男人和一个女人的故事，一个男人被拜永人杀害了，这是一个爱情故事。"阿马兹说。他的解释还是习惯性的不完整且令人沮丧。

我们和阿马兹在比瓦海村度过了一整天。阿马兹给我讲了一个故事，"奥马德塞普村的几个女人正在打鱼，这时，5艘船来到了法雷奇河，其中一些男人强奸了这里的女人。"阿马兹讲述时，我们正从阿拉弗拉海转到上游的这个村庄，"女人们的丈夫发现了，袭击了比瓦海村，杀死了比维日皮茨。比瓦海村也攻击了奥马德塞普村，并杀死了埃斯坎姆（Escame）。我的祖父告诉了我这个故事。"白鹭飞过了我们的头顶，独木舟上的几个男人看到了我们，叫起了阿马兹的昵称——"阿兹！"码头出现了一群人，阿马兹的姐姐也现身了。她骨瘦如柴，穿着一件T恤。看到阿马兹后，她爆发出了尖叫和悲号声。在一栋老木屋，我们见到了他的父亲，他个子瘦小但肌肉健壮，一头白色的短发。他抽泣着大哭起来，抚摸着阿马兹。

我们在他姐姐的房子的走廊上安顿了下来，威伦姆拿着足有我手掌般大小的螃蟹走了过来，他用棕榈叶包裹螃蟹并将其扔进火里。这时，又走来一个穿着破旧背心裙的女人。她的鼻中隔穿着洞，耳朵上挂着耳环，她也爆发出了哭号、抽泣和拥抱的动作，然后重重地坐在了地板上抱头痛哭。起身后，她踉跄着就像醉汉一样出了门。她的情感太过强烈都没法正常走路了，她一边尖叫一边踉跄着走过步道，足足走了15分钟。"这是我母亲的姑妈。"阿马兹向我解释道。

离开比瓦海村，我们穿过了丛林中的一个缺口。这个缺口大概有5英尺（1.5米）宽，这里的水太浅以致我们不得不用篙撑船

野蛮收割

通行。这里的丛林很密，几乎看不到太阳和天空。泥岸闪着光芒，上面布满了白色身体橙色腿的螃蟹以及蝾螈。蝾螈是一种原始生物，形体与蝌蚪相似，大头长尾巴。我们弯腰躲避垂下的树枝和藤蔓，穿过看似古巨人手指的红树林树根。蝴蝶在我们身旁翻飞，1小时后，我们闯进了苏瑞奇河（Suretsj River），这里的河面超过1英里（1 600米）的宽度。

接下来，我们在鲍河（Bow River）上的奥乌斯（Owus）村过夜。这是威伦姆的村庄，他向我介绍了自己的妻子和他们的3个孩子，然后迅速消失了。雨下了整个下午和晚上，我们围坐在烛光下拍打蚊子和苍蝇。"你知道，"阿马兹说，"威伦姆在这里有两个家庭和两个妻子。"阿斯马特人一直都有这种风俗，尽管他们现在自称为天主教教徒。

离开奥乌斯村后，我们遇到了一艘由巴吉兹交易商驾驶的60英尺（18米）长的独木舟，舟里装满了补给品。我们打招呼让他停航为我们的船上提供丁香卷烟和烟草等补给之后继续前行。在另一条河里，我们招呼了几个渔民，购买了一条3英尺（1米）长的鲇鱼。菲洛将它切块并用油烹制，这就是我接下来几天将要摄入的大部分蛋白质。

即便我们的旅行越来越深入，那堵我无法翻越的墙依然存在，那是一种从未离去的不安全感。我此前在世界上任何地方探险也不会有这样的感觉，它渐渐渗入到我的心底。这件我不能摆脱、不能理解、不能点明的事，就是食人行为。

猎头和食人行为以及与之相关的宗教仪式，直到阿斯马特的上一代人才开始发生改变。阿马兹的父亲和这里的那些超过40岁的人的父母都食用过人肉，而他们食用人肉的过程与我们今天食用牛排的过程大不相同。我们在装配了空调的商店享用牛排，而他们会亲

第二部分

身参与到屠宰活动中。活生生的男人、女人和孩子都亲身参与到砍人头、取大脑、取内脏的活动中。想想淋漓的鲜血、淤血、分离的四肢和手掌，那是多么地可怕。事实上，也许现代人类进行的活动无异于"住棚屋"、"猎取和采集食物"、"信仰鬼神和巫术战争"这些行为的变种。我们过去也曾赤裸身体，而现在我们穿上了衣服。我们过去也曾住在棕榈棚屋里，而现在我们住着木头建筑的房子。我们过去也曾信仰奇异巫术和鬼神，而现在我们信仰耶稣和圣灵。我们并没什么了不起，我们只是程度不同而非种类不同。但在我们的认知中，阿斯马特人惯常的食人活动早已跨越了人性的红线。即使我们将祖先传统的游猎采集文明包括在内，也未曾发生这样的事件。这是我所能想象到的最恐怖最可怕的事情，但在他们的日常生活中却常有发生。对我来说，这一事实笼罩着我在阿斯马特的每一刻。

如果我用食人的事情问这里的人，他们会毫不犹豫地承认：没错，我们过去的确做过，但现在我们不这样了。他们不想谈论这个话题。他们现在的大多数人已成为了天主教徒，尽管很多人仍有好几个妻子且仍信仰鬼神世界以及那些和上帝无关的古老仪式。在教会的影响下，他们被迫相信过去的行为是错误的并对此感到羞愧，至少在与西方人的谈话中表现如此。我们很难知道他们的真实想法。毕竟，他们的许多歌谣都会唤起他们曾经的回忆，他们的整个仪式化生活都基于他们的传统。显然，食人问题只是他们传统意识的一部分。

我在阿斯马特待得越久，就越能感到他们生活中的这些脱节现象。这些脱节存在于他们过去的生活和现在的表面上的生活之间，存在于他们公开谈论的话题和私下谈论的话题之间，存在于西方人对食人想法的兴趣（包括我自己）与真实情况之间。当迈克尔·洛克菲勒在阿斯马特四处游历时，猎头、杀戮和食人现象仍然盛行。这里的每件艺术品都根植于此，他在偏远村庄遇见的几乎所有阿斯

野蛮收割

马特人都食过人肉。每件由迈克尔收集的现陈列于纽约大都会艺术博物馆的展品都是明证。竖立在大都会艺术博物馆的迈克尔·C. 洛克菲勒厅的那些柱子被创作的目的是为了替死者复仇，猎头者会将受害者的鲜血揉进柱子。然而，迈克尔从未目睹过猎头或食人行为。除了泽格瓦德之外，没有几个西方人真正见过阿斯马特人的食人行为，甚至连泽格瓦德自己是否真的见过也存在疑问。我不禁思索：如果他们见过会发生什么事情？如果我见到呢？如果在他们眼皮底下进行会怎样？他们会用什么眼光来看待这种"艺术"？如果这种屠杀或宴会在我的周围发生，我会作何反应？又会有什么感受？

在他的笔记、日记和信件里，迈克尔反复提到了猎头和他正在收集的艺术品之间的联系。但他一直保持着与它们的距离，从未正视过它们，仅将其停留在学术和历史定义上。这也是我现在感觉到的那堵墙。我想知道这堵墙的感觉，阿斯马特人在斩首某人的妻儿并用双手和粗糙工具屠宰他们的身体时会有什么样的感觉和想法。他们几乎每人都做过这样的事情，他们非常了解其中的过程。然而，却没有任何人谈论这个问题。托比亚斯·施宁鲍姆曾认为和他一起居住的亚马逊的印第安人带着浪漫色彩，直到一天印第安人袭击了另一个村庄并用棍棒残忍地杀死了受害者。施宁鲍姆观察了全过程，印第安人还将矛刺入了一个死人的胸膛。这可将他吓坏了。接着，印第安人还一起食用了受害者的心脏，生食且带着鲜血。这件事令他心理崩溃，事发后不久，他就逃离了这些印第安人。我猜想，当年的迈克尔也许与施宁鲍姆的感受完全相同，也许我也不会例外。在某些方面，我和周围的阿斯马特人之间存在着某些根深蒂固的文化差异，就像迈克尔与阿斯马特人之间存在的差异一样。这种想法吸引了我和迈克尔，我们希望找到这种差异，找到将我们和朝夕相处的阿斯马特人分隔开来的真正原因。

第二部分

我们到达了奥马德塞普村。与出发地阿加茨相比，这里的河流更为狭窄和偏远。阿奇村、阿亚姆（Ayam）村、比采（Becew）村，这些村庄都能找到商店、码头和西方顾客带来的货品垃圾，还有几台可在夜晚使用的发电机。奥马德塞普村没有商店，没有货品垃圾。这个地方只有少数的工业产品——锅、盘子、大砍刀、鱼线——除此之外的物品都来自海洋或丛林。

在白咖啡一样的天空下，在潮湿到可以游泳的空气里，我听到了尖叫声、野性的呼喊声和一种有节奏的哗啵声。阿马兹抓住我，带我来到一个破旧的码头尽头。码头上挤满了光脚的孩子，有些赤裸身体，有些穿着褴褛肮脏的T恤和运动短裤。河上划来了12艘独木舟，挤成一团，舟与舟之间相隔仅有1英尺（30厘米）的间距。每艘独木舟上有10—12个男人。虽然所有人都穿着短裤，但他们身上却是战斗装扮，他们斜挎着狗牙子弹带，拿着装饰着凤头鹦鹉羽毛的矛，身上画了白垩的X字，腿脚画满了白环。他们将黑色的油脂涂在脸上，在眼睛上画了红圈，就像被激怒的国王凤头鹦鹉。他们还戴着袋貂皮的头带，头带上插着凤头鹦鹉羽毛。他们生于水上，生来就能稳站在摇晃的独木舟里，他们用桨敲打独木舟的两侧。"哈、哈、哈、哈"，从他们的喉咙里发出阵阵的哼声，又被一个由低沉的嗓音发出的高声调号叫声中断。这个声音唱出几句叹息的、悠扬的哀歌，然后，哼声和船桨敲击声又再次响起。他们上下跳动，吹响号角，就像我孩提时在罗德岛（Rhode Island）的纽波特（Newport）祖父母家见到的场景。云雾状的白烟——石灰粉——将他们吞没，渐渐地，他们划向了岸边。混乱中出现了10—15个男人，他们抬着1根8英尺（2.4米）长的圆柱，那是西米棕榈树的树干顶部，它被西米叶紧紧包裹。他们将柱子抬进了门户。

门户里非常昏暗，仅有一道阳光穿过棕榈叶的墙壁和房顶。5

野蛮收割

个男人盘腿坐在了有弹性的地板上，他们背对着中心壁炉，每人膝盖上都放着一个又长又窄的雕鼓。这里是门户的中心，同样也是阿斯马特宇宙的中心，这里是生者世界与死者世界的相会之处，两者都存在于此。男人们打扮成食用果实的动物，也就是打扮成猎头者的模样。他们的编织臂带里插着长而锋利的鹤鸵大腿骨匕首。在那个比维日皮茨和德苏瓦皮茨的起源神话里，同样的匕首被用来将受害者的头钉在地板上。他们一起敲鼓，同声叫喊。一个男人开始领唱，然后其他人会很快加入，歌声在起落中会不时陷入沉默。这里没人指挥，因为人人都知道自己的角色。"哦、哦、哦、哦、哦"，一个声音开始唱起，那是一个拉长的、低沉的嗓音。接着是说话声，然后是更多的长长的"哦、哦、哦、哦、哦"。"他在吟唱很久以前比瓦海村被奥马德塞普村杀死的一个男人的名字。"阿马兹说。无数的苍蝇嗡嗡叫着。男人们抽烟、唱歌、敲鼓、吟唱，持续了几个小时。其他人进进出出，人群一直在聚集，直到有50个人围坐在那根西米原木边，白色的原木闪闪发亮，上面覆盖着一层层的苍蝇。

他们发出了一种我难以理解的信号，一个拿着斧头的男人纵向劈开原木，层层剥离树心。他反复挥动着斧头，树干变得越来越细，直到变为钓鱼竿的大小。原木末端膨大的头部也被反复削减成小块。男人们把鼓放到火上，加热用鬣蜥皮制成的鼓面，使其绷紧。他们用手掌摩擦鼓面，反复为鼓调音。在黑暗、烟雾和炎热中，脉动的鼓声和吟唱声让我沉醉。他们的吟唱声可以追溯到从前的死亡、猎头和战争，用阿马兹的话说，这是为了召回祖先和他们的灵魂。

在一次抽烟的间歇，我请阿马兹问问这里的人们——1957年发生于韦金村的那次旅行，马克斯·拉普雷的报告中曾简约提到这事是他采取行动的原因，但语焉不详。阿马兹再次跟男人们做了冗长的解释。我又点燃了烟。男人们点头看着我，他们记得所有的细节，

第二部分

就像是在描述昨天发生的事情。我听到了皮普、东鲍伊、苏、柯凯、瓦瓦和保考伊的名字。之后，一个名叫埃韦里萨斯·比罗基普茨的男人开始了讲话。他光着胸膛，衣着朴素，头发很短，胡子邋遢。尽管显出了明显的老态，但他胸膛的肌肉结实、宽阔。根据他的回忆，他当时还是个孩子，跟着父亲参加了那次旅行。他的情绪随着故事的讲述而变得兴致勃勃。他讲到了寻找狗牙之旅，发生在拜永村、巴西姆村和埃梅内村的战斗故事，以及他的恐惧。

在过去的 20 年间，我在世界各地报道了数百个故事，但迈克尔的故事却非同一般。迈克尔的失踪事件隐藏在谣言中的时间是如此之长，发生的地点是如此之远，使它披上了一种难解之谜的色彩。他的家人一直坚称他是溺水而死，因为他们找不到调查事情真相的办法。在这里，即便是洛克菲勒家族也无能为力。无论他们认识多少权贵，雇用多少搜寻者，雇用多少律师也没用。在这里，金钱和特权毫无用处。阿斯马特人丝毫不在乎他们，也不会受其他任何人的影响。

先不论迈克尔遭遇了什么险境，至少，他的遭遇是真实的，阿斯马特也是真实的。在这里，也许鬼神都是真实的，即便这听起来与我们的认知相悖。我开始将迈克尔的迷失与这里的鬼神文化联系起来。我渐渐看到，随着我待在阿斯马特的时间越来越长，这个故事开始慢慢变得清晰，成为一段可触摸的叙事。我越是理解阿斯马特文化，就越能以阿斯马特的方式思考迈克尔失踪之谜——他也许正是那些从未被送往萨凡的众多鬼神之一。或许，阿斯马特人通过他们的仪式，通过暴力关闭了迈克尔的灵魂前往萨凡的路，致使迈克尔的灵魂仍四处游走。或许，我能通过阿斯马特的旅程以及档案文件的研究解开这个谜团，让他的灵魂得到安息。

在比罗基普茨的讲述中，来自奥茨詹内普村的 6 个男人首先袭

野蛮收割

击了奥马德塞普村的人。尽管我对此持怀疑态度,因为他们的人数明显少于对方,但袭击所发生的地点没有疑问——尤塔河。比罗基普茨继续说道:"我们筋疲力尽,坐着休息,奥茨詹内普村人冒了出来,用弓箭射杀我们。我的父亲还有我身后的很多人都死了。"他说,"最后,只有少数几人回到了奥马德塞普村,大多数人被射杀了。"

到了下午晚些时候,门户里塞满了人,100个男人挤在地板上。还有一些男人带着10英尺(3米)长的树枝回来,那是他们新砍的西米棕榈叶,他们将树枝绕在门户的中心像帘子般挂起。这种挂法可与鬼神产生某种联系,根据他们的认知,鬼神就居住在西米叶里。劈完西米原木后,人们将一层层木片敲碎成小块,分发了下去。"我们后退一点,"阿马兹跟我说,"我们尽量站到边上。"过了一会儿,男人们分成两组分别站在门户的两边。他们突然爆发出野性的呼喊和尖叫,并用尽全力相互投掷西米块,围坐在壁炉旁拿着鼓的老年男人则躺倒在地上。投掷者发出类猪狗般的号叫,西米块在空中飞舞,仿佛一场雪球大战。当这场大战结束后,鼓手敲起了鼓,歌手唱起了歌,男人们疯了似的跳起舞来。他们跳的是鹤鸵舞,他们前脚掌落地并前后移动,同时狂热地开合膝盖。门户摇晃起来,地板上下抖动,跺动的脚扬起的灰尘弥漫于房间。一个男人脱下了自己的运动裤,欣喜若狂。

那天晚上,20个男人出现在了我们所待的房子里。天气热得令人窒息。这里没有电,只有摇曳的烛光,烛液滴在了木地板上。我们互相传递着烟叶,我倾听着并观察着。烟雾溢满了房间,灰白色的蜥蜴在墙面爬动,屋子外面的蟋蟀也发出鸣叫。不时,会有一个我不认识的男人过来,零碎地告诉我拉普雷在那次袭击后逮捕村民的故事。在这些村庄里,时间概念极为淡化,各年代难以精确区分,全村同为一体,发生在父辈身上的事情如同发生在他们自己身上。

第二部分

"我们都感到了害怕。"他们说。在那刻,我感受到了文化的碰撞以及他们的困惑:"发生了什么?""拉普雷是谁?""他们为何要对我们开枪并施加暴行?"我感受到了他们对外乡人的焦虑。这些外乡人也许是超生命体,也许是他们的祖先,外乡人带着枪和船闯入了他们的世界。

第二天早上,我们离开奥马德塞普村前往奥茨詹内普村,就像迈克尔·洛克菲勒曾经的航行一样。不过,这里的河道水位太低,前行困难。尤塔河的入口狭窄而隐蔽,我们独自前往的难度极大。那是一条穿越茂密的单调的绿色红树林的"隧道",红树林从两岸伸出遮盖在河面上,藤蔓悬挂其上。我们的航行非常缓慢,我想象着曾经航行在这里的马克斯·拉普雷。全副武装的他们时刻准备着与敌人对峙,他的视线盯着藏在树和灌木后的战士。我想象阿斯马特人看着他的到来,在他们的眼中,一群奇怪的男人坐着巨大而吵闹的船,带着枪炮闯入了他们的领地。沿途不少前往大海的独木舟与我们擦肩而过,一些舟上载着女人和孩子,一些舟上站着男人,他们的船桨探水和划动的动作配合得天衣无缝。他们衣着破烂的T恤和短裤让他们看起来像无家可归者,而我似乎更希望他们赤裸身体。也许,我的这个思想是自私的,因为我从本质上更渴望一段能与真正赤身裸体的野蛮人相处的异国体验。河流曲折多弯,半小时后,树林中出现了一片空地。我们在左岸发现了茅草屋。这个地方是我目前到达过的最荒蛮的地方。这里没有码头,只有满是淤泥的河岸。沿岸排列着独木舟,我们爬过泥岸,穿过淤泥上的原木和柱子择路而行。这里的人们盯着我们,阿马兹和威伦姆和他们作了简单交谈后,我们被带到一间木头房子里,煤烟将墙面熏得漆黑。

野蛮收割

这里是皮里恩村，与奥茨詹内普村毗邻。在迈克尔失踪后不久，奥茨詹内普村的5个门户发生了一次暴力分裂，形成了这个村庄。我们还未进屋，男人们就开始陆续出现。"1个、2个、5个"，很快我数到有40个男人钻进了这个闷热且没有家具的房间。一群群年轻的男孩扒在窗户外向内偷看。我们围坐起来，四处满是苍蝇。阿马兹拿出一袋烟草和卷纸分给长者。他们倒空烟叶，分成几份，将一堆堆棕色烟叶分发下去。很快，我们就被烟云所包裹。阿马兹与这些男人们说话，男人们分别点头。他们中的一些人做了自我介绍。贝（Ber）是东鲍伊的儿子，前皮里恩门户的头领；塔佩普是佩普的儿子，佩普曾是20世纪60年代的著名酋长，他娶了奥索姆的寡妇为妻，奥索姆是被拉普雷杀死的人之一。我不清楚他们居住在这里的原因，他们也并未向我提出任何问题。尽管我不确定阿马兹与他们是如何沟通的，因为我不懂他们的语言，但我能感觉到他们渴望与我相见，他们渴望得到我带来的烟草。

我向他们询问了村庄最初的分裂问题。此事引起了他们激烈的讨论，阿马兹给我转述了这样一个故事：东鲍伊是皮里恩村门户的头领，他有3个妻子。某日早上5点，奥茨詹内普村门户的头领邀请东鲍伊前往丛林采集西米，同时，他安排了东鲍伊的3个妻子划着独木舟外出打鱼。东鲍伊起了疑心，他派人跟踪了自己的妻子们。最终，东鲍伊的探子看到3个女人和来自奥茨詹内普村门户的3个男人（包括那个门户的头领）发生了性关系。

当3个女人回到奥茨詹内普村时，东鲍伊让探子和女人对质。女人们猛地脱掉裙子。没错，我们不仅和他们发生了性关系，我们还和奥茨詹内普村的很多男人发生过性关系。男人们生了火，烧掉了这几个女人的衣服，就此了事。

"这不是什么大事，"东鲍伊说，"这不是什么大事。"

第二部分

然而,东鲍伊并未忘却这件事。一年后,皮里恩门户的男人们袭击并杀死了奥茨詹内普门户的比法克(Bifack)、波尔(Por)、芬和阿吉姆以作报复。同时,他们将自己的女人和孩子都带到了距此地下游半英里(800米)远的新居所。于是,皮里恩门户变为了皮里恩村。门户里某个男人的遭遇就等同于全体男人的遭遇,在这里,没有个体和我的概念。集体罪责的思想在这里深深扎根,男人会将某些男人当作爱人和兄弟,有时也会共享各自的妻子。这里的大多数人都有亲缘关系,而比西柱上雕刻着的正是一帮相互依靠相互联系的男人。

皮里恩门户从奥茨詹内普村分离出来并建立皮里恩村时,很多人都在哭泣,孩子们也异常悲伤。奥茨詹内普村的男人们希望和平,他们送了一个女孩给皮里恩村,双方的男人们互饮尿液,这是一场屈服与联结的活动。

我问到了拉普雷的袭击事件,这时,他们渐渐平静了下来。阿马兹建议我们不用太着急,先继续前往奥茨詹内普村的航行。河流依然蜿蜒曲折,航行了半英里(800米)后,河畔现出一块林中空地。我们进入了村庄。这里甚至看不见板房,只有茅草屋、淤泥、烟雾和几棵香蕉树与椰子树。人们群坐在走廊里看着我们。一些女人没穿上衣,乳房又长又扁,耷拉到肚子上。我们将船停在岸边,翻过独木舟以及由树枝原木制成的步道。阿马兹和围观的人群交谈起来。孩子们聚集了过来,靠得很近。房子后面的空地很大,拉普雷袭击过的以及迈克尔拜访过的奥茨詹内普村旧村就在距离这里不远的地方。

这里的气氛非常古怪,阴暗、压抑,就像有什么东西笼罩在村庄之上。那堵墙再次出现,不过现在,它仿佛肉眼可见。这里的人们静坐着一动不动,令人发麻。我看着他们,他们也瞪着我。从他们的眼光中看不出任何欢迎的感觉，也看不到任何可以将我与他们拉近距离的东西。没人和我握手，没人邀请我进入他们的房子，我感觉自己在他们面前就像空气。我请阿马兹帮我问问这里的人们，是否有人知道拉普雷和当年的那次袭击事件，或者是否有人亲历过。阿马兹开始了和他们的交谈。他们看上去面无表情，几个人草草回答了几句。"他们不记得任何事情，"阿马兹说，"他们对此一无所知。"与往常一样，我分辨不出阿马兹对我说话的真假。

　　我不能确定自己猜想的对错，我渴望自己可以偶然入住一个村庄，当地的村民对我这个陌生白人无话不谈。我是不是犯了和拉普雷及迈克尔一样的错误？带着错误的人和错误的目的出现在了错误的地方？我想得到的是真相，我想要的不仅是他们乐意给我看的东西，还有隐藏在他们最深处的秘密。我之前认为，他们会乐于告诉我他们知道的真相，也愿意与我分享，他们会着急地拿出迈克尔的头骨或大腿骨并炫耀自己的残忍和暴力行为。因为暴力行为就是他们的文化，我想，他们会以此为傲。为什么我会产生这样的错觉呢？因为这是自大的美国人最乐于做的事情：他们通常会对自己的成就夸夸其谈，他们乐于接受记者的恭维，也乐于接受自己的名字出现在杂志报纸上并从中获得肯定感。我们正谈论的事件发生于50年前，牵涉了他们的父亲和祖父，但并不涉及他们本人。我认为，这些事都是过去的事了，丝毫没有考虑到危险。但实际上，奥茨詹内普村的人们就像石头一样冷淡和沉默。

　　在这儿，我哪儿也去不了，也感觉不到人们对我的欢迎。于是，我爬回船，回到了下游皮里恩村的那栋木头房子。这时已是下午晚些时候，一头大黑猪扎在房子下的淤泥里。现在的房子空荡荡的，房外一群狗正号叫打斗。孩子们在岸边的步道玩耍，但我未看到任何成年人的出现。苍蝇萦绕在我的脸庞、眼睛、鼻子周围无法驱赶，

第二部分

令我感到无奈和疯狂。

"这里的人们其实非常害怕。"阿马兹说。但他并未指出他们害怕的原因。

"害怕？"我说，"害怕什么？"

"一个游客死在了这里，"他说，"一个美国游客，名字是……"

他说出的名字含混不清，我一时未能听明白。对我来说，这可是个大新闻。在我读过的所有资料里，从未听说过有美国游客死在了阿斯马特。

"什么时候的事？"我问，"他叫什么名字？"

阿马兹的英语说得很慢，要理解他的语句非常费神。他重复了一次那个名字，之后又更加缓慢地重复了一次。对阿斯马特人来说，这个名字的发音非常困难，但这次我听得清清楚楚——迈克尔·洛克菲勒。

我不敢相信自己的耳朵。我从未跟阿马兹提过迈克尔的名字，一次也没有。我只是告诉他，我是一个撰写有关阿斯马特故事的记者。我对阿斯马特的历史以及韦金之旅和马克斯·拉普雷的袭击事件很感兴趣。

"迈克尔·洛克菲勒？"我假装自己一无所知。

"是的，迈克尔·洛克菲勒，"阿马兹说，"他是美国人，他就在奥茨詹内普村。这里的人非常害怕，他们不想谈论任何有关这个美国人的事情。"

"你们是怎么知道他的名字的？"我问

"因为昨天和今天，我们在谈话的时候，"他说，"他们害怕你来这里是问有关迈克尔·洛克菲勒的事情。所以，他们感到恐惧。"

"为什么？"

145

野蛮收割

"奥茨詹内普村的人杀死了他,这里的每个人都知道这件事。曾经我还是个小男孩时,我的祖父也曾给我提起过这件事。"

13　1961年9月

"现在几点了？我在哪儿？现在是晚上，四周的蟋蟀发狂地叫着，我回到了霍兰迪亚，"迈克尔在1961年9月写道，"今天到达霍兰迪亚时我已筋疲力尽，却发现明早8点40分我和勒内还要飞往马老奇。只有这样，才能在当天下午6点赶上前往阿斯马特的船。我现在被接下来10周每天都要打交道的东西包围着：照相机、录制设备和脑子里的胡乱想法。"

从7月的第一次阿斯马特之旅回来后，迈克尔立马给戈德华特写了一封长信，"我想我可以自信地报告，我的第一次阿斯马特之旅非常成功。"他对自己收集到的物品感到满意。许多人提醒他和戈德华特，阿斯马特"已被同化"。"这种同化只发生在阿加茨周边，只有'坐着汽艇……进行匆忙的短暂旅行的人'才能见到，这是一种假象。"他写道，"阿斯马特还有两个地区仍罕为人知：西北部地区和木麻黄海岸，后者刚被人们发现，目前仅有传教士范克塞尔对那里稍微熟悉。"迈克尔继续写道，"尽管猎头行为已真正停止，但西方思想并未在阿斯马特人的大脑里留下多少深刻印记。"（考虑到他亲历的奥马德塞普村与奥茨詹内普村一触即发的紧张态势，以及他希望收寻的艺术品几乎都与猎头行为相关，他留下的这句话令人深思和费解。）他还写道，与猎头行为相关的艺术品和仪式在这里的村庄仍然盛行。最大的惊喜是，他即将获得奥茨詹内普村的

迈克尔·洛克菲勒在奥马德塞普村和奥茨詹内普村收集的比西柱。今天，它们被放置在美国大都会艺术博物馆中。

第二部分

比西柱。"我们已谈妥了价格,只是柱子尚未运送过来。在这些来自奥茨詹内普村的柱子上,能看到人像的腿脚部都雕满了精美的图案,这显然带有典型的木麻黄海岸地区的风格。赫布兰兹博士告诉我,在欧洲绝不会找到这样的东西。我们再次诱使村民为我们表演了一场他们的仪式。这场仪式涉及了12根柱子,它们被放倒在河面上的木制结构上,即村庄的3栋房屋的前面。"一种奇怪的疏离感再次涌上我的心头,迈克尔一边认为阿斯马特已修正了猎头行为,一边强调他们的传统活动依然活跃,这就是一种矛盾。如果阿斯马特文化仍是完整的,并未受西方思想的影响,猎头行为就一定存在。当然,事实也是如此。实际上,就在那个月,曾在1958年陪同拉普雷行动的阿奇村战士桑派(Sanpai)应邀参加了奥茨詹内普村的一次宴会,但这里的村民们给他安排了一场鸿门宴。"桑派抵达奥茨詹内普村后就中了奥茨詹内普村人的暗箭,他遭致了谋杀并被吞食。"冯·佩吉写道。这件事意味着阿斯马特的深奥的鲜活的鬼神世界并未消亡。但在迈克尔留下的信件和日记中,可以明确地感觉到他的逃避。

迈克尔思索的只有他渴望的艺术品,他关注的是这些艺术品可以给他带来什么,他如何能获得更多好东西。迈克尔认为,比西柱对美国来说是"独特"的,他的这次购买活动一定能在美国引起轰动。他决定抛弃澳属新几内亚,全力关注于阿斯马特地区。

戈德华特应迈克尔所求,写信给范克塞尔:"如你所知,洛克菲勒先生是原始艺术博物馆创始人的儿子,他本人也是我们理事会的重要成员。你将会欣赏于他的真挚热情、科学背景和美学理解。我们在博物馆热切期待着他将带回博物馆的藏品,因为我们相信他的良好挑选和眼光。不过,洛克菲勒先生很年轻,是这个领域的新人。我们理事会和团队将极大感激您给予他的指导和帮助,而最终欣赏这些藏品并在视野和见识上取得收获的大众也会对你表示感激。

请允许我对您友好的协助聊表我个人真挚的感谢。"

迈克尔写信给范克塞尔说，他特别感兴趣的是奥茨詹内普村"除了盖索（Gaisseau）拜访曾带来过些许影响之外并未被西方有任何同化"。这段话在他所有的信和日记里仅出现过一次，令人印象深刻，也具有令人毛骨悚然的预见性。这也是唯一一次，他隐约察觉到了当地动荡局势的危险性，最终他也将不可避免地身陷其中。盖索是来自法国的电影导演。1959年，他曾领导了一次从奥茨詹内普村出发穿越新几内亚的考察，并将其拍摄成电影《天空在上，泥土在下》（*The Sky Above, the Mud Below*）。就在拉普雷袭击奥茨詹内普村的1年后，盖索带领的考察队抵达了村庄。他们发现了大量的比西柱，这也许和迈克尔见过并试图购买的那些比西柱是同一批次。虽然盖索成功地劝说村民在镜头前表演——他反复拍摄村民们敲鼓、唱歌和划独木舟的镜头——但他的荷兰警察保镖在活动中觉察到了村民逐渐发酵的愤怒情绪，开始为他的安全提出担心。强烈的恐惧感迫使考察队在当地只完成了几天的拍摄任务就离开了奥茨詹内普村。迈克尔还向范克塞尔提出，该地区是否还有类似奥茨詹内普村的村庄——拥有未受西方思想影响的天才雕刻家。

范克塞尔告诉迈克尔，称自己乐于帮助他。他建议迈克尔先去阿斯马特的西北部旅行，之后赶往南方与自己在巴西姆村会合，并陪同他一起开展接下来的旅行。他在给迈克尔的回答中，提到了3个村庄，同时写道，"我不会将奥茨詹内普村排除在外。"

如果说洛克菲勒最初对与加德纳一起拍电影的兴趣只是一种玩闹，那么，现在的情况发生了根本性的变化。从他旅行的现场笔记和信件透露出他对艺术品收集的态度越来越严谨，从他拍摄的照片中透露出他对光、影和新事物的爱。他在现场笔记中用了数百张画有阿斯马特符号的细节草图对自己的记录作诠释描述。对于他的第

第二部分

二次探险，他在笔记上设计了"目标"、"调查主题"、"风格多样性标准"这样的标题。他渴望探索不同地区间的人际交流和物品分布。他来自洛克菲勒家族，这个家族最看重的是获得成就以及为成就奋斗的努力。他们是慈善家和鉴赏家，他们野心勃勃，他们参加了3次美国总统竞选。迈克尔渴望写书，渴望举行史上最大的阿斯马特展览，让他的父亲和家人刮目相看。他厌恶以某个洛克菲勒广场的租赁经纪人开始自己的职业生涯。

迈克尔跟随那支哈佛考察队在8月结束工作，并在霍兰迪亚举行了庆祝活动。这时，他收到了一个来自家里的令人心烦的消息：他的父亲为了娶一个名叫玛加丽塔·"开心"·墨菲（Margareta "Happy" Murphy）的费城名媛——同时也是他的竞选助理，正和他的母亲闹离婚。两个月后，这个消息才公之于众。收到消息后的迈克尔立刻飞回了纽约。他在原始的生态环境中生活了5个月，几乎半年时间未曾与家人和朋友见面，未曾食用过一顿干净的饭菜，未曾看过电视。但这并不重要，其他人或许喜欢家里的舒适，或许喜欢沉浸于电视，迈克尔却与众不同。他在纽约只作了短暂停留——他看望了自己的家人和山姆·帕特南，他和戈德华特在博物馆有过一次会面——之后，又飞回了新几内亚。

在霍兰迪亚待了几天后，他和瓦萨飞到了马老奇。同日，他们又匆忙搭上了前往阿加茨的船。回归的感觉很棒，当你第二次踏上曾经的旅行之地，会出现不同的感觉——更加熟悉线路，熟悉哪儿能找到船只并熟悉什么项目应支付多少费用，熟悉到哪儿可以弄到食物。此外，别人对你的看法也会完全不同。

赤道附近天黑得很早，迈克尔兴奋地坐在木头房间的地板上。房间里没有家具、电、自来水。在煤油灯跳跃的光亮下，迈克尔补写着自己的日记，"我对阿斯马特痴迷不已，尤其是他们的木雕。

野蛮收割

这里的人创作的木雕是这个原始世界中最别致的作品。令人印象深刻的是，孕育出这些作品的文化依然完整，未受到任何侵蚀。一些偏远地区还存在猎头行动，5 年前，这里的几乎整个地区都存在猎头行动。"

这是迈克尔仅有的几次对猎头行为的直接记录，这与他写给戈德华特的信件的内容颇显矛盾。他对自己的项目感到迷醉和兴奋，他认为自己很快就要找到宝藏了。这是个丰富、奇异、生机勃勃的世界。很多人都被它吓退，但迈克尔却很欣赏它，他对去往这个世界最偏远的角落以及最幽深的缝隙的旅行感到自信。"在巴列姆山谷有种类似磨牙的声音：老鼠在墙上和天花板上来回奔跑的啪哒声，蟋蟀和青蛙的鸣叫声，它们交织在一起发出了合音。阿斯马特的公鸡似乎也患上了一种奇特的神经症，它们会在午夜时分打鸣。昨天晚上，我们遇上了一场地震，我们在摇晃中入眠。"

为了更快更深地探索，迈克尔渴望找到汽艇进行接下来的航行，但他只能找到标准的阿斯马特独木舟。独木舟可没有足够的空间装载互易货品以及他渴望收购的艺术品，而且还要配备被雇用来的划手的食物。镇里有艘当地政府的交通艇，但巡逻官可不想为迈克尔·洛克菲勒做 2 个月的车夫。阿斯马特的最大难题是交通：你即便到了阿加茨，仍会感觉距离河流和村庄十分遥远。因为在这里，没有船寸步难行。

巧合的是，位于这里南面 50 英里（80 公里）远的皮里马蓬的巡逻官维姆·范德瓦尔是个好动之人。虽然在这之前，他从未远离过自己的辖区，但他十分渴求能和白人说话，所以他时常驾驶着自己的双体船顺着海岸线一路来到阿加茨。因为到 1961 年，已有 25 名西方政府官员和传教士居住于此。双体船很适合在河面上航行，但在阿拉弗拉海就没那么顺利了。范德瓦尔做事有条不紊，谨慎小心，

第二部分

他通过反复试错找到了操纵双体船以正确角度在海浪中航行的办法，以避免被海水困住。"双体船侧板离水面只有10—15厘米高，我连续做了几个月的实验，"他说，"如果天气不好，就不能出海航行，特别是潮水上涌的时候。"但范德瓦尔从未遇到过问题，所以他想，"管他呢，为什么不一路开到阿加茨去？"

在阿加茨，他偶遇了迈克尔，他们一同喝起了温啤酒。两个背景完全不同的年轻人正准备着经历一场大冒险。范德瓦尔对迈克尔遇到的难题大为吃惊，没想到他的难题是——找不到船。

"你来自皮里马蓬，那你是怎么来这里的？"迈克尔问。

"我开着自己的双体船来的。"范德瓦尔说。

第二天早上，范德瓦尔给迈克尔展示了自己的船。迈克尔眼前一亮，这就是他的梦幻之舟，一艘40英尺（12米）长的汤姆·索亚（Tom Sawyer）式交通艇。双体船上还建有一栋完美的茅草屋。它够大够稳，可以装载足够的货品去交易，还可以装载用这些货品换回的收藏品。晚上，他和瓦萨还能睡在里面，而不用睡在烟熏火燎、吵闹不堪的门户里。

"你愿意卖给我吗？"迈克尔说。

范德瓦尔犹豫不决，他不介意卖船，但他要确保自己可以带着木匠回到皮里马蓬去建造新的双体船。"他是个好人，"范德瓦尔说，"你可以轻松地看出，他那要风得风要雨得雨的习性，他催得很急。"范德瓦尔和阿加茨的巡逻官作了交谈，后者立马同意借自己的"塔斯曼"号带范德瓦尔回皮里马蓬。"他非常高兴，因为迈克尔一直用交通问题烦他。'我的天，'他说，'我总算摆脱了一个麻烦。'"交易完成了，范德瓦尔同意以500荷属新几内亚荷兰盾的价格将双体船卖给迈克尔，约合200美元。

"迈克尔做事急迫。"范德瓦尔说。迈克尔想用PBY卡特琳娜

野蛮收割

（Catalina）水上飞机从霍兰迪亚空运 1 台 45 马力的舷外机来助阵。范德瓦尔提出了反对意见，因为这种发动机马力大、体积大且重量重。此前，范德瓦尔只使用了一台 10 马力的舷外机。所以，迈克尔又花费了 1 000 美元在霍兰迪亚定下一台 15 马力的约翰逊牌舷外机。在本地的杂货店，他买了 40 把斧头和价值 300 美元的烟草、鱼钩、鱼线和布料（大量的互易货品）。失踪前那段时间，他在地球上最偏远的地区之一花费了超过 7 000 美元的资金——相当于今天的 53 000 美元。但他买漏了 1 件物品——无线电台。"无线电台是必不可少的，"范德瓦尔说，"他低估了旅行的危险，除了阿斯马特人会带来的袭击危险，这里还有来自大自然的危险。那些河流的入海口是宽广的，水势是浩大的，何况跟随着迈克尔的瓦萨只是个行政官僚。"

10 月 7 日，迈克尔给范克塞尔写信。他说，他现在拥有了双体船，他和瓦萨想与范克塞尔一起花费 2—3 周的时间探索木麻黄海岸，然后，找个村庄驻足 2—3 周以拍摄那里的雕刻家们的工作。他希望神父可以推荐一个好点的村庄，并做好一些前期安排。"勒内·瓦萨和我都期待着与你的 11 月的（会面）。"他写道。这是范克塞尔收到的来自迈克尔的最后一段信息。

10 月 10 日，迈克尔、瓦萨和来自邻村修鲁村的两个十几岁的少年西蒙（Simon）与利奥（Leo）一起坐着双体船从阿加茨出发。迈克尔就是在这里犯下了最大的错误。如果迈克尔与本地划手一起前行就是安全的，因为他们知晓天气和水势、潮水和暗流、村庄的规则和村庄间的联盟关系。而西蒙和利奥虽是阿斯马特本地人，但在这个崇尚猎头实力和年龄的群落中，他们尚处于少年阶段。就算他们知晓水势，他们也难以说服瓦萨和洛克菲勒这两个年长者以及金主听从自己的话。在阿斯马特的村庄里，他们难有说话权，因为他们太年轻且缺乏社会地位。迈克尔在自己的船上，想去哪里去哪里，

第二部分

毫无拘束。他就像外星人一般穿梭于阿斯马特，除了他的互易货品，他不和任何人任何事发生关系，这让他在各个方面开始变得脆弱——易受风雨、海潮、海浪、阿斯马特人的伤害。

他们首先去南边的珀（Per）村快速晃了一圈，这里吸引迈克尔的是他们的独特的艺术风格。代表者是名为基纳萨皮奇（Chinasapitch）的雕刻师。迈克尔抵达村庄后，发现这位雕刻师刚完成了一个漂亮的船首雕刻，但他拒绝将其售卖。最终，基纳萨皮奇同意为迈克尔制作1艘独木舟，但之前雕刻的船首依然不愿售卖。这是个棒极了的开局，迈克尔非常兴奋，他来这个世界就是为了让自己的想法获得实现。那个夜晚，他沉醉不已，"夜色如水晶般清澈，太阳在珀河的开阔河口落下。接着新月露面，民房、独木舟桩子的轮廓映着紫罗兰色和玫瑰色的天海。"

他们拜访了阿曼纳姆凯村的赫布兰兹和大卫·艾德，他们受到了英雄归来般的欢迎。酋长欣喜若狂，村民们驾着独木舟蜂拥而出迎接他们。他们跳进淤泥，拉着双体船去往上游的村庄。"阿斯马特人有一种特别的呼喊仪式，由很多人齐声喊出，这是一种欢迎形式。全村人列在河岸，我们慢慢往上游而行时，一次一次地听到了他们发出的呼喊声。"

接下来的3周里，迈克尔和瓦萨转向北方，访问了13个村庄。迈克尔四处收集，收获了大量物品，如：鼓、西米碗、竹号角、矛、桨、盾，甚至是祖先头骨。他绘制了精细的素描图，以说明不同村庄不同艺术家的设计风格差异，他还拍摄并录制了雕刻家们的工作过程。他感觉异常满足、精神亢奋，他对自己成为收藏家和探险家——而当下是成为世界上最重要的阿斯马特艺术权威之一——感到越来越自信。他的父亲是个有雄心壮志的著名州长，但他当初也只是从交易商那里获取原始物品。现在，迈克尔是亲历现场者。他在猎头

野蛮收割

者和食人族的领地探险，收集第一手原始物品。此时，无法用任何语言来描述迈克尔的心境。

"马克·吐温（Mark Twain）和我们的唯一区别是他全程都用摆船，而我们大部分时间用舷外机动力，偶尔才用摆船，"他写道，"我们曾天真地在半潮时冲进了一个全是淤泥的河岸，从而不得不跳下水去推船。这艘船被命名为'基纳萨皮奇'，是以我们遇到的最厉害的艺术家的名字命名的。有时，我们也称它为'佛佛（Fofo）'，这个名字来自我们在阿曼纳姆凯村得到的一只犀鸟。"

11月的某个周末，迈克尔一行返航回到了阿加茨。迈克尔情绪高涨，他将自己收集到的数百件物品进行编目整理，并将这些物品安排运送至纽约。迈克尔对阿加茨非常熟悉，他了解这里的每一个角落和生活节奏，他知道去哪儿能弄到烟草和鱼钩，他知道去哪儿能弄到温啤酒。他享受在这里的清晨懒洋洋地躺在蚊帐里的时光，如他所述，"他充分享受这里的午餐送餐服务：每天中午1点钟，你可以收到7个罐子，里面分别装了7种不同寻常的美味。"

知识上的收获也令他振奋不已。"阿斯马特就像一个巨大的拼图，它由不同的仪式和艺术风格拼成。探索之旅让我得以理解……这个拼图的本质。我想，我的旅行以及我在这里找到的极具价值的人类学艺术品，加上现有的3个荷兰博物馆收藏的大量阿斯马特藏品，组织一次大规模的展览将成为可能。这次展览将对阿斯马特人的艺术作出公正的评价：展示阿斯马特社会里艺术家的功能，诠释这种艺术在他们的特殊文化中的功能。将这些展品按某种方式陈列以揭示阿斯马特整个地区的不同风格的本质。历史上，从未出现过原始人的作品得到类似这样的赞誉。可以想象，我从这种狂野的想法中

第二部分

以及从假设阿斯马特艺术本质惊世骇俗的构想中得到了多少乐趣。"

然而，在这些日记中，在这些破译阿斯马特艺术的努力中，仍然缺少了某些东西。迈克尔想知道艺术家是如何工作的，想知道这些符号背后的真正意义以及它在村与村之间出现的差异，想知道这种艺术在阿斯马特文化中的真实功能。但真正的问题是，他未将阿斯马特人作为人去理解，并真正融入他们的情感，他仅将自己的追求定义在学术范围。他难以准确回答他对这些艺术产生兴趣的原因，以及这些艺术对他的真正意义是什么。他的笔记让人感到冷淡，缺乏感染力。显然，他喜欢身处荒野。但他似乎忽略了什么，在他的日记中找不到一条有关他与某个阿斯马特人产生友谊的信息。他想要的只是这里的艺术品，这些美好且古老的阿斯马特人工造物，但他对阿斯马特人本身却兴趣寥寥。在他的视界中，似乎将这种艺术视为单独的存在，而非某些更宏大事物的产物。此外，他一直拒绝猎头和食人行为的存在。

也许他太年轻，还不够成熟到理解自己来这里的真正原因，只会简单地将之学术化。如果今天他还活着并能站在我们身边，也许他就能清楚地说明自己寻找的是什么，是什么驱动了他。是为了寻找无名氏？是为了逃避家庭的保护？是为了让世界理解一个迥异文化？任何一个理由都足够美好且合乎情理。

20世纪50年代在阿斯马特历史上是个关键时刻。即使抵达这里的传教士和政府官员的数量逐日增多，阿斯马特文化仍未受到外界较大的影响。1957年，当奥马德塞普村和奥茨詹内普村的男人们前往韦金村时，这个覆盖1万平方英里（25 899平方公里）的沼泽和河流地只有不足30个白人，且他们大部分集中居住在阿加茨。这

野蛮收割

里的世界仍属于阿斯马特人。三年半后，平衡渐渐被打破。皮里马蓬、阿加茨、阿奇村和阿贾姆村分别设立了派出所；阿加茨、阿奇村、巴西姆村和皮里马蓬都安排了传教士；很多村庄都有非阿斯马特人的巴布亚传道员，西方人不再只停留在阿斯马特人生活的周边了，也不再是路过这里的陌生幽灵，他们已成为了一股巨大的文化势力，在持续不断地推行变革。阿斯马特社会和文化仍然存在，在很多方面仍然保持着自己的纯洁性。白人的到来，使阿斯马特人陷入了动荡和不安。白人垂涎于阿斯马特人的鼓、盾、矛、头骨、比西柱，白人用阿斯马特人想要的、需要的、别处难以弄到的东西与他们交换。白人们痴迷于阿斯玛特人的仪式，并持续不断地介入进来。阿斯马特人知道，这些强大的白人用暴力、枪炮作为后盾支撑，他们无力反抗。无论何时，村庄之间一发生冲突，某个神父、警察或政府官员就会出现并干扰他们的秩序。干扰将他们定义为人、在他们彼此以及女人面前树立威望的行为。

在阿奇村，冯·佩吉神父某日听到风声，阿曼纳姆凯村人杀死并吞食了两个男孩。他跑出屋子，看到60艘独木舟聚集一堂，整装待发正欲前往阿曼纳姆凯村。他跳入自己的船，跟着他们一同前往。置身于双方战士中间的他非常害怕，担心丢掉性命，但他仍不断试图分开他们。战士们大声叫喊着，在佩吉的周围射箭、挥舞长矛。但战士们不会将他作为目标，因为他是白皮肤的上帝。战士们知道他代表的力量，也知道杀了他会给自己带来什么样的后果。"他们是如此愤怒，我是如此恐惧，但我必须坚持自己的行为。现在，这种扰乱事件在阿加茨附近的阿斯马特中部地区随处发生，并逐渐扩散到周边的南部和西北部地区。"佩吉记录道。

当然，混乱与改变并不会步调一致，某些村庄和某些人会更快地适应并拥抱改变。村庄离阿加茨越近，其附近的河流就越宽大，

第二部分

与白人及政府的接触就越多。

迈克尔和瓦萨旅行的地区正经历着这样的改变和动荡,而迈克尔即将暴露于这种环境中。他的父亲在 1957 年开办了原始艺术博物馆,为他打开了追求艺术的大门。奥茨詹内普村和奥马德塞普村之间的那次史诗战争引来了拉普雷发动的袭击,而拉普雷杀死了奥索姆以及他的同村人却并未遭到复仇。就在迈克尔航行在阿斯马特的河流上时(除了两个少年没有其他阿斯马特护卫),约瑟夫·伦斯正试图说服联合国大会同意他提出的收回荷属新几内亚的计划。这是一个世界上大多数人都不知道的古怪的奇异的岛屿。

11 月 15 日,星期三,下午 3 点,迈克尔在神父公馆和一群传教士一起喝茶,同桌的包括泽格瓦德和冯·佩吉。公馆外安静而平和,阿加茨是一个位于凶猛、沸腾和野蛮之地边缘的小绿洲。他们围坐在一间舒适木房子的椅子上,抿着茶讨论他们的旅行计划。周五,冯·佩吉和迈克尔都要前往南部地区。有两条路穿过贝奇河的河口,靠近阿拉弗拉海的近路(海路)和沿着弯曲河流和小开口的远路(河路)。"我要在星期五早上 5 点出发前往阿奇村,"冯·佩吉告诉迈克尔,"我会走锡雷奇河和贝奇河之间的蒙巴吉尔河(Mbajir River),那时正值涨潮时分,我能在当天下午 1 点抵达阿奇村。我不走海路,你和我一起走河路吧。现在是 11 月,海路非常难走。"

"我别无选择,"迈克尔说,"我必须先去珀村,但我最终会去阿奇村和阿曼纳姆凯村与你会合。"迈克尔夏天从奥茨詹内普村购买的 7 根比西柱已有 3 根运送到了阿曼纳姆凯村。

在回忆这段对话的过程中,冯·佩吉终于在 50 年后首次开口谈到了迈克尔。冯·佩吉现居住于荷兰蒂尔堡一栋退休神父和修女公

野蛮收割

寓的一个小房间里，房间里装饰着一些来自阿斯马特的雕刻品。他是个整洁、一丝不苟的男人，穿着绿色的毛绒背心和白色的裤子。"那是发生于 50 年前的事情，"他说，"这个重担我背负了一生，早已疲惫不堪。今天，终于可以告诉你了。"

冯·佩吉与迈克尔分道扬镳，并商定几天后在阿奇村会面。会面后，迈克尔将从阿奇村出发前往巴西姆村，与范克塞尔会面，并开始南阿斯马特和木麻黄海岸的探索之旅。

14

2012年2月

　　我已在这里的河流上旅行了9天，我的双腿满是红色的印痕，体重急剧下降，仿佛经历了一次疯狂的速效节食减肥。我对阿马兹的英语能力感到绝望。我需要到更深处的地方游历，但威伦姆和阿马兹一直与我讨价还价。我们的烟草和燃料也快耗尽了，所以，我们跟随迈克尔曾经的航线，掉头向阿加茨返航。

　　我们跟着凌晨的潮水漂向尤塔河的下游。浓茶色的河水泛着泡沫，微风扫走了苍蝇。我们不仅是正在离开曾经生活的地方，更是在离开一种意识。在这种意识里，"我"的概念对于阿斯马特人来说完全不同。对阿斯马特人而言，"我"是以一种难以理解的方式维系在一起的群体、部落、家庭；对美国人而言，"我"是最大、最重要的单位。对我们来说，自由就是一切。自由是随心所欲的权利，是不被家族、村庄或父母束缚的权利，是可以任意旅行2 000英里（3 200公里）再打电话回家或发封电子邮件或通过网络电话打招呼的权利。我们可以重塑自我、更改教派、离婚、再婚，决定庆祝圣诞节或匡扎节（Kwanzaa），又或者同时庆祝。奥茨詹内普村的这些人彼此被束缚在一起，被他们的村庄和周围的环境束缚，被这里的河流和海洋束缚。这里的大多数人从未见过他们世界之外的事物，甚至不知道有其他事物的存在。我一直思索着：如果我也犯下迈克尔那样的错误——内心充满了西方式自负，自以为能随意通行于任

20世纪60年代早期的阿斯马特人划独木舟时的场景。

第二部分

何地方，可以随意收割任何物品并自由支配它们——我能让阿斯马特人说出他们的秘密吗？他们会对我倾诉吗？

阿斯马特人的精神世界还被束缚在一个鬼神世界里，那里存在一种我无法看到的力量。这些力量和鬼神就像科学家眼中的黑洞：它们永不能可视化但又能检测到它们存在的证据。这是一个充满想象之地，它不存在于地球上的任何一张地图，没有任何卫星或GPS可以为它定位；这是一个形而上之地，对阿斯马特人来说，它就像码头、月亮或河流一样真实。它们就是这个世界的一部分，这个世界也是它们的一部分。它们如同任何"真实"的事物一样强大，甚至更加强大。天主教信仰在这里只是一种涂层，涂层掩盖了猎头和食人行为，并将雕刻比西柱的行为掩饰为崇拜祖先的举动。祖先的死亡似乎不再需要物质世界的复仇，但那个古老的鬼神世界仍处处留有痕迹，显露于涂层之外。泛着泡沫的河水滚滚流淌，独木舟里的女人们将渔网堆在舟内，飘然而过。我思索着该如何进入这个世界，这个世界的大门在哪儿？

曾经，刚下飞机时，我感觉阿加茨就像世界的尽头。现在，阿加茨给我的感觉就像巴黎。我的手机又能工作了。虽然酒店的电力供应不足，且只能提供冷水洗浴，但至少，我有了床和椅子。一个美国的朋友帮我打电话联系了亨娜·约胡（Hennah Johu）。约胡曾是个记者，她的父亲来自印度尼西亚巴布亚，她的母亲来自巴布亚新几内亚。她的英语流利，且恰好居住在查亚普拉，和我只有几座山的距离。她说她会尽快飞来与我会合并充当我的翻译。

范克塞尔、冯·佩吉还有其他一些西方人已在巴西姆村、阿奇村和阿曼纳姆凯村住了几十年，但下船后，我总感觉自己是第一个来这里的白人。在阿加茨，我似乎是唯一的西方人，这里的人都用异样的眼光盯着我。即便天主教会主教，美国人阿尔丰斯·索瓦达（Alphonese Sowada）从 1961 年到 2001 年就一直居住在这里。

有天晚上，我发现了一个戴着棒球帽穿着休闲裤的神秘人物——文斯·科尔（Vince Cole）。文斯神父是至今抵达阿斯马特的最后一位美国传教士，他在双子镇萨瓦－厄马（Sawa-Erma）居住了 37 年。这天，他来阿加茨参加一个为期几天的会议。他邀请我喝酒，这实在太棒了。阿斯马特没有酒，我已整月没喝过酒了。"我们来喝弥撒酒。"他说道。

那天晚上 8 点，我摸黑穿过弯曲的步道（不时缺几块板子），来到文斯所在的木屋。他在房内迎接了我，他光着脚，穿着丝光卡其布休闲裤，手里拿着一瓶酒。他 67 岁了，但看起来就像 57 岁的年纪。他个头高大、身体强壮、眉毛灰长，两颗门牙间有个明显的缺口。我们开怀畅饮，那瓶酒温暖而可口。一盏光秃秃的电灯泡照亮了房间，房间的家具只有一张简单沙发和几把椅子。

文斯是个老古董，我非常喜欢他。他的父母是底特律的工人阶级。他在蒙特利尔（Montreal）的麦吉尔大学（McGill University）学习了伊斯兰（Islam）和乌尔都（Urdu）语，并成为了玛利诺传教会的神父。他原本计划前往巴基斯坦，不过这个计划最终告吹。他于 1967 年来到了雅加达，在那里，他第一次遇见了泽格瓦德和索瓦达。他喜欢他们的传教方式。"他们并不热衷于传播自己的观点，"他推了推眼镜，"我们英雄所见略同——我们的角色是保护人民的权益，如果你有这种理念，阿斯马特就是你最好的去处。"

对文斯来说，阿斯马特人面临的最大问题就是印度尼西亚人的入侵。印度尼西亚人涌入巴布亚和阿斯马特，他们意图控制一切。他们带来了日用消费品，甚至将卖淫活动和艾滋病也带了进来。如

第二部分

果你在某个村庄发现了商店,一定是印度尼西亚人在运营。印度尼西亚交易商开着漂浮商店定期前往河流最偏远的支流地区。他们带去了大刀和鱼钩,也带去了方便面。"阿斯马特人邀请他们过来开店、伐木,"他说,"阿斯马特人从未去过一两个村庄之外的地方,他们事实上并不明白这些外人的到来会给他们带来什么?"阿斯马特可能富含煤、石油和金矿。这也许是个老套的故事,在阿斯马特、亚马逊,以及世界上的很多地方都曾上演——原住民对外来世界浑然不知,对外界的侵略无所防范。"他们很容易被外界影响。我不喜欢阿加茨,但阿斯马特人会急切地抓住一切机会来这里,就为了看看这里明亮的灯光。"

在阿斯马特和高地之间,在新几内亚中部升起的山峦前面的丘陵地带,印度尼西亚正在成立一个新的行政区。传言那里的煤矿和其他矿藏铺天盖地。政府官员们最近向文斯寻求帮助,他们希望和那里的部落对话,以取得他们土地下的采矿权。文斯回答,如果可以搭建一种合理的长期规划,以一种使村庄受益的方式处理报酬问题,一切都将变得完美。"但他们想的却是一次性买卖,他们在某天去了阿斯马特的村庄,扔了200 000美元给那里的村民。村民们涌向下游,用这笔钱大肆购买烟草,并用双倍的价钱购买白人的舷外机,将这些钱消耗殆尽。"

在通往莫莫戈(Momogo)的丘陵地区,人们修建了一条公路,试图穿过高地连接到山那边的查亚普拉。从地图上看,这条公路系统会蜿蜒穿越西巴布亚,一直通到阿加茨。考虑到其间可能存在的无数沼泽、淤泥和潮水,可以想象这个工程的难度。不过,世界上还有一些更加艰苦的地区也曾修建过公路。在河流上游的村庄,一些阿斯马特人一直与公路建设人员保持着接触。文斯最近发现了麻风病的流传,他立即向阿加茨的政府卫生人员申诉,但并未得到回应——他们太忙，那里太远。阿斯马特没有酒，但如果你想办法也能买到，据说私酒来源于印度尼西亚军方。

　　尽管文斯已在这里驻留多年，但他仍有很多东西无法理解——这里有太多的禁忌。当他抵达萨瓦（Sawa）时，他读过一位曾在这个村庄生活过的澳大利亚教授的论文。"我读过他写的有关祖先宴的论文，当我终于能亲历一次这样的宴会时，我提出了许多自己不解的问题，但我得到的答案与那位教授的论文完全不同。最后，我告诉他们，'这位教授记录的和你们告诉我的完全不同。'他们说，'好吧，他很固执，我们不想让他生气，故而瞎编了部分内容。'这段对话后，我和他们立下了一个约定：如果遇到他们不想让我知道的内容，直接告诉我；'不能说'，切勿编故事哄骗。"

　　"秘密以及与鬼神世界有关的东西如有丝毫泄露，都会给他们的生活带来不良影响。有些特定的歌谣和故事只能他们自己知晓，如果告诉给外来者，自己就有患病或死亡的危险。"

　　阿斯马特的某些仪式可以持续数月之久，他们启动这些仪式并无固定的时间表。"就在几天前，萨瓦－厄马的人们宣布他们要举行一次宴会，"文斯特别提到，"我问他们，'为什么？为什么是现在？'他们回答，'因为有个男人在丛林中遇到了几个祖先和鬼神，他们告诉他现在是时候了。'他们正等待着某些信息，来自祖先或是动物，只是你不知道。"

　　他说曾有一次，村民们正举行一次吉佩（jipae）面具宴会。这种面具是一种复杂的全身装束，其面具的制作过程要对妇女和儿童保密。文斯问男人们，他可否拍摄一些在门户里制作面具的照片。他惊讶地听到男人们的回答，"没问题，但别把这些照片给妇孺们看就行。"他带着怀疑的心态拍摄了照片。几周后，他将照片冲洗出来，结果一片空白。

第二部分

他停顿了一会儿。

接着他开始讲述另一个故事,一只发狂的鳄鱼在萨瓦-厄马附近食人的故事。"当地的人们认为这只鳄鱼是一头恶灵。受害者来自各个村庄,只有一个村庄幸免于难。他们认为这只鳄鱼也许就是那个村庄中的某个男人的化身。某天,一个村民在路上遇见了这只鳄鱼,他向天空射箭,箭从空中落下扎入了鳄鱼的眼睛。鳄鱼挣扎着爬上岸边,人们用斧头和矛将其杀死,并食用了鳄鱼肉。巧合的是,在那只鳄鱼死亡的同日,那个曾被村民指控为鳄鱼化身的男人也于当日死亡。"

我们俩都陷入了沉静。蟋蟀的嗡鸣和壁虎的嗷叫声显得格外突出。在寂静中,我们思索着隐藏在这种巧合下的力量。这真是巧合吗?在一个所有人都相信神秘力量的地方,你很难置身事外,这就是坚定信仰的原理。例如:你知道并触碰了禁忌,之后你患病了。你如何解释这样的巧合,你只能相信这里的信仰。西欧人花了1 000年才从中世纪走到启蒙运动和理性时代,然而今天,人们仍在与超自然主义作斗争。相比之下,阿斯马特在50年前还是一个前石器时代文明。

"我初到阿加茨,10分钟内可以走完整个镇子,认识这里的每个人。而现在,我越来越难以适应这里的变化,我感到自己和他们的思想相隔太远……我愿能钻进他们的大脑里体会他们的思想。有些领域你无法进入,他们也不会让你进入。你不得不去胡乱猜测,你难以确定自己猜测的真实性,你会陷入抓狂。刚到这里半年时,我可以自信地说,我能写一本书。但现在,我陷入了迷茫,我不知道从何开始。"

"他们无法分辨梦与现实,"文斯指出,"梦境和他们亲历的东西一样有效。"不过,在现实中,阿斯马特人也不完全沉迷于鬼

野蛮收割

神。他们也会根据自己的需要调整并重新解释。"在萨瓦－厄马的上游地区，他们有一种可以旋转的木制品。这是一种牛吼器，它发出的声音就是鬼神的声音。有一天，我参加了一个宴会，他们挥舞着牛吼器希望预测自己是否会一切顺利，他们能否顺利地猎杀野猪。一段时间后，所有人都闷闷不乐起来。'怎么了？'我问道，'猎野猪会一切顺利吗？'他们拿起那个牛吼器刨了几下——改变它的形状以改变它发出的声音——并再次挥舞了起来。这次他们高兴了，并告诉我，那天是打猎的吉日。"

我一直在思考亚当和《创世纪》的内容，因为阿斯马特总给我传递出一种感觉，它们也许和《圣经》相关。

文斯对迈克尔·洛克菲勒的失踪并不了解，他在20世纪70年代才来到阿斯马特。此外，萨瓦－厄马距离阿斯马特中部的奥茨詹内普村也非常远。"但那个村庄一直被人们认为是粗野蛮横的代名词，"他说，"他们在战争中异常凶猛。我不知道他们为何如此抗拒官员和神父，我也希望得到答案。"

15
1961年11月

11月17日，星期五，天色渐亮，冯·佩吉神父离开了阿加茨，迈克尔·洛克菲勒和勒内·瓦萨紧随其后。双体船载满了货物，燃料、斧头、鱼钩、尼龙线、布料、散装烟叶、大米、巧克力棒、摄影机、小型便携式打字机，以及迈克尔的尼康照相机和笔记本。这也是他们整月旅行所需的全部物资，他们将沿着阿斯马特南部的木麻黄海岸旅行。他们沿着宽阔的银蓝色阿沙韦茨河顺流而下，掠过河面上的独木舟和修鲁村的小屋，进入了沼地冥府——鬼神之地。

离开阿加茨与回到阿加茨的感觉一样良好。迈克尔早已等不及前往滨海阿斯马特的旅行。这些地方与西方人的接触太少，他可以与范克塞尔会面后一同探索，范克塞尔似乎对这里的村庄和人非常了解。与迈克尔和瓦萨同行的还有修鲁村的阿斯马特少年西蒙和利奥。西蒙和利奥操纵着引擎，迈克尔有足够的时间放飞自己的思绪。他幻想着南部阿斯马特人是否会认同北部同胞的设计，幻想着他即将组织起一场大型的展览，幻想着父亲和戈德华特看到自己收集到的大量珍贵藏品时的表情，幻想着父亲迫切希望知道真相并仰慕儿子时的表情。

冯·佩吉在周五的中午赶到阿奇村，迈克尔和瓦萨也于同一时间到达了珀村。迈克尔到这里是为了检查基纳萨皮奇雕刻独木舟的进度。这艘独木舟非常宏伟——由整根48英尺（14.6米）长的树干

迈克尔·洛克菲勒在一艘阿斯马特独木舟上划桨，这是他失踪前不久拍摄的照片。

第二部分

制成。如今，这艘独木舟静静地躺在纽约大都会艺术博物馆里。

他们过了夜，于第二天早上离开，那天是 11 月 18 日，星期六。他们驶向贝奇河河口。迈克尔知道这个地方很危险，特别是 11 月和 12 月，这个时候通常有很强的风浪从西南方灌入。阿拉弗拉海的海水会倒灌入 3 英里（4.8 公里）宽的贝奇河，可以轻易冲垮河口处的泥岸。当阿拉弗拉海处于平静时，风轻云淡，潮水波澜不惊，海面就像游泳池一般平静。当阿拉弗拉海处于狂暴时，这里会充满无数的乱流和逆流。迈克尔见识过它的危险，也见识过阿斯马特人在贝奇河口航行时的谨慎。冯·佩吉也曾说过自己对此处的害怕，然而，迈克尔并未理会冯·佩吉提出的走内陆航线（远路）的警告，西蒙和利奥也并未向他提出更好的建议。

只有有经验的人才能驾驭大海与风浪，只有他们才能看到前方的危险。这天，阳光灿烂，天空点缀着朵朵白云，迈克尔和瓦萨并未察觉到任何恶劣天气的先兆。他们开始了自己的渡河行动，瓦萨接管了油门的控制。起初，海浪很小，横着船身滚过，双体船温柔地上下起伏。他们航行的距离越来越远，风越来越清新，迈克尔一行感觉舒适宜人。

可实际情况是，这里的气候瞬息万变，一旦陷入麻烦，就难以摆脱，除非你知道自己该干什么且果断行动。上一秒，水面还平静温和，下一秒，船就开始剧烈颠簸。每次船陷入浪谷，水花就会从右侧船身飞溅而过。浪谷越来越深，越来越不规律，海浪也越来越大，船也会摇晃得越来越厉害。船正在失去动力和控制，引擎发出尖鸣，螺旋桨从水中冲出，跌回水中，又再次冲出。双体船发出异样的嘎吱声，那是木头摩擦钉子在船体内移位的声响。迈克尔和瓦萨试图转向顺着海浪的方向，但这样只会使海浪将船颠簸得更厉害。船在海浪的打击下似乎就要解体了，巨浪中似乎会随时翻船。他们并未

野蛮收割

真正害怕，毕竟海岸就在眼前，那是贝奇河口的两岸。

但情况越来越糟糕，船几乎处于失控状态的边缘，船体开始剧烈颤抖。海水涌入船内，将双体船压得更低，船速更慢。他们现在唯一的选择是转入内陆，航向上游。瓦萨坐在船尾，一个浪头上来，他们向前倾倒，就像滑板的启动动作，海浪的力量带着他们向前冲去。此时的船速极快，瓦萨只好收了油门，但海浪带着船体下沉坠入浪底。这时，又一个浪头向他们扫来。

一片寂静，发动机进水而熄火。瓦萨、迈克尔、西蒙和利奥轮流拉动绳索试图重新启动发动机，但一切都是徒劳。他们仍在河口的中间，距离海岸还有半英里（800米）远。奔腾的贝奇河将他们推向大海，他们距离海岸越来越远。男孩们想要跳水游到岸边，"来吧，"他们说，"我们得走了，如果我们被冲向大海，没人能救我们。""不，"迈克尔说，"我不能抛下我的照相机、笔记和所有的互易货品。""我不太会游泳。"瓦萨补充道。他们并不害怕，他们只是在处理一个必须解决的问题。

两个阿斯马特男孩水性极好，他们就像两栖动物那般善于划水。西蒙和利奥跳进水里，向岸边游去。瓦萨和迈克尔望向两个男孩的方向，他们的命运就系于这两个男孩的身上。尽管他们满怀希望地拼命盯着海浪，但男孩最终消失在了他们的视野。

双体船持续进水，迈克尔和瓦萨将能拿的东西收集起来，堆放在小船舱的顶板上。接着，他们自己也爬了上去。但在波涛汹涌的大海中，失去动力的船只早已变为了一个命运不由自主的漂浮物。没过多久，一个浪头将船打翻。他们拼命打捞落水的物品，试图捞起一些食物、水和燃料，还有迈克尔的背包。他们爬上倾覆的船体，随身携带的物品几乎都被海浪冲走。他们浑身湿漉地暴露在阳光和蓝天下，海面渐渐趋于平静，他们隐约能看见海岸，但他们早已远

第二部分

离了河口。他们陷入了一场新的噩梦，被困于水中，他们唯一能做的就是期望于男孩们成功抵达海岸并前来营救他们。

男孩们的确成功了。下午3点，西蒙和利奥蹚过淤泥上岸。他们向北艰难、缓慢地步行穿过了泥地。他们熟悉这片泥地，所以他们在晚上10点30分抵达了阿加茨。11月19日凌晨1点，无线电台开始嗡鸣。阿加茨的荷兰当局立马派人登上政府的交通艇"团结"号，前往下游搜寻瓦萨和迈克尔。但这艘船在前一天刚执行过出航任务，备用油桶放在了码头。他们于黑暗中匆忙动身，遗忘了身后码头上的油桶。距离双体船最后出现的方位10英里（16公里）时，"团结"号没油了，更糟糕的是，他们还忘记了带无线电。

与此同时，迈克尔和瓦萨在倾覆的船身上度过了一个寒冷的长夜。繁星悬于头顶，闪电在遥远的地平线闪烁。除了海水拍打船身的声音，万籁俱静，大海异常安静。他们从甲板上撬下两块板子，试图划船前行，但这丝毫不起作用。他们互相讲故事，试着入睡。迈克尔将发动机的空油罐系在腰间以作救生之用，他们谈论着如何获救的问题。他们观看月升月落，陷入了沉睡。事实上，就在距离他们10英里（16公里）远的海面上正漂着一艘没油的救援艇。他们在凌晨4点看到了晨曦的紫色光影，凌晨5点看到了日出。迈克尔和瓦萨不知道自己身处何方，实际上，潮水和海流早已将他们带到了南方。他们隐约能看到前方的陆地，那是一个暗淡、低矮的阴影。瓦萨认为他们距离海岸有3英里（4.8公里）远，也许更远。男孩们在哪儿？如果他们能成功上岸，他们会直接返回修鲁村而抛弃我们吗？

"我们再划船试试。"迈克尔在5点30分说道。他们再次作了尝试，但是翻了个底朝天的船太大太沉、进水太多，两块狭窄的板子提供的力量难以维持他们的前行。

野蛮收割

"我认为我们应该游向岸边。"迈克尔说。

"不可能,"瓦萨说,"我不敢游泳,这不会成功。我们会失去力量,我们不应离开船体。航海法则的头条告诉我们,只要船还浮着,我们的性命就可得到保障。也只有这样,我们才能被救援者看到。""不要走,"他说,"我们会被发现的,我向你保证。"

"不,我可以做到,"迈克尔说,"海水很温暖,我们一直游泳就能到达彼岸,我可不想永远留在这里。没人会发现我们,现在正是潮起之时,是我们最好的机会。"

迈克尔做出了决定。也许是因为他的年轻,也许是因为他姓洛克菲勒,他的人生从未出现过挫折,他认为自己无所不能。瓦萨没法说服他。"就算你能成功,我也做不到,"他说,"我不会为你负责。"

迈克尔原本在腰上系了一个空油罐,现在,他又在船体下发现了一个备用油罐。他放空了备用油罐中的油,再拧紧了油盖绑到了自己身上。他脱下裤子和鞋子,俯身跳入海里。此时是11月19日早上8点。起初,迈克尔是逆着外流的潮水向前游,到了下午4点,他最疲劳的时候,潮水会反向助推他的前行。迈克尔感觉到海水的温暖,甚至有点微烫。他抱住一个油罐说,"我想我能做到。"瓦萨看着迈克尔渐渐游向远方,身影逐渐变得模糊,直到成为一个黑点消失于他的视野。

16   1961年11月

在迈克尔和瓦萨离开阿加茨向南航行的第二天,奥茨詹内普村人也出发了。他们正慢慢地靠近现代世界。位于皮里马蓬政府驻地的简易机场已经完工,驻地也正在扩建。范克塞尔在那里建了一栋房子,尽管他大部分时间仍住在巴西姆村。既是飞行员也是医生的加拿大传教士肯·德雷瑟带着妻儿和一架赛斯纳(Cessna)飞机搬到了驻地。加上巴布亚土著警察,皮里马蓬迅速变为了一个新兴的小镇。

范德瓦尔在周围村庄放话,他乐意从村民手里购买建筑材料——藤、丛林木材,以及可作为主要建筑材料的西米棕榈树干。他需要什么特别的东西时,通常会先放话出去,但这样的交易通常难以确定准确的交付日期,因为阿斯马特人没有日历。他们只会从1数到5,即手指的数目,更大的数字就直接跳入"很多"或"许多"。他们真正的计时器是海潮和下一次满月。这意味着在通常情况下,他们只凭感觉确定材料的交易时间。范德瓦尔会提前将需要交换的物品准备妥当,当然并非用钱支付,而是烟草、渔具和斧头。有时,在他不需要物品交易时,村民们也会自主地蹲在他的房前坐等几天,希望他改变主意。

贝，东鲍伊的儿子，也是皮里恩村的头人。

第二部分

11月18日晚上，就出现了这样的情况。8艘独木舟的奥茨詹内普村人在船上装满了木材，沿着4年前他们从迪古尔河前往韦金的路线前往皮里马蓬。他们中的好几个人是奥茨詹内普村的精英。阿吉姆，短小精悍、脾气暴躁，留有一头油腻的卷发，他被认为是奥茨詹内普村最强大的男人。在白人眼中，他却是个不折不扣的捣乱分子。他左手腕和上臂戴着6英寸（15厘米）宽的藤环，可以防止弓弦反弹带来的伤害。同行的芬、佩普、东鲍伊、福姆（Fom）、贝塞（Bese）和简（Jane），这些男人大部分都有几个妻子和几个头骨，每人都和拉普雷杀死的男人有着某种亲缘关系。

他们趁着潮水停歇，顺着尤塔河往下划。下午5点左右，他们沿着海岸转向南方，在阿拉弗拉海中保持着与海岸均衡的距离。他们通常会选择夜间航行，因为夜间的大海更加平静。他们仍清晰地记得1957年发生的事情，随时提防着沿海路过的村庄。他们带着矛和弓箭，每艘独木舟的船尾都燃着一堆煤。

这是一次平淡无奇的旅行。他们在11月19日早晨抵达了皮里马蓬，范德瓦尔买下了他们的木材。他们在范德瓦尔的驻点闲逛了一圈，打了个盹，还偷瞄了一眼那里奇怪的飞机。夜间时分，他们返航离开。借着夜间潮水的不断上涌，他们可在黎明时分回到自己的村庄。

17 1961年11月

西蒙和利奥抵达阿加茨后的第二天早晨,荷兰官员开始郑重其事地组织搜寻行动。11月19日,星期日,上午9点,马老奇的荷兰驻留官(Resident)埃布林克·扬森用电话给荷属新几内亚的总督P. J. 普兰特尔(P. J. Platteel)作了汇报。他报告了由西蒙和利奥最后送来的消息:勒内·瓦萨和迈克尔·洛克菲勒现在正漂浮于海上,那不是普通传教士或游客,那是赫赫有名的迈克尔·洛克菲勒。这是一件糟糕的事情。因为11月20日,荷兰外交部长约瑟夫·伦斯就将在联合国大会上提交自己的关于"荷兰殖民地未来计划"的报告。

无数电报在政府高级别官员[如,荷兰内务部长特奥·博特(Theo Bot)]和荷兰驻澳大利亚及驻美国大使之间来回传送。美国国务院也发了电报通知了纳尔逊·洛克菲勒,他的儿子在海上失踪的消息。

在阿斯马特北边300英里(480公里)处的比亚克岛驻扎着一支荷兰皇家空军部队。这支部队是由12架洛克希德(Lockheed)P-2海王星飞机(Neptunes)组成的飞行中队。这种飞机是专为海上巡逻、侦察和反潜战设计。他们的使命是巡航新几内亚海域,侦察可能的来自印度尼西亚军方的入侵行动。驻扎在内陆上的荷兰殖民地的管理人员并不会受到太大重视,如范德瓦尔的居室仅是个小木屋,除了无线电台外没有配备任何设备。但来自印度尼西亚军方的威胁却是荷兰政府最为重视的环节,所以,驻扎在亚克岛的飞行中队有先进的装备且训

迈克尔失踪几天后，荷兰巡逻官维姆·范德瓦尔带纳尔逊·洛克菲勒和玛丽参观了皮里马蓬地区。

第二部分

练有素。海王星飞机的续航能力可达 4 000 英里（6 400 公里），其上装备的雷达可精确辨认出海上某个漂浮着的椰子。

鲁道夫·伊泽达（Rudolf Idzerda）给飞行中队下达了命令。这位 38 岁的前战斗机飞行员在两次紧急跳伞逃生中存活了下来，并成为了海军少将。一次，第二次世界大战中他的海怒式飞机（Sea Fury）被日军击落；一次，在美国接受训练时他的飞机被佛罗里达州海岸的龙卷风摧毁。11 月 19 日早上的晚些时候，飞行中队接到电话。下午 1 点 30 分，首架海王星飞机由飞行员伊泽达驾驶起飞。

下午 4 点左右，等待着迈克尔拜访阿奇村和阿曼纳姆凯村的冯·佩吉听到了一架飞机盘旋飞向大海的声音。

在更南边的海岸，同样在等待迈克尔的范克塞尔也听到并看到了这些飞机。

3 个小时后，伊泽达分队的领航员截获了一个雷达目标。伊泽达很快发现了那艘翻转了的双体船。下午 4 点 10 分，双体船已从两个男孩跳海的地方漂离了 16 英里（25.6 公里）远的距离。勒内·瓦萨看到了飞机，他不敢相信自己的眼睛，他以为海王星飞机只是在常规巡逻中偶然发现了自己。伊泽达打开舱门，飞到瓦萨头顶 100 英尺（30 米）的高度盘旋。机组人员将应急救生筏从飞机上推下，救生筏掉在瓦萨附近的水面上。

伊泽达确定了自己的准确位置后，立即将自己的坐标发回了基地。夜幕降临，他扔下照明弹，点亮了夜空，宛如一个橄榄球场。他以为迈克尔还留在那艘船上，却不知道他早已游走。在皮里马蓬，范德瓦尔收到无线电报后，与肯·德雷瑟跳进德雷瑟的铝制小帆船后立即出发。夜空一片黑暗，海面一片宁静，伊泽达引导他们的小船向瓦萨的方向驶去。伊泽达的燃料即将用完，他不得不返航回比亚克的机场。在黑暗中，范德瓦尔和德雷瑟失去了航向，故而被迫返航。

野蛮收割

那天晚上，一个名为本·范奥尔斯（Ben vanOers）的荷兰传教士坐着独木舟向皮里马蓬以北航行了几个小时，拜访沿岸的一些村庄。他正在屋里睡觉，突然被一阵恐怖的号叫声惊醒。他冲出门户，发现2艘载满了男人的独木舟停在满是淤泥的河岸，他们情绪激动，瑟瑟发抖，就像刚从死里逃生一般。"火从天而降，"他们告诉他，"皮里马蓬附近的海面上出现了很大的火。"也许，印度尼西亚人即将入侵了，范奥尔斯想。他和几个划手跳进独木舟，往皮里马蓬赶去，他们在破晓时分抵达目的地。肯·德雷瑟正将燃料注入他的小飞机，这时他看到巡逻船"塔斯曼"号向大海驶去。

维姆·范德瓦尔就在巡逻船里，9点7分，他发现了那艘救生筏。救生筏也翻了，瓦萨躺在救生筏的反面陷了进去。因为救生筏的反面是一层橡皮，没有刚性。他被晒伤了且严重脱水，但身体并无大碍。范德瓦尔将瓦萨拖到船上。"迈克尔走了，"瓦萨说，"他游走了。我试图说服他留下，但未能成功。"

纽约的这个时间正值星期日的早晨，比新几内亚晚10个小时。纽约州长在几天前刚宣布了自己的婚姻破裂，他与"开心"墨菲的绯闻开始不断发酵。事实上，他和玛丽已分手2个月了。现在，他在纽约波坎蒂克山（Pocantico Hills）的家庭别墅里过周末。孩子们——罗德曼（Rodman）、安（Ann）、史蒂文（Steven）和迈克尔的双胞胎妹妹玛丽——在母亲的边上转悠，他们对父亲的突然到来感到不安。"他来干什么？"玛丽在想，"出了什么大事需要将我们全体召集起来开会？"

州长的手上拿着一份黄色的电报。"我收到一个坏消息，"他说，"我刚结束了与美国国务院的通话。他们收到了新几内亚荷兰政府

第二部分

传来的消息。迈克尔失踪了，实际情况还需要进一步核实。"

几个小时后，纳尔逊、女儿玛丽、埃利奥特·艾里索方（《生活》杂志的摄影师，曾和迈克尔一起在巴列姆山谷报道过那次探险任务）、罗伯特·加德纳和几个得力助手以及纽约的本地记者登上了一架飞往旧金山的航班。在纽约国际机场登机之前，纳尔逊接到了一个来自霍兰迪亚的无线电电话。在噼啪的静电声中，他只听到一小部分内容：迈克尔的船出了问题，他从船上游走了。

在路上的每一个中转站，州长和玛丽身边都围满了摄影师和记者，且人数不断增长，直至上百人。

"我要去那里，"他告诉纽约的记者，"我希望他们在我到达之前找到迈克尔。为此，我能做自己可以做的任何事情。"

在旧金山，他收到了肯尼迪总统发来的电报。"我非常遗憾听到令郎的消息，"总统说道，"政府中的每人都渴望为你提供帮助。如需国防部或其他任何部门的帮助及协调，请直接告诉我。"

"如果孩子遇到了麻烦，作为父亲，我应该在场，"纳尔逊告诉记者，"如果孩子取得了安全，这就是一次欢乐的重聚。"

"洛克菲勒先生告诉记者，他对迈克尔的智谋和体力充满了自信，"《纽约时报》的记者霍默·比加特（Homer Biggart）写道，"他不停地对他的助手说，他的儿子擅长游泳，且能克服生活中的任何困难。"

"'祈求好运。'州长一次又一次念道，他手指交叉，苍白地微笑着。"

在与洛克菲勒州长同行的人中，只有加德纳有过阿斯马特的游历经历。"加德纳反复强调，"《纽约时报》写道，"尽管沿岸的阿斯马特人10年前还有猎头行动，但现在这个区域是'安全的'。土著们已养成了穿衣服的习惯，且渴望与白人们交易。"

183

野蛮收割

他们从旧金山继续飞到火奴鲁鲁（Honolulu），州长从那里花了38 000美元租了一架泛美航空（Pan American）的波音707飞机飞往比亚克。途中，在复活岛（Wake Island）加了一次航油。这架租借的航班在凌晨1点30分起飞，未作任何拖延。飞机上坐满了记者。尽管自纳尔逊当上州长后，女儿玛丽早已习惯了自家周围的媒体氛围，但这次的事情还是令她手足无措，非常生气。"我发现自己在一群陌生的、奇怪的面孔中……我们一进机舱，谈话声就停了下来，走道上下一片沉默。我发现自己的座位就在机舱的前排。"

"我不敢问父亲，为什么我们非得租一架这么大的飞机？为什么我们要接待这群拥挤的媒体人员？"

"我想，那时我一定表现出了我对父亲带上如此多媒体的愤怒。事实上，我对周边的情况一无所知。在这样一个紧急局势下，我只能拼命依靠父亲掌控我们家族的命运以及在失败的阴影下攫取胜利的力量和能力。我坐在他的身边，伸手握住他的手，因为我能感觉到自己的渺小，感觉到我们的童话使命开始褪色并崩塌。这群媒体人如何看待迈克尔的失踪？我猜想着这个问题的答案令我陷入了不安。"

18　1961年11月

如果说，外部世界在此之前几乎从未接触过新几内亚的西南部地区。现在，它开始在大家面前逐渐显露出来。

随着纳尔逊·洛克菲勒和他的媒体团冲向这个岛屿，全世界各地的记者接踵而至，加入了他们。纳尔逊打开了这里与外界之门。这一切恰好发生在荷兰外交部长约瑟夫·伦斯在纽约的联合国大会上呈词之时。荷兰驻美国大使扬·赫尔曼·范·罗延（Jan Herman van Roijen）给外交部长发了一系列电报，后者将这些电报转发给了在霍兰迪亚的普兰特尔总督。"联想到预料中的极大的公众关注度，以及联合国对荷兰提案仍不太赞成的态度，我们应尽最大努力给洛克菲勒及随行记者提供来自荷兰皇家海军一切可能的帮助。"他督促军队和文官政府应尽自己之所能，无论是海上还是陆地都要倾尽全力，"要避免纳尔逊·洛克菲勒和随行记者认为我们疏忽大意漏失了找到失踪对象的机会。"

在同一天发送的第二份惊人的电报中，荷兰内政部长特奥·博特叮嘱了罗延、伦斯和普兰特尔。迈克尔的失踪事件是天赐良机和完美的机会，他们绝不可将其浪费。"小洛克菲勒的这次悲剧性失踪的结果，必然导致国际媒体对荷属新几内亚的关注，其关注度和影响力已远超越了新几内亚议会和联合国大会荷兰提案所带来的效果，"他写道，"考虑到联合国大会荷兰提案的顺利通过，我们应

纳尔逊·洛克菲勒（中）和勒内·瓦萨（左）正检查荷兰海军找到的可能属于迈克尔的那个汽油罐。

第二部分

尽可能将此事转化为我们的优势。我们尤其要考虑如下几点：其一，新几内亚议会成员要对荷属新几内亚的未来做出尽可能统一的反应；其二，（荷兰）官员对外国客人要表现出节制和忠诚，以避免黑斯廷斯（Hastings）经历的重演（黑斯廷斯是一个重要的澳大利亚记者）；其三，突出荷属新几内亚的现代化发展，将其与内陆的其他地区的原始文化作对比；其四，强调该地区'国家正在形成'的理念，联合国可派遣委员会作实地考察，确定荷属新几内亚的未来可实现自治的可能性。当然，我很乐意将上述意见提供给你们参考。"

这是一个施展地缘政治学招数的重大时刻。现在全世界的眼睛都关注着新几内亚，包括纳尔逊·洛克菲勒。这是荷兰人的机会，荷兰人可以向全世界展示自己的殖民地——这里并非肯尼迪总统顾问口中的"猎头族的不毛之地"，而是一个正在形成中的国家；这里有一个健康运行的政府正为他们提供帮助以使他们成功建国。对荷兰官员来说，搜寻迈克尔已升级到了战略层面。不遗余力地搜山检海，让纳尔逊·洛克菲勒满意回家。这样，即便不能获得洛克菲勒对伦斯计划的称赞和支持，至少，他会对新几内亚的荷兰政府美言三分。同时，也能给国际媒体带来良好的印象。

当州长纳尔逊和女儿玛丽飞过太平洋时，当地的迈克尔搜寻行动正以最高强度进行着。11月20日，星期一，一架荷兰德哈维兰海狸型飞机（DeHavilland Beaver）加入了海王星飞机搜寻队共同参与海面和海岸的营救搜寻。人们从澳属新几内亚的拉埃（Lae）运来了一架PBY卡特琳娜水上飞机加入搜寻队。肯·德雷瑟和传教士飞行员贝蒂·格林（Betty Greene）也驾驶着他们的赛斯纳飞机开始了没日没夜的海岸线巡逻。荷兰巡逻艇"塔斯曼"号、"团结"号和

野蛮收割

"斯内利厄斯"（Snellius）号也同时在海面上展开了搜寻。阿斯马特人也在当地官员的要求下，划着独木舟在各自的河流中展开搜寻。在比亚克，荷兰海军陆战队士兵将备用油罐绑在腰间，跳入游泳池，体验迈克尔在海中可能会出现的各种情况。为了使测试更为真实，荷兰海军将备用油罐扔进海里，试图测试海王星飞机上的雷达成功探测油罐位置的概率。荷兰驻澳大利亚堪培拉大使馆的专员发电报以示自己的苦恼，迈克尔的失踪事件几乎让他停下了手里的所有事务。记者的来电占满了他的电话，他忙碌着为记者办理签证并为运载记者到来的航班发放着陆许可。

州长纳尔逊和女儿玛丽在比亚克作了短暂停留，接待他们的是荷兰军队司令 L. E. H. 雷泽（L. E. H. Reeser）。雷泽向他们作了当前搜寻进度的报告，包括那些备用油罐的实验。30 分钟后，他们就像迈克尔 8 个月前做的一样登上了一架 DC-3 飞机前往霍兰迪亚，和另外几个官员进行短暂会面。"我的女儿玛丽和我非常满意荷兰政府为我们提供的帮助，我非常感激他们。"这是纳尔逊在继续前往阿斯马特西南方的马老奇之前的谈话。

"在未亲身到达一处地方之前，你无法在真正意义上理解和体会它"，这句话确为真理。你可以展开想象，但那都是停留在脑海中的抽象概念。无论他们之前如何构想迈克尔在阿斯马特的处境，只有当他们亲临这片土地的上空，这里才开始变得鲜活。之后，他们于马老奇降落。这里广阔无垠、潮湿闷热，充满了原始的味道。也许，马老奇的确是这块荷兰殖民地西南海岸的行政中心。但在多年报道印度尼西亚和新几内亚的澳大利亚记者彼得·黑斯廷斯（Peter Hastings）的口中，它只是个"平坦、丑陋的小型定居点"。黑斯廷

第二部分

斯曾在巴列姆山谷见过迈克尔，甚至在霍兰迪亚和他一起观看过一次夜场电影。他将马老奇描述为，"几条柏油马路……一家勉强能称为酒店的建筑……一条阴郁的大河……一条在旱季可通往澳大利亚边境的土路"。

11月23日下午，这个不毛之地的小镇突然迎来了上百名记者以及美国州长纳尔逊·洛克菲勒和他的女儿，以及其他随行人员。这是焦躁且悲伤的一群人。广阔而难以接近的阿斯马特深处在这里向北150英里（240公里）的地方。荷兰人可不希望他们去往那里。事实上，州长和他的女儿在纽约和新几内亚可看的可知的并无太大区别。

记者们也处于相同的情况，他们的确来到了新几内亚，但除了眼前有限的可视范围外，他们几乎不能做任何事情，可报道的东西也乏善可陈。他们的眼前只有洛克菲勒一家人：一位站在地球上最荒蛮沼泽边缘的哀伤疲倦且不知所措的父亲，以及迈克尔的妹妹。"表面上，我们到这里报道的是有关搜寻迈克尔的新闻，"黑斯廷斯写道，"实际上，这是一次对洛克菲勒州长和迈克尔的双胞胎妹妹玛丽·斯特劳布里奇的私人悲痛的一次公开参观。"

扬·布鲁克赫塞（Jan Broekhuijse）是荷兰土著事务部的人类学家，他曾被指派参与了加德纳的电影项目。他也飞了过来和州长在马老奇进行了短暂会面。扬·布鲁克赫塞回忆，"他为此事显得异常伤心和心碎。"

这就像一次公开的鞭刑、一次示众。世界上最有权力的男人之一在陌生地理和文化面前无能为力。"平生第一次，"玛丽写道，"我注意到忧愁爬上了父亲的眉头，有时，他会呆坐着凝视前方。"

埃利奥特·艾里索方在一架执行搜寻任务的卡特里娜飞机上连续工作了24小时。飞机在皮里马蓬补给航空燃料，并继续展开搜寻。

他站在卡特琳娜的舷窗边上，盯着飞机的下方，寻找着一切与迈克尔有关的东西。阿斯马特让他心生恐惧，"这里的海岸线一片凄凉。肮脏的沼泽似乎与大海边缘融合在一片泥地中，泥地深到可以吞没半棵巨型热带树木。这些树木被无数的河流冲到了大海的边上，河流在南海岸交错横行，就像一个橡胶人的血管。我们见过巨型蝠鲼、双髻鲨、蛇、鼠海豚，和成千上万只鸟。我们的搜寻并不局限于岸边，我们没法将其称为海滩，因为这里没有海滩只有临海。即使迈克尔能成功上岸，那些泥地也很难通过，就算他体能良好也无助于穿越这片低洼地。有人告诉过我，如果有人摔入了这种泥地，在没人帮助的前提下是不能自救的。迈克尔也不例外。"

与这次搜寻相关的报道层出不穷，州长举行了多次新闻发布会，并参加了一次教堂的礼拜。勒内·瓦萨被要求当众讲述他和迈克尔最后几小时的情况，他说道，"迈克尔那好动的性格决定了他不会和我一样呆坐着漂浮在原地。"

玛丽写道，"瓦萨的紧张也反映了我的焦虑，让我对最后的希望也心生怀疑。我记得当时，勒内的眼睛在讲话时从一个官员瞟向另一个官员。他似乎对这些官员非常顾虑，并未完全给我父亲和我坦白迈克尔的全部真相。"

11月23日，美国太平洋舰队司令给荷属新几内亚的舰队司令发去了电报："我能提供巡逻机、载有直升机的改装航母和地面部队……请将你们需要的任何支持毫不犹豫地告知我，我乐意尽自己最大努力为你们提供帮助，并请将该信息转达给纳尔逊·洛克菲勒州长。"

舰队司令回应："我正在考虑您的好意。"

印度尼西亚利用这次机会提出了反对意见。"印度尼西亚外交部在周五宣称荷兰正试图利用迈克尔·洛克菲勒的失踪事件挑拨印度尼西亚和美国的关系，"《路透社》报道，"荷兰国防部发言人

第二部分

称美国第七舰队准备为这次搜寻提供一艘航空母舰。印度尼西亚外交部发言人认为，他无法理解何事需要动用航空母舰。'我们理解父亲失去儿子的感觉……从人性的角度，我们理解各方对其提供的帮助。但我们不能理解的是出动航空母舰的行为。'"

印度尼西亚发言人说，如果美国确要派遣航空母舰出行，那就证明荷兰殖民当局没有能力履行他们的职责。

围绕这一事件带来的政治较量俨然达到白热化。11月24日，荷兰拒绝了美国太平洋舰队司令关于航空母舰的提议。"在咨询过纳尔逊·洛克菲勒州长后，我们达成共识，包括澳大利亚的战斗机和直升机在内，目前已有充足的装备用于迈克尔的搜寻工作，无需增加其他搜寻力量。您的亲切话语和迅速反应在我们这个困难而悲伤的任务中是莫大的帮助。"

尽管洛克菲勒的家人仍抱有希望，但荷兰官员已逐渐相信迈克尔在上岸之前就已淹死——或者，这也是他们希望相信的结果。美联社报道霍兰迪亚的官员已放弃了所有希望。《纽约时报》援引了荷兰内务部长特奥·博特的话："活着找到迈克尔·洛克菲勒的希望已非常渺茫。我们在现场的人都对当下的形势感到绝望。"此时，迈克尔活着在海面上的可能几乎为零，但洛克菲勒一家仍坚持认为他也许已爬上了海岸。"我是个现实主义者，"州长说，"如果迈克尔从海岸进入了内陆地区，也许，我们需要更长时间才能听到他的消息。"

马老奇驻留官埃布林克·扬森支持他的想法："如果迈克尔顺利上岸，其存活下来的机会将非常大。这里的原住民虽未开化，但他们纯朴而善良，总会为你提供帮助。他们将迈克尔带回家里的可能性极大。"

州长拒绝离开马老奇，他希望停留更长的时间继续他的搜寻。

野蛮收割

他称赞东道主"在巴布亚人中激发了如此大的忠诚和情感"。《时报》报道,"原住民争相参加这次搜寻。"当然,这仅是因为荷兰政府希望他们这样说,普兰特尔(博特指示他将迈克尔的失踪转化为荷兰政府的优势)在荷兰海牙(The Hague)给博特发电报,"洛克菲勒对来自荷兰政府的救援和帮助非常感激。在新闻发布会上,他再三强调了对当地政府和官员的深刻感激,因为政府能组织如此多的当地民众参与搜寻行动。他认为这是巴布亚人和荷兰官员关系良好的铁证。洛克菲勒的讲话被诸多电视媒体的记者记录。记者引用了洛克菲勒对政府为其提供无条件帮助的公开称赞,也对我进行了褒奖。"

纳尔逊·洛克菲勒的继续停留收到了成效。11月24日,两架澳大利亚军方的贝尔(Bell)47 G-2A直升机被一架C-130A大力神飞机(Hercules)从澳大利亚运到了马老奇,并加装了浮筒。它们使用皮里马蓬贮藏的燃料,呈扇形飞往各个村庄和各条河流,沿着海岸线搜寻飞行了90英里(144公里)。就像所有扑入阿斯马特的外来者一样,其中一位飞行员迪克·奈特(Dick Knight)上尉回忆"自己什么也没看到,这里只有灼热和荒蛮……这里是禁飞区域,以'又低又慢'的节奏深入丛林的搜寻行为极其危险。每架飞机都携带7.62mm自装载步枪,每名飞行员还配有一把9mm手枪。"

来自一艘荷兰护卫舰的第三架直升机加入了澳大利亚人的搜寻行列。随后搜寻行动迎来了收获:在同一天,11月24日,一个红色的约翰逊舷外机汽油罐被巡逻舰"斯内利厄斯"号在南边很远的地方发现。一架卡特琳娜飞机和一架海王星飞机立即赶往该区域。他们将找到的油罐给瓦萨作了展示。瓦萨回答,这也许是其中的一个,但他无法准确确定。

搜寻行动重获新生。玛丽、纳尔逊和埃布林克·扬森坐着一架卡特琳娜飞机飞了几个小时到达皮里马蓬。范德瓦尔穿着笔挺的白

第二部分

色制服领着他们四处参观。纳尔逊穿着白色 V 领 T 恤、白色短裤、白色袜子和白色鞋子，像是置身于乡村俱乐部。范德瓦尔带纳尔逊去了他的住所小木屋。"这是你的房子？"纳尔逊满面疑惑地问范德瓦尔。他和范德瓦尔站在码头，眼光迷茫地望向大海。不然，他们还能做什么？

他们把卡特琳娜飞机短暂降落在阿曼纳姆凯村附近的河流里，与一些当地人做了简短问询后，他们飞回了马老奇。他们将在那里参与一个媒体见面会。他们的心中充满着希望，但阿斯马特似乎永远难以穿越。直升机、飞机、轮船、大批荷兰官员和记者，甚至美国州长在这里也无能为力。

11 月 28 日早晨，在迈克尔从那条木筏游走的 9 天之后，纳尔逊飞往霍兰迪亚、比亚克、东京，最后返航回到美国。

19 1961年11月

埃利奥特·艾里索方描述的他在卡特琳娜飞机上的有关迈克尔失踪搜寻的经历,即是当时大多数搜寻场景的一个缩影。他事实上并未踏上阿斯马特的土地,只是藏身于铝制机身里在阿斯马特上空盘旋。他注视着这片对他来说致命且令人畏的土地。读他的信件不免令人生奇,人类如何能生存在他描述的这样的世界。他描述下的这个世界几乎不适宜人类居住:海里满是鲨鱼,海滨泥泞不堪,人们摔进去就无法起身。在这之前,不曾有一个记者去过阿斯马特的任何区域,甚至连阿加茨也没去过。纳尔逊和玛丽也从未在类似地方过夜。

对马老奇、霍兰迪亚和阿姆斯特丹的荷兰官员而言,对洛克菲勒家族和报道这起悲剧事件的记者而言,迈克尔仿佛是消失在一个巨大的泥潭。面对这样一个条件如此恶劣且地势偏远的环境,他们几乎没有任何抵抗之力。迈克尔就这样消失了。人们看着这里的淤泥、沼泽和丛林,心中思索着:何人能在这里生存。虽然那些世代生活在淤泥里的阿斯马特人,他们能自由行走于泥潭,不惧怕海洋和所有的鲨鱼,但西方人却实难做到。迈克尔也许遭致了鲨鱼的吞噬或由于疲倦而溺水,这就是官方对迈克尔死因作出的推测。这个死因简单明确,也符合西方人对这个世界的认知。这个死因对荷兰政府也是有利的,他们希望让外部世界相信,新几内亚的人都是热心的

新几内亚从一架 C-130A 运输机上卸下澳大利亚军方直升机,准备参加搜寻迈克尔·洛克菲勒的行动。

第二部分

未来世界的公民，而并非石器时代的食人族。

但是，有几个重要的证据对上述官方宣布的致死原因提出了质疑。其一，鲨鱼很少攻击人类。尽管迈克尔有成为鲨鱼猎物的可能，但我在阿斯马特从未听说过鲨鱼食人事件。这种动物从未在他们的雕刻或符号里出现。其二，迈克尔的腰上系着一根绳子且套有两个油罐，人们在距离迈克尔失踪地150英里（240公里）之外的地方找到了一个油罐，却未见任何绳子的踪迹。其三，海王星飞机在迈克尔游走的次日就展开了搜寻，但他们并无丝毫发现——未发现一块人肉或油罐残体。

如果迈克尔是因疲倦溺水而亡，试验证明，通过系在他身上的漂浮油罐的搜寻，海王星飞机的雷达应该可以找到他。他的尸体也许会被鲨鱼撕咬，但不会被整个吞食。更重要的是时间问题，搜寻队在第一时间就展开了工作，他又如何能以人间蒸发般的速度消失。海王星飞机的雷达应该能够探测到他，至少，能探测到他尸体的一部分以及他的漂浮辅助物。

综上，他被鲨鱼攻击并吞食且未留下任何痕迹的概率极低。

与空中的观察相比，在地面上的一切观测则大不相同。迈克尔失踪那天，范克塞尔和冯·佩吉都在等着与其会面。冯·佩吉在阿奇村等待迈克尔，范克塞尔在最南方的巴西姆村等待迈克尔。11月19日，两人都听到了飞机引擎的声音，这在阿斯马特非常罕见，他们抬头看见了盘旋在蓝天的海王星飞机。他们两人都在洛克菲勒失踪的第二天早上收到了电报。范克塞尔立刻派出了助理加布里埃尔（Gabriel）展开搜寻工作。加布里埃尔是受过洗礼的阿斯马特人，跟他已有多年时间。他让加布里埃尔划独木舟沿着海岸线往北去尤

野蛮收割

塔河和奥茨詹内普村提醒附近的村民们注意，请他们保持关注。加布里埃尔未发现任何异常，只看到了尤塔河口有两个年轻男人。

范克塞尔紧随其后，他于11月20日下午4点抵达了尤塔河。奥茨詹内普村就在3英里（4.8公里）外的内陆地区。村民们通常会在这个时间沿着尤塔河上下航行，在河口打鱼。但那天下午颇显不同，随着太阳西沉，除了绿色的史前植物般的聂帕榈、蓝色的天空和银棕色的河流外，几乎看不到人。往常忙碌的河流显得如此平静，范克塞尔在法雷奇河河口一个临时营地扎营过夜。

荷兰官员们正在阿斯马特展开搜寻，阿斯马特人从各个村庄里蜂拥而出，在海岸和河流上四处搜寻。范克塞尔联系上了"塔斯曼"号，"塔斯曼"号正沿着海岸前行。同时，加布里埃尔几乎全天航行在尤塔河上，他沿着海岸向南航行到了法吉特河。尽管许多村民参与了搜寻，但范克塞尔未看见一个村民来自奥茨詹内普村。

很难知道，在阿斯马特人的眼中，这种疯狂的搜寻意味着什么。但至少有一点可以肯定，他们从未见过这种阵势，从未见过如此多的钢铁轮船，从未见过如此多的飞机和白人。至于失踪者是谁？洛克菲勒家族是什么？已变得毫无意义。他们只知道一个白人失踪了。

随着时间逝去，搜寻行动的强度逐渐增大。直升机也加入了进来，阿斯马特从未有人见过这种装备。一些人见过高空中的飞机，却从未见过直升机。皮里马蓬、阿加茨以及阿曼纳姆凯村的少数人见过卡特琳娜飞机在水面降落，但大部分人从未近距离看到过这种奇特的鬼神之舟。直升机均装配了浮筒，里面坐着来自澳大利亚军方的飞行员。他们在空中突然出现，降落在村庄边上的河流里。直升机的旋翼轰隆作响，刮起了80节的狂风，卷起了由水、树枝和残渣组成的云雾。村民们恐惧地逃进丛林，大声尖叫。考虑到阿斯马特人对外来者抱有的谨慎，那些直升机飞行员几乎没有发现他们也

第二部分

就不足为奇了。11月27日是纳尔逊在马老奇的最后一天。范克塞尔的助理加布里埃尔坐着一架直升机飞到了奥茨詹内普村。一如既往,村民们看到这架机器后倾巢而出躲进了丛林。加布里埃尔追进了村庄后面的丛林,阿吉姆和芬终于现身了,他们说自己对迈克尔的事情一无所知。但加布里埃尔再次注意到,这个村庄里仍然没有任何人在帮忙搜寻。

在阿奇村,冯·佩吉看到一艘艘轮船、一架架直升机来了又走,走了又来。

然后,阿斯马特安静了下来。直升机飞走了,海王星飞机停止了盘旋,"塔斯曼"号和"团结"号回到了常规的巡逻任务。在阿奇村,冯·佩吉等了一个星期的时间让村民们去丛林采集西米。然后,他也开始了奔波。他的第一站是乔(Jow)村,那里的一切似乎又回归了平常。

第二天,冯·佩吉划着独木舟前往远处的奥马德塞普村。天气湿热,但他很开心能从阿奇村出来,很开心终于可以将搜寻洛克菲勒的任务抛在身后,很开心他又回到了自己的常规日程中。他大约于中午时分抵达了奥马德塞普村。

"有几个男人想与你见面,"他的传道员说,"他们有个重要消息要告诉你。"

"让他们来吧。"他说。

20 1961年12月

在巴西姆村,范克塞尔开始听到一些奇怪的、互相矛盾的流言。比如,有些令人不安的东西在海上被人发现;比如,奥茨詹内普村北部的瓦凯村流传着一个说法,有个白人遭到了奥茨詹内普村人的猎杀。似乎这里的人知道一些事,却又刻意隐瞒着一些事。12月3日,范克塞尔派加布里埃尔回到了奥茨詹内普村。加布里埃尔在村里坐着吸烟,与人们展开了交谈,"我听到流言,你们村有个叫贝里(Bere)的男人告诉奥马德塞普村人,你们杀死了一个白人。""我们在海里看到了一条凶猛的巨蛇。"沃蒂姆(Wotim)回答道。这就是全部,他们否认自己与白人的死亡相关。贝里进入了发狂状态,他大喊着告诉身边的人他发誓自己什么也没说。然后,他跑进了丛林。范克塞尔从巴西姆村派出独木舟到奥茨詹内普村带回了贝里和另外3个男人,希望通过他们得知事情的真相。12月5日,他在自己的房子里对他们进行了逐一问话。

"我全是瞎编的。"贝里说。

"我没看见蛇,"沃蒂姆说,"我只看见了一块木头。"

"海里有一只巨大的鳄鱼。"埃图(Aitur)说。

"我看到一个东西颇似人脸,但它实际上是根树干。"埃科布(Ekob)说。

范克塞尔说,"为什么埃图没有杀死那只鳄鱼"。埃图回答,"我

图中裸体者为阿吉姆,该图由范克塞尔在迈克尔·洛克菲勒失踪后不久拍摄于巴西姆村。

第二部分

们身上没带任何武器"。

他再次传唤了沃蒂姆,但沃蒂姆逃进了丛林。

12月8日,他和加布里埃尔再次前往奥茨詹内普村。这次,他让加布里埃尔带去了大量可供交易的烟草。"奥茨詹内普村人,"加布里埃尔告诉他们,"你们中有人已接受过问话,你们知道一些白人正搜寻一个来自美国的白人。他们知道美国白人的尸体被冲上了邻近的海岸。我想,你们一定发现了美国白人但又担心会给自己惹来麻烦,你们担心政府会将此事嫁祸于你们。请将美国白人的短裤给我,我转交给那些白人搜寻者,他们绝不会追究责任。"

这段讲话具有策略性,目的是让奥茨詹内普村人承认自己拿走了迈克尔的尸体,但避开了谋杀和怀疑谋杀之类的事情。但奥茨詹内普村人依然沉默不语。佩普有一把人骨制成的新匕首,他将旧的那把送给了加布里埃尔。阿吉姆当时不在人群中。加布里埃尔感觉他们的行为怪异,他看出他们似乎都在演戏:人们做出夸张的惊讶的表情,小心谨慎地回答问题。范克塞尔在报告里写道,"人们在背后窃窃私语,他们表现得非常紧张。"

范克塞尔不太确定自己的猜测,他认为迈克尔·洛克菲勒很可能成功上了岸,却遭到了奥茨詹内普村人的猎杀。

12月9日,冯·佩吉抵达了奥马德塞普村。他在传道员的房子里安顿好一切事物时,太阳已落山。这是一个建在柱子上的备用房间,具有土著式风格:木墙、桐叶屋顶、一张桌子一张床,还有一个碗柜。那天晚上,他一直感觉自己心绪不宁。房间里亮着一盏煤油灯,在靠灯最近的墙壁上,长着粗短尾巴和带吸盘脚趾的灰白壁虎瞪大眼睛蓄势待发,等待着被灯光吸引过来的昆虫。它们尽管只有几英寸长,却能发出长长的叫声。房子外面,不时传来蟋蟀的鸣叫声和狗吠声。

冯·佩吉正在等待,这时进来了4个男人。他们分别是来自奥茨詹内普村的贝里和布莫斯(Bumes)和来自奥马德塞普村的姆布吉(Mbuji)和塔奇(Tatsji)。塔奇在6月曾参与护送迈克尔、瓦萨和赫布兰兹从奥马德塞普村去奥茨詹内普村,他在奥茨詹内普村有亲戚。现在,他们穿着短裤,因为他们正拜访神父,但他们的鼻中隔仍装饰着日常的贝壳和雕刻的猪骨。

"好,"冯·佩吉说,"把你们的故事告诉我。"

真相渐渐浮出水面。11月17日,星期五,奥茨詹内普村人听说皮里马蓬的范德瓦尔希望得到建筑材料。于是,他们在星期六送了过去。这50个男人在星期六下午的晚些时候从皮里马蓬返航回家,星期一早晨,他们短暂停留于尤塔河河口。因为那是他们的领地,所以他们感到很安全。这是吸口烟、吃西米的好时候。忽然,他们在水面上发现了一个东西,看起来像只鳄鱼。不,那不是鳄鱼,那是一个白人。白人正在仰泳,之后,白人转过身来向奥茨詹内普村人挥起了双手。他们中有个人说道:"你们总在说猎头白人,现在,机会来了。"接着,他们内部产生了争执。皮里恩门户的头领东鲍伊认为这个白人不应该被杀,而阿吉姆和芬的意见则相反。在他们试着把迈克尔抬进独木舟时,佩普用长矛戳了他的身体,但这一矛并不致命。他们带着他划向了海岸,驶向了亚沃尔河。他们在那里杀死了白人,还生了火。

"他有戴眼镜吗?"冯·佩吉问,"他穿着什么样的衣服?"

他们回答:白人穿着他们之前从未见过的短裤,是在阿加茨的商店无法买到的短裤。这种短裤的裤筒很高,就像没有口袋的内裤。

冯·佩吉听着,点了点头,"他的头在哪儿?"

他们说,"头骨挂在芬的房子里。它看起来很小,像是小孩的头。"

第二部分

"他的大腿骨呢？"冯·佩吉说，"还有他的胫骨呢？"他知道大腿骨通常会被阿斯马特人制作匕首，胫骨会被制作为渔矛的尖头。

佩普和阿吉姆分别有一根大腿骨。简和瓦桑（Wasan）分别有一根胫骨。埃兹（As）拿走了左上臂，卡卡尔（Kakar）拿走了右上臂。阿凯亚盖普（Akaiagap）拿了右前臂，阿凯斯密特（Akaisimit）拿了左前臂。贝瑟（Bese）、埃雷姆（Erem）和福姆每人拿走了一根肋骨。埃纳波尔（Ainapor）拿走了迈克尔的短裤，那个没有裤腿和口袋的奇怪短裤。东鲍伊或贝瑟拿走了眼镜。

"他们为什么要杀他？"冯·佩吉说。

"为了4年前发生在奥茨詹内普村的那场杀戮。"他们说。

冯·佩吉有点招架不住。这些细节，尤其是对迈克尔短裤的描述太过具体，他几乎能确定他们口中的白人就是迈克尔。他在阿斯马特待了差不多6年时间，能流利地说这里的语言。他和阿斯马特人以及他们的文化都很亲近。他感觉自己的心上仿佛压了块大石，但他假装不相信，并未开口说话。

第二天早上，他回到乔村，派他的厨师去了那个门户。几个小时后，厨师回来了。他说现在四处都流传着同样的故事，人人都知道这件事。

冯·佩吉去了比瓦海村，也就是阿马兹的村庄。一群男人围坐在那里，他们表现得非常兴奋，他们想要烟草。他们说，"我们要吸烟！"

"如果你们想要烟草，"冯·佩吉说，"那么，你们必须为我做件事情，马上为我带一封信去阿加茨。"

"给政府官员？"他们的热情开始冷却。他们不愿去阿加茨，不愿与任何政府官员接触。他们表现出了害怕的神色。

"好吧，"冯·佩吉说，"如果这样，我不会给你们任何烟草。

况且，这封信也并非是给政府的，而是给一个只是在那里路过的神父。所以，你们必须得帮助我。"潮水正在退却，水位正快速降低。为了在天黑前赶到那里，他们必须立刻动身。

他们妥协了。冯·佩吉草写了一张便条："我没打算这样做，但我偶然听到了一些消息，我感觉有必要进行报告。迈克尔·洛克菲勒是被奥茨詹内普村人撞见并猎杀的。乔村、比瓦海村和奥马德塞普村人几乎都能证实这个问题。"

他将便条装进信封，在收件人处写下了德布鲁韦（de Brouwer）神父的名字，在收件地址处写下了阿加茨的政府主官科尔·尼乔福（Cor Nijoff）的地址。

冯·佩吉于第二天回到了阿奇村。

12月12日，范克塞尔抵达了阿加茨，他与尼乔福作了简短谈话。后者给他看了冯·佩吉送来的小便条。范克塞尔立刻动身前往阿奇村就此事对冯·佩吉作更为详尽的了解。

12月15日，回到巴西姆村的范克塞尔写了一份长篇报告给尼乔福，"在和冯·佩吉的谈话结束后，我之前的所有疑虑皆被打消，我们的调查材料几乎完全吻合。这应是迈克尔失踪事件的真相。"

"可以确信的是，迈克尔·洛克菲勒被奥茨詹内普村人谋杀并吞食，"他用大写字体写道，"这是为了报复4年前的白人杀戮事件……在大多数村庄中，人们高谈阔论于奥茨詹内普村的这一英雄壮举。现在，所有的地方都知道了这件事。"范克塞尔清楚明白地将真相说了出来，包括参加这次谋杀事件的具体人名，以及何人拿走了迈克尔哪些骨头的细目。他提到了在奥马德塞普村和奥茨詹内普村间可以自由通行的塔奇，塔奇到达奥茨詹内普村时，当地村民

第二部分

们正欢唱着比西歌谣。他也见到了佩普的新大腿骨匕首,而奥茨詹内普村人见到他后情绪变得非常不稳定。他们似乎正"准备迎接"来自政府的任何调查。在惊涛和狂风中,加布里埃尔也将那天晚上的信息亲自给尼乔福作了汇报,尼乔福现在也来到了皮里马蓬。加布里埃尔的独木舟在航行中翻了三次,到达皮里马蓬时因疲惫而患上了肺炎。

5天后,12月20日,阿吉姆、芬还有其他几个来自奥茨詹内普村的男人到达了巴西姆村,因为他们的一个亲戚去世了。虽然他们刻意避开了范克塞尔的房子,但范克塞尔还是想办法给他们传递了信息:他愿为迈克尔的头骨支付3把铁斧,为股骨支付2把铁斧。不过,他的请求遭到了奥茨詹内普村的两个男人的拒绝。"尽管他们强调,'塔奇的言论是胡说八道',但并未否认他们的谋杀行动。"范克塞尔写道。此后,范克塞尔找到了这两个男人,拍了一张他俩的合照,"以便有人能在以后(如果有必要的话)认出罪魁祸首。"

范克塞尔的长篇报告留下了继续甄别的引子。12月21日,在尼乔福收到这份报告的6天后,荷属新几内亚总督普兰特尔给内务部长发去了电报。电报被标记为"秘密"及"销毁"。事实上,它被部分销毁,只有很少的部分留在了档案库里。同时,还附有一张手写便条:"其余备份未发送。"

"马老奇驻留官埃布林克·扬森通过阿加茨主官尼乔福收到了一封来自范克塞尔的信,后者在信里明确表示洛克菲勒是被奥茨詹内普村的村民谋杀致死。他的证据来自多个村庄的问询,并称与范·佩吉调查所得的信息完全吻合。根据这份信息,那天早上前述的几艘独木舟在海上发现了洛克菲勒,并将其拖到了船上,用长矛贯穿了身体。上岸后,洛克菲勒遭致屠杀并被吞食。他的头骨、身骨,以及衣服分别留存于名单确定的谋杀人的手中。驻留官还报告了有关这件事的流言在马老奇地区正在疯传，这一案件已很难置身于新闻报道之外。事实上，此案件还存在疑虑不能定案，因为截至目前，我们仍未能掌握有力的证据。就此而论，我认为此时不太适合将该信息透露给媒体或者老洛克菲勒。如果有人问起，我们可以回应知悉这些流言，并正对其进行调查。这会为我们争取一些时间，让我们可以在一个更好的时机进行公开。马老奇的驻留官仍在考虑采取何种措施来明确结束此案最为合适。"

21

2012年3月

　　我和阿马兹、威伦姆、菲洛、马努在早上6点挤进那艘大划艇，折回了奥茨詹内普村。虽然在第一次去那里之前我就读完了范克塞尔和冯·佩吉的所有报告，且与冯·佩吉也作过交谈，但我仍希望自己亲历查明其中原委。

　　最后，我将自己此行的真实目的告诉了阿马兹和威伦姆，他们并未对此惊讶。"奥茨詹内普村人杀了他，每个阿斯马特人都知道，"阿马兹说，"我们可以帮助你弄清真相，不必担心，霍夫曼先生。"

　　这次，我们回到奥茨詹内普村和皮里恩村，我想在这两处地方多待几天，直接用迈克尔·洛克菲勒的事情向这里的人们询问。和我们同行的还有亨娜·约胡，她是一个矮小、沉静的女人，她在巴布亚新几内亚和印度尼西亚巴布亚省查亚普拉外缘的圣丹尼湖长大。她的父亲曾是巴布亚独立运动的早期领导人。我曾在阿加茨等了她5天，她终于来了，她的英语和印度尼西亚语都很流利。我希望她能填补阿马兹翻译时我搞不明白的问题。

　　我们在刚过午后时登上了皮里恩村的泥岸，这里给人的感觉炎热而沉闷且没有码头。我们爬过3艘独木舟，爬上了破旧、腐烂的由原木搭建的小道。我们在小道旁的一处房屋前停了下来。突然，在我们的后方有人高声叫嚷着。

　　"……"威伦姆一边说一边摇头。

来自奥茨詹内普村和皮里恩村的男人们聚集在皮里恩村谈话，这是我第一次来到皮里恩村。坐在中间的男人是贝，他是东鲍伊的儿子。他的右手边是佩普的儿子塔佩普。

第二部分

阿马兹的面部表情开始变得严肃。"我们不能留在这里。"他说。

我们曾用过这栋房子的邻居家的厕所，阿马兹还为此付了钱。虽然房子空置着，但族长不愿让我们留下来。"这里的人们似乎很生气。"阿马兹说。

我们沿着皮里恩村的主步道向前走去，步道距离其下的沼泽仅有 5 英尺（1.5 米）高。我们沿着一根带缺口的原木下坡，然后沿着一块厚 2 英寸宽 4 英寸（厚 5 米宽 10 厘米）悬在黑泥上方 2 英尺（60 厘米）高的木板前行了 20 英尺（6 米）的距离。我们行至一栋有三个房间和一个游廊的屋子。阿马兹说了几句话，然后"呼"的一声，屋里的这家人收起他们的聂帕桐睡垫和几堆衣服消失到了后厨区，那是一个 20 英尺 × 20 英尺（36 平方米）大小的茅草屋，屋内有一个泥制壁炉。地板由英寸见方的树枝铺成。熏黑的锅挂在屋檐下，里面塞满了旧衣服以及棕榈网兜、弓箭和渔网。

房间很空，墙被煤烟和灰尘熏得漆黑。我们席地而坐，菲洛用他的便携式煤气炉做午饭——白米饭和方便面，里面加了几条罐头沙丁鱼。现在，我已能较准确地分辨这里的人了。我们在东鲍伊的一个儿子（柯凯）的房子里，范克塞尔曾说这个人拿了迈克尔的眼镜。东鲍伊一共娶了 4 个妻子，4 个妻子总计为他生育了 14 个孩子。东鲍伊在一次狩猎中被野猪戳死。今天，佩普、芬和阿吉姆都去世了，但佩普和阿吉姆的儿子们还在这里，他们生活得很好。

"走吧，我们去奥茨詹内普村。"阿马兹在我们吃完饭的时候说。

我踮着脚再次走过那些步道，而阿马兹、威伦姆这样的阿斯马特人即便背着婴儿也能在最狭窄的原木或木板上奔跑，如履平地。我们跳进大划艇，向上游地区航行了半英里（800 米）的距离。丛林中出现了一块空地，我们到达了奥茨詹内普村。我们将船系在码头，爬上了右边的河岸。沼泽上铺着木板步道，房子遍布在一片宽阔的

野蛮收割

空地里。这里很安静，四处弥散着烟味和潮湿味，随处都能见到分散的人群。每一个门廊或者门口，都有人盯着我们。一群男人和男孩聚集着，跟在我们身后。一个孩子直视着我，发出尖叫声并剧烈地颤抖。随后，跳入了一条水渠，玩命地逃跑躲藏。

阿马兹大笑起来，"你令她感到害怕，她以为你是鬼。"

穿过木头步道，我们踏过淤泥上的原木来到了一栋被遗弃的破旧木房。木房有一条很大的带顶门廊。我们坐在地板上，背对着前门。人们开始聚集起来，5个、10个、30个，很快有50个人围坐在我们的身边。坐在最前面的是塔佩普，他是佩普的儿子，是现任的奥茨詹内普村的头领。

阿马兹拿出两袋散装烟叶，放在了圈子的中间。威伦姆也拿出了一袋散装烟叶，做了同样的动作。塔佩普和年长的男人伸手拿过烟草袋，抓起满把的棕色烟叶，分成几份散发下去。

突然间，没有任何预兆和任何通知的前提下，一个陌生男人冒了出来，以阿斯马特的方式嘶吼着唱歌，这是一种长长的、哀伤的吟唱。很快，其余人也加入了进来。"耶！耶！"他们一起大喊，50个男人发出了同一个声音。他们步调一致并富有力量，令人难忘。

阿马兹开始了讲话，他时而用印度尼西亚语，时而用阿斯马特语。他话音落下后，房间里一片沉默。然后，我听到木房外传来了另一种刺耳的声音——有人在歇斯底里般痛哭，整个村庄都传来了鼓声。男人转头交谈，并陆续起身离开，鱼贯似的朝着痛哭声的方向走去。

"有人死了，"阿马兹边说边起身，"死者是个女人，我们必须马上离开，下午的时候再回来。"

下午，我们重新回到村庄。与上午相似，同样的一群男人再次聚集过来。我们再次分发了烟叶，阿马兹再次重述了自己的讲话。亨娜也多次帮助补充翻译。

第二部分

"无论美国人还是阿斯马特人，我们都是地球上的人类，我们并无区别。我们阿斯马特人拥有自己的光荣历史和文化，我们完全不用羞愧。自从《圣经》传入到我们的世界，我们的行事方式已经发生了很多改变。但我们的历史并不可耻，那也是我们的标志，我们无需作任何避讳。美国人对我们的历史很感兴趣。他们希望了解我们和我们的文化。几乎所有美国人都知道了迈克尔·洛克菲勒曾在阿斯马特经历的遭遇。那是很久以前的事了，我们无需害怕。霍夫曼先生历经了很长的旅程来到这里，他渴望了解事件的真相。"阿马兹继续说道，"事实上，我们非常清楚，正是佩普杀死了迈克尔·洛克菲勒。"

话音落下，这群人立刻骚动起来，他们开始坐立不安。佩普的儿子塔佩普说道，"这件事已发生了太长时间。现在这里，几乎没人能记得真实情况了。"

前排一个穿着印有"SNIPER！"字样T恤的老人说道，"现在的奥茨詹内普村人在当年还非常小，所以，他们听到这个故事时会非常惊讶。我确有听闻过，但在当年我也是个小男孩。直到现在，我依然感到害怕。"

我望向塔佩普，他紧张地吞咽了一下。他看着我，又看了看阿马兹。他和其他男人们用阿斯马特语交流，安静地争执了起来。"他们非常担心，"阿马兹说，"他们为此而感到害怕。"

"我从父亲那里听说了一些故事。"一个穿着绿棕相间迷彩T恤的男人说。接下来，他谈到，"白人神父泽格瓦德将《圣经》带到了阿斯马特"，并强调，"我就记得这些。"

之后，又是一片沉默。我们坐着彼此对视，我不知道他们说话的真假。他们表现出的胆怯和谨慎只是我的想象吗？他们是刻意将话题转向泽格瓦德而回避迈克尔事件吗？

野蛮收割

"我们走吧，"阿马兹说，"今天就到这里。"

那天晚上，我们围着在两盏煤油灯摇曳的灯光下。一道黑烟从煤油灯上袅袅升起，没入黑暗，影子在脏乱的墙壁上跳舞。大雨倾盆而下，也只有阿斯马特才有这样的大雨，如同粉碎性军事打击。皮里恩村的几个男人也坐在那里，还有女人和孩子们。我们总计至少有 12 人待在厨房里。我们抽着烟，彼此对视着。我感到，自己和他们之间似乎永远隔着一堵墙。

"你认为他们今天说真话了吗？"我问阿马兹。

"有两个男人说，'我们知道这个故事，但我们不能说。'"亨娜说。

"什么？"我说，"他们什么时候说的？为什么你当时未给我翻译？"

她耸了耸肩。

"是的，"阿马兹说，"他们知道真相，但他们感到害怕。"

"他们害怕美国人，"威伦姆说，"他们害怕美国的军队。明天有几个男人会去巴西姆村购买烟草和糖。我和阿马兹会跟着同往，我们争取和他们单独谈谈。"

在黑暗中，摇曳的灯光下，阿马兹和威伦姆悄声细语，在靠近我的地方跪坐着。"马努听到了一些信息，人们对美国人的到来感到害怕。所以，我们明天晚上单独和他们谈谈。"

接着，阿马兹说，"迈克尔的那副眼镜确实在这里。东鲍伊的儿子说他见过，眼镜就在他家里。他的父亲在他童年时期被一头野猪咬死了。"他停顿了一下，"如果安排我给这些人当老师，我会疯狂！因为，他们总用问题来回答问题，答非所问。他们什么都不说！"

第二部分

我不知道自己是几点入眠的，我睡在了地板上的一个角落处。之后，我被一阵吟唱声和鼓声震醒，声音从附近传来。我起床，蹑手蹑脚地越过地板上的 10 个尚在睡梦中的身体走了出去。东鲍伊的儿子及全家所有人都挤在棕榈垫上，婴儿和儿童睡成一堆。房外的雨早已停歇，天空中看不见月亮，一片漆黑。这个夜晚温暖而宁静。我跟随吟唱声和鼓声来到了房子前的步道，但我面前一片漆黑。突然，一道闪电在地平线上跳出。我看到他们了，距离我 30 英尺（9 米）外有 12 个男人站成一圈。随着短促、低沉的鼓声，其中一个人开始领唱，接着其他人也加入了进来，这种原始的声音仿佛来自最远古的时代。我坐了下来，目不转睛地盯着他们。我思索着，为什么这些会发生在这里，就在我住的房子前面？我有一种向他们走去的冲动，但不确定自己的行为是否合适。随着声音穿过我的身体，我望向天空，头顶上是密密的银河，无数颗恒星在那里闪烁。我不知道自己在那里听了多长时间，1 小时，还是 2 小时？歌声持续着，偶尔暂停。有人点着了火柴，火光照亮了一张面孔，映出了他的满面红光。时而有人发出笑声，时而有人传来低沉的嗓音，鼓声再次响起。在我回去睡觉时，这些声音依然在继续。

阿马兹和威伦姆在第二天早上 4 点出门。白天，我坐在门廊里休息。随后，步行于村庄观察这里的风土人情。孩子们发疯似的奔跑，他们有的爬棕榈树，有的下河游泳，有的在泥里打滚。他们成群结队，手牵着手行走，身上沾满了白色的干泥。几只鸡和几头黑猪在沼泽地里蹚来蹚去。这里四处都充满着苍蝇，成群地飞到我的手、腿、手臂、眼睛和嘴上。下午时，所有人都去睡觉了，整个村庄开始安静下来。

那天下午的晚些时候，阿马兹回来了。他非常生气，一脸挫败。

野蛮收割

"他们什么都不愿说，"他说，"他们说他们知道真相，但担心自己说出去后会给自己带来危险。我待会再去一趟奥茨詹内普村。今天与我们同往巴西姆村的那些男人害怕其他长者会发怒。"阿马兹继续自语道，"这是我们自己的历史，我们还是有权谈论的，只是长者们不希望被我们知道后传出去。"

大约中午时分，一个老人走进了房子。他和阿马兹耳语了一下，阿马兹带他去了另一个房间。他们坐在地板上，边抽烟边交谈。这是一个巨大的秘密，这件事发生于很久以前。这里的人们都知道真相，但却没人愿意开口。表面上的原因是，"年轻人认为这段历史携带着耻辱，他们担心印度尼西亚政府、美国政府、天主教会以及上帝会给他们带来惩罚。如果他们承认杀死了迈克尔，那就是一次严重的亵渎行为，他们知道他们的白人领主不会罢休。"但我认为原因远不止于此，他们的担心绝不只有法律后果或基督教的愤怒。迈克尔被奥茨詹内普村人杀害这一事实，在西方世界的眼中也许只是一种报复行为，但在阿斯马特的文化中也许还有更为深邃的灵性平衡。如果没有得到鬼神世界的回应，他们绝不会将其拿出与外人分享。

阿马兹和那个老人交谈后告诉我，"我们等会就回奥茨詹内普村，去那个老人的房子，他会在那里把他还记得的事情告诉我们。"

老人的房子由树枝、茅草和明火壁炉组成。烟从炉床里盘旋升起，地板覆盖着香甜的棕榈叶。我们的行程没法隐藏，因为在从船上去房子的路上，我们像吸铁石一样将人们的眼光吸引了过来。人群越来越壮大，当我坐在棕榈叶地板上时，周围已聚集了20个人，还有人在陆续赶来的途中。那个老人看起来非常紧张，他个子瘦高，耳朵和鼻中隔上分别有个洞，长着灰色紧密的卷发。"他说没问题，

第二部分

他会为我们讲述这个故事。但我们必须先离开，因为这里聚集了太多人。"阿马兹说。

我们退出了前廊，我们周边再次聚起了一大群人。我们给他们分发烟叶，这时，佩普的儿子塔佩普也到了。那个说他会告诉我们故事的老人立马起身，带着几个人走了出来。我听到了低沉的声音。可他从房子出来后并未停步，而是径直离开了。

塔佩普代替了他和我交谈。"我们知道关于迈克尔·洛克菲勒的事，"他说，"他当时在一艘船里，他要去拜访奥茨詹内普村。可惜他的船在途中翻了，因而失踪了。我们知道的就是这些，即便我们还知道什么，我们也不敢说。"

"你们为何而害怕？"我问。

"我们不害怕，"他说，"我们知道的都告诉你们了。"

我们还是在原地打转，期望能从他口中打听到更多的有效消息。

"我们必须离开。"阿马兹再次提醒道。我已经习惯听到这句陈词滥调了。我们起身准备离开，另一个老人走到我前面，伸出了他的手。我握住他的手，用阿斯马特语说了声，"谢谢"。他看着我的眼睛，不肯松开我的手。和我握手、盯着我的眼睛，这是我的幻觉吗？他是否想告诉我什么？

那天晚上，我们围坐在地板上的蜡烛边，马努说，"一个男人跟我说，他们把那根杀死迈克尔·洛克菲勒的矛扔到了一个深潭。他们对此感到害怕。"

阿马兹和威伦姆交谈了几句。"我们出去瞧瞧，看能否找到会开口的人。"阿马兹说。

1个小时后，阿马兹回来了，威伦姆还在外面。"芬和佩普取走了迈克尔的头骨并藏了起来。他们拿着头骨去了尤塔河上游的一条小溪,并将其埋在了一棵树下。一个名为萨基特(Saket)的男人告诉了我这件事的经过。他们很害怕提及这件事,怕遭到村里其他人的报复。"

接下来的4天,我们毫无进展。人们告诉我的情节,哪些是为了满足我的好奇心?哪些是真相?我无法分辨。不过萨基特告诉阿马兹的那段话很有趣,因为它与冯·佩吉的报告有些吻合。报告说,人们将迈克尔的头从芬的房子挪到了上游的一棵树下,位于丛林的深处。"这个头骨并非来自阿斯马特人,"阿马兹说,"对他们来说,这个头骨太强大,人们对此感到害怕。"

我不确定接下来要怎么做,似乎已没有了继续待下去的理由。第二天,没人再来这栋房子,我们被撇到了一边。我感觉请求再会面已失去了意义。阿马兹坚持说东鲍伊的家人保留着那副眼镜,我告诉他,我愿为这副眼镜支付100美元。这可是一大笔钱,但却丝毫不能打动他们。除了回到阿加茨,我们已没了其他的任何选择。我们离开的那天,6个男人站在河岸,看着我们离去。他们没和我们说任何话,甚至没和我们握手再见。

回到我在阿加茨住的酒店,我和阿马兹有过一番谈话,他似乎非常确信自己能找到迈克尔的眼镜。骨头在阿斯马特到处都是,任何人都能拿出一个头骨或一根大腿骨。我没有洛克菲勒家人的DNA,我不能证明这些骨头的真正归属。而眼镜则不同,它将是无可争辩的证据,它能证明迈克尔成功上岸并遭到了谋杀。阿马兹准备独身回皮里恩村找东鲍伊的儿子谈谈,看可否拿到眼镜。他建议我出价1 000美元。这确实是一大笔钱,这让我心里极度不适。但我

第二部分

疲倦而无奈，我的体重掉了10磅（4.5公斤），我很想洗个热水澡好好休息一下。如果眼镜是真的，这笔钱似乎还是比较值。我为阿马兹提供了300美元作为预付旅费，之后，我去了巴列姆山谷体验迈克尔曾经生活过的地方，最后去了巴厘（Bali）岛休整。

抵达巴厘岛两天后，我收到了阿马兹发来的一条短信。阿马兹告诉我，"我们在巴西姆村见过面的皮里恩村的老人名为柯凯，他曾亲眼目睹过拉普雷的袭击事件，他和东鲍伊有亲戚关系，他拿了迈克尔的眼镜。"如果我能再给他200美元，他愿意再回一次皮里恩村，将那副眼镜和柯凯带到阿加茨与我见面。他们最快可以在星期五抵达阿加茨。这似乎太顺利也太不真实，但我只能选择相信。在巴厘岛的登巴萨（Denpasar）奔波了一天后，我通过印度尼西亚邮政系统（寄钱到阿加茨的唯一办法）给阿马兹汇去了200美元。之后，我发了短信给提米卡的出租司机埃努姆，让他给我购买一张星期四飞抵阿加茨的机票。凌晨1点，我登上了从巴厘岛飞往提米卡的午夜航班。埃努姆正拿着机票在那里等着我，3个小时后，我又一次进入了阿斯马特境内。

星期四的全天和星期五的上午我都坐立不安。终于，我的电话在星期五的下午响起。电话的那头传来了阿马兹的声音，他的手机刚进入有信号的区域。阿马兹在电话中说道，"我在船上，很快就可以赶到阿加茨。我和柯凯同行，我们拿到了眼镜，他会告诉你一切！"

30分钟后，阿马兹独身一人走进了我下榻的酒店。"柯凯呢？"我问道。

"在家里。他很累。我会在6点30分带他来这里。"

"眼镜呢？"

"在我手里！"

野蛮收割

我曾刻意避免给阿马兹看迈克尔戴眼镜时的照片。虽然在阿斯马特没人戴眼镜，且迈克尔的眼镜是典型的20世纪60年代风格——大黑框、厚镜片，但我不想为阿马兹提供找到替代物的任何机会。

"它看起来是什么样子？"我说。

"它很大！"他说，"镜片很厚。"

我的心跳开始加速，他的话让我震惊。这是证据，是能证明迈克尔命运的第一个具体证据，是可以将他和这个村庄联系起来的证据。

那天晚上，阿马兹带着柯凯准时抵达了我的住处，同行的还有一个名为贝亚图斯·尤塞恩（Beatus Usain）的老人以及阿马兹的一个兄弟。如果说柯凯在巴西姆村看起来很野蛮，在阿加茨，他看起来则像一只野生蝙蝠。他的衣服肮脏不堪，身上散发着汗味、烟味和潮湿味，胸口挂着一个插着凤头鹦鹉羽毛的袋子。

我撕开"Lampion"牌烟叶的包装为他们散发烟草，这是他们最喜爱的烟草。我们卷好了烟卷，彼此打量着。"那么，"我说，"把真相告诉我吧，迈克尔·洛克菲勒被杀的真相。"

柯凯看着我，面无表情，然后用他那低沉的嗓音说道，"那个美国游客来了奥茨詹内普村，他在那里待了3天。他曾许诺会在这里建筑一个大型办公所。他说他需要先去一次阿加茨，再回到奥茨詹内普村。在他返回奥茨詹内普村的路上，他的船被海浪掀翻，从此就不见了踪影。泽格瓦德为我们带来了《圣经》，我们现在都是天主教徒。我还记得当初和他见面时的场景：他拍了拍我的头，说我应该去上学。"

这还是他们之前讲述的模板，毫无新内容，故事总会突然转到《圣经》上。阿马兹大怒起来。"你们说过会告诉我故事的真相，"他说，"快讲出来，不是这个编造的谎言！"他继续说道，"过去的早已过去，

第二部分

更不会牵连今天的人们，阿斯马特现在是美国的朋友……"但柯凯只是坐在那里盯着我。他流着汗，吞着口水，什么也没说。

最后，我提到了眼镜的事情。柯凯将手伸进包里，拿出一包用脏布包裹着的东西。我小心地打开了它。

这是20世纪90年代风格的塑料箍带式太阳镜。

"不！"我说，"这不是那副眼镜。这是现代眼镜，不属于迈克尔。"

房间里的局势开始变得紧张，就像恐怖电影。我们拼命吸烟，大雨拍打着白铁皮的屋顶。房间的气氛令人窒息，所有人的身上都被汗水浸湿。

这时，柯凯边上的那个老人贝亚图斯·尤塞恩说话了。"我是个老师，"他说，"柯凯是皮里恩村的传道员，我们现在都是天主教徒。"他停顿了一下，等待着，似乎是在确定我能否听明白。他留着短发，下巴上有一条很明显的裂缝。他颧骨很高，几乎能塞下一卷硬币。他轮廓分明，长相英俊。"佩普和芬当时正在尤塔河的河口。'看，'佩普说，'一只鳄鱼。'"他再次作了停顿，以便阿马兹顺利翻译，"那不是一只鳄鱼，是一个白人，他正在仰泳。白人看到了他们，翻过身来呼喊，'救救我！救救我！'佩普将矛戳进了白人身体的一侧，将他带去了亚沃尔河。"

"这个故事是谁告诉你的？"我说。

"佩普是我的叔叔。"他说，"他和我的长相几乎相同。"

我问和他们同行的还有谁？阿吉姆和头骨又是怎么回事？但他不愿再继续多说。柯凯既没动也没说话，像雕像一般坐着抽烟。一会儿后，他们提出希望离开的请求。

我对他们表达了感谢，说也许明天我们的交谈会更愉快。他们匆匆离开了我的住处。

我陷入了迷茫。眼镜的事情是他们想捞钱而进行的一次大胆尝

野蛮收割

试吗？或许那副眼镜来自阿马兹，而并非柯凯。但我很快又否定了这个想法，因为阿马兹在当时表现出和我一样的惊讶和沮丧。柯凯非常穷，大多数阿斯马特人都不富裕。我的开价对他们来说是个大价钱，我分析只有两个原因导致这个现象的出现：其一，柯凯没有那副真正的眼镜，他想用假眼镜捞取这笔好处。其二，这副眼镜对他们非常神圣，且会给他们带来危险，所以无论出多少钱他们也不会拿出。至于他们透露的故事，虽无多少新意，但它和范克塞尔及冯·佩吉的原始报告里的最关键要素相吻合。

阿马兹第二天早上回来时，我仍在思索着昨天的对话。阿马兹补充了很多额外的细节。"他们杀死了迈克尔，在亚沃尔河吞食了他，"他说，"他们将迈克尔的一些骨头埋在了一丛竹子下，他们将迈克尔的头骨放在了一个树洞里，在尤塔河上游一处很远的地方。我们应该给柯凯一条狗牙项链和一把石斧，或许能让他说出更多的细节。"

"他不愿意要钱吗？"我说。

"不愿意，"阿马兹说，"我们去亚沃尔河看看吧。找柯凯的时候我去过那里，在河流尽头有一片竹林。"

我感到自己面临着一场永无尽头的徒劳搜寻。我感觉自己已不堪重负：船上的汽油费每加仑10美元、租船费和阿马兹等人的雇用费，以及所有人的食物和烟草费。我再次回到亚沃尔河时，已花掉了数百美元。

还有一点非常关键：经历了50年的时光，在阿斯马特的淤泥里，我如何能找到经过雨水和潮汐洗礼后的迈克尔的骨头并确认其来源。购买一条狗牙项链要花费几百美元，购买一把石斧也需要花费几百美元。事实上，大量的资金消耗后，我依然难以确定信息的真伪。也许，他们只是为了从迈克尔·洛克菲勒事件中谋取利益而循环着给我编造故事。我的签证快到期了，我的钱也快花光了。我感到自

──── 第二部分 ────

己已迷失在这片丛林之中。
　　是时候回家了。

22　1962年1—3月

　　明面上，荷兰政府官员们迅速搁置了迈克尔·洛克菲勒的失踪案。1961年12月20日，距离迈克尔失踪1个月后，荷属新几内亚法院公开宣布即将为迈克尔办理死亡登记。12月21日，普兰特尔给博特发去了秘密电报，向他告知了范克塞尔和冯·佩吉陈述的有关迈克尔成功上岸却不幸遇害的报告。同一天，普兰特尔却正式终止了对迈克尔的公开搜寻，他给纳尔逊·洛克菲勒发去了电报："不同部门联合本地居民对整个地区进行了广泛搜寻，甚至对每个流言都进行了彻底的调查……在综合了所有报告后，我不得不遗憾地向你通报——终止这次失败搜寻行动的原因是，我已尽了自己力所能及的一切力量，但无果而终。"

　　纳尔逊·洛克菲勒立刻召开了一次新闻发布会，宣布了普兰特尔给他传来的报告，并向大众公开了自己的回电，"我和我的家人都会为……你和你的政府主导的这次彻底而详尽的搜寻行动永远感激。你的努力早已超出了你的职责范围，你的工作没有任何疏漏，我们备感欣慰。"

　　不过，暗地里，新的搜寻迈克尔的行动才刚刚开始，虽然他们对启动这次行动并不情愿。范克塞尔发给政府的那些报告送到了教会宗座代牧（当时荷属新几内亚天主教最高官员）赫尔曼·蒂勒曼斯（Herman Tillemans）的手里。这些报告是当局者不希望看到的。

索尔（左），他是被马克斯·拉普雷所杀的萨穆特的儿子及吉萨尔门户的头领。图片上，他正在皮里恩村未完工的门户里观看迈克尔·洛克菲勒拍摄的照片。

第二部分

范克塞尔和冯·佩吉记录了 15 个持有迈克尔不同身体部位骨头的男人的名字,以及出现在案发现场的另外 35 个人。这些人组成了阿斯马特南部最大村庄的政治结构,他们都是最重要的人物。如果他们杀害迈克尔·洛克菲勒的事实得到证实,且让洛克菲勒家族知道了实情,那将会带来灾难性的后果,一定会有军事行动的介入。

在殖民主义的高峰年代,在比利亚属刚果、英属印度、荷属新几内亚这样的地方,白人被杀事件会引起政府的强烈反应——发动一次大规模的武装袭击,焚烧村庄并将村民拖至法律命运之外。这是当时的惯例——发起一次快速、无情、暴力的报复行动。如马克斯·拉普雷曾说的"一次教训"。

当时的时代背景是,自 1958 年(4 年前)拉普雷发动袭击事件之后,荷兰人一直致力于说服美国和联合国相信荷属新几内亚是个秩序之地。这里拥有一个功能良好的政府,同时,荷兰也有能力将其管理得有条不紊。迈克尔·洛克菲勒可不是普通白人,如果他确如范克塞尔和冯·佩吉所描述的那样被杀害并被吞食,那绝不是一起简单的案件。这起案件并非只涉及一两个有预谋作案的罪犯,可通过指认并逮捕判罪。这起案件的罪犯是整个村庄,且在他们看来,这是在执行他们的文化传统。尽管在当时,来自外部世界的压力正迫使他们的文化屈服。吸引纳尔逊·洛克菲勒这样的人和他的新博物馆眼球的正是这些原始文化。

逮捕那 15 个被点名的男人?逮捕所有 50 个在案发现场出现的人?如果他们拒捕怎么办?事实上,他们一定会反抗。如果整个村庄都试图保护他们,政府需要派遣多少警察和士兵?会有多少人死于这场现代化武装的士兵的收割?如果政府成功逮捕了这起案件的罪犯并公审,等同于让一群赤身裸体的石器时代的文盲战士遵守一种他们完全无法理解的道德标准和行政流程。同时,这对荷兰人一

野蛮收割

直坚称的，阿斯马特人早已没有了猎头和食人行为形成了极大讽刺。更具讽刺意味的是动机的追溯，难道让荷兰当局承认迈克尔的被害源于 4 年前自己委派的荷兰巡查官杀死了 5 个阿斯马特人？

　　这是一串关系复杂的问题。逮捕这些人或许会引来恶性流血事件，并让整个村庄既疏远政府也疏远教会。更何况此时的荷兰正在联合国造势，他们提出这里的人已趋于文明。这件事的曝光，会让伦斯计划陷入危机，还会使荷兰遭致美国的疏远。如果荷兰还寄希望于对殖民地的长久统治，他们必须获得美国的支持。

　　范克塞尔一直在作调回荷兰的申请，教会也不欢迎他一直留下。虽然他已在阿斯马特人中生活了多年，并学会了他们的语言，但他被认为是一个捣蛋者，一个不听上级命令的人。教会希望尽快用安东·范德沃弗（Anton vandewouw）代替他。他的上司蒂勒曼斯写信给范克塞尔，"我从驻留官那里获得了许可，从而看到了你写的关于洛克菲勒先生的报告。你必须承认，你未将报告呈送于我是有违行政程序的。但是，我还是建议你对此事谨慎处理。这样，你或者范德沃弗神父才不会因此事而陷入麻烦，从而不至于使教会失去当地人的眷顾。"

　　1962 年 1 月底，蒂勒曼斯仔细盘问了范克塞尔关于报告的细节。之后，他给冯·佩吉和范克塞尔寄去了一系列的信件。2012 年，我在蒂尔堡见到冯·佩吉时，他表达了自己对上司的忠诚。当年，他对这个案件保持了沉默。"我写信给我的主教，他禁止我继续讲述这件事。政府对此事感到羞耻，主教蒂勒曼斯也有同感，故而政府选择了沉默。我也选择了沉默，但我从未怀疑过自己的判断。我在阿斯马特待了 6 年，之后在马老奇待到 1991 年才回到荷兰。我对此事非常确定。"

　　当时信头上写着"宗座代牧"字样的原始信件也支持了他的说法。

第二部分

"在迈克尔·洛克菲勒先生的事宜上，我迫切要求你保持谨慎态度，"蒂勒曼斯再次写信给冯·佩吉和范克塞尔，"我从范克塞尔那里收到的便条显示这在阿斯马特已成为了一个公开的秘密，但截止到今天，这些消息并未见报。如果第一条消息是从教会处泄露，我会非常遗憾。所以，我希望你们不要将你们所知的以及你们相信的东西公之于众。将这个独家新闻让给别人吧，早晚它会被人公布。"

蒂勒曼斯代表荷属新几内亚驻留官埃布林克·扬森要求阿尔丰斯·索瓦达写一份报告，阿尔丰斯·索瓦达是美国克罗西亚神学院的神父，他在1969年成为了新创的阿加茨天主教教区的主教。索瓦达写道，"认为阿斯马特人会杀死并食掉迈克尔·洛克菲勒的看法让我感到疑惑。据我所知，阿斯马特人在历史上从未杀过一个白人，更别说食白人的肉了。迄今为止，在几个与西方人频繁接触的阿斯马特村庄，阿斯马特人仍流行一种信念——他们认为白人是新来的古代祖先，他们为了当地人的福祉而来。在很多场合，我都被称作'Mbji'，意为来自鬼神世界的生物。在我看来，在这一阶段，阿斯马特人想要杀死白人几乎没有可能性，更别说拥有杀死白人的勇气。"

不过，索瓦达毕竟是新来者，他只在阿斯马特待了半年时间且不会当地的语言。他从未去过阿斯马特的南部地区，更别说奥茨詹内普村或奥马德塞普村了。相对应的是，冯·佩吉和范克塞尔能说流利的当地语言，曾实地在那些村庄生活过多年时间。他们不约而同地相信——迈克尔被奥茨詹内普村的男人杀死并食掉。

冯·佩吉比范克塞尔更保守一些，他担忧自身的安全。他希望就此事得到政府的明确回应。2月3日，他写信给蒂勒曼斯，"我收到了你关于此事的信件，并将听从你的建议保持沉默。我能理解政府希望不向外界扩大化的原因。但事实上，这件事确实发生了。

我坚定地认为，如果政府选择掩耳盗铃就是在犯罪，甚至会引来更大的危机。恩达尼姆（Ndanim）村的村民非常友好，他们对这里的传道员非常满意……最近，这个传道员开枪射杀了一条狗，原因是这条狗刚咬死了他的鸡。之后，有村民告诉传道员：'当点心，那个来自美国的白人在奥茨詹内普村被杀了，且此事并未引起外界的反应……'我认为，就迈克尔事件本身可对外界隐藏，但我们应在外部世界不知道的前提下有针对性地做一些事情。如果我们选择忽视这些杀戮，我担心洛克菲勒的遭遇很快会在我或其他某个传道员身上重现。"

泽格瓦德也同意冯·佩吉的意见。"阿斯马特到处都在传言小洛克菲勒被奥茨詹内普村人杀死的故事，"泽格瓦德在2月14日写信给埃布林克·扬森，"这件事并未给他们带来不良后果，他们也未受到任何报复。这一事实也许会助长他们在以后更加肆意妄为，因为在他们看来，杀害白人并不会受到惩罚。"

范克塞尔则希望联系上迈克尔的家人，甚至亲自去美国告诉他们自己知道的实情。在150英里（240公里）外驻扎于马老奇的蒂勒曼斯态度则非常坚决。"我想请你明白无误地告诉范克塞尔神父，"蒂勒曼斯在1962年2月28日写信给范克塞尔的上司，"对待洛克菲勒案必须要绝对的谨慎。将这些带有残酷色彩的故事公之于众对任何人都没有好处。他什么都证明不了……请将这件事留给普兰特尔总督吧。他对此事件的情况完全知晓，他知道的远超范克塞尔的材料。"

"我驳回了他前往美国的计划，以后也不会许可。此外，必须禁止他与洛克菲勒先生通信。他卷入到这起事件的确是个危险。"

3天后，蒂勒曼斯寄去了另一封信给那个上司。"禁止范克塞尔去美国的事情就拜托你了，此外，还要想尽一切办法阻止他与洛

第二部分

克菲勒家通信。"

蒂勒曼斯的信件读起来就像教会为恋童癖神父的辩护。这种事怎么可能？没有实证的言论就是谣言。谣言会对我们的名誉带来巨大损伤。现在我们要做的就是闭嘴。当然，自我保护是教会的传统。正如一份由荷兰主教会议和荷兰宗教团体会议在2011年12月做的报告。这份报告详述了1945—2010年间，荷兰神父及义工对超过20 000名儿童的虐待事宜。教会很少对这些指控进行调查。即便组织了调查，也只会选择大事化小的方法调任当事人。在新几内亚，1月底，范克塞尔被送回了荷兰。他的职位被范德沃弗顶替。

然而，尽管进行了公开否认，荷兰政府仍然对范克塞尔和冯·佩吉的报告高度重视。虽然荷兰政府告知洛克菲勒家族，每块石头都被翻开检查过，且已结案，但埃布林克·扬森仍决定派荷兰巡逻官维姆·范德瓦尔和9个全副武装的巴布亚警察一起前往奥茨詹内普村进行调查。3月4日，范德沃弗神父以在当地建房子为借口派加布里埃尔（范克塞尔的前助理，现在为他工作）去了奥茨詹内普村。事实上，他是希望加布里埃尔能听到关于此次谋杀的更进一步的确切消息，且让村民为范德瓦尔和武装警察的到来感到畏惧。

3月23日，范德沃弗神父写信给蒂勒曼斯，"加布里埃尔并未在奥茨詹内普村听到任何有关迈克尔·洛克菲勒被谋杀的消息，但也没有听到否认的任何消息。范德瓦尔和武装警察会在下周抵达这里。"

蒂勒曼斯回信，提醒范德沃弗："如果你得到了洛克菲勒案的新的线索，请务必小心，因为这个话题就像玻璃阁楼那般脆弱。当然，只要没有证据，人们就不会承认，这是理所当然的事情。如果你发现了任何证据，请不要跟任何人提及！切记，每件事都要通知我。别将任何消息透露给荷兰的其他神父或者范克塞尔。在阿加茨也要保持沉默。我请求你对本案严格保密，邮寄信件时请采用双重信封的方式，且在信封上必须标有'秘密'字样。"

但消息还是很快被泄露。1962年1月13日，一名在阿斯马特工作的荷兰神父赫克曼（Hekman）给他在阿纳姆（Arnhem）家里的父母写了一封信，详述了他所知道的一些事情。他告诉自己的父母，迈克尔·洛克菲勒被奥茨詹内普村的村民用矛杀死并食掉，是为了报复他们村在几年前被警察杀死的人。这里的很多人都知道分享他骨头的人的名字。还有个美国女人也被猎杀并被食掉（这点应为传言）。现在，没人敢去奥茨詹内普村，去那里几乎意味着死亡。他的父母泄露了这封信的内容，这个新闻在1962年3月第三周在美联社的电报网络上疯传。3月27日，荷兰驻美国大使扬·赫尔曼·范·罗延（Jan Herman van Roijen）给外交部长发电报。"媒体报道了一个消息，一名荷兰传教士据传被驱赶回家……迈克尔·洛克菲勒登上了新几内亚海岸，但遭到了原住民的杀害，他的头骨和骨头被保存了下来。洛克菲勒州长办公室和我们大使馆取得了联系，希望确定其信息的可靠性和真实性。如能告知，我将不胜感激。"

外交部长约瑟夫·伦斯第二天回复了范·罗延（van Roijen）的来电，"相似的谣言之前也曾在荷属新几内亚的小圈子里流传，"伦斯写道，"这些谣言与马老奇的宗座代牧蒂勒曼斯的发现完全矛盾，他未发现任何问题。有关这方面的流言都被新几内亚的驻留官埃布林克·扬森进行过彻查，且最终被认定为谣言。"这是典型的政府否认措辞。事实上，宗座代牧蒂勒曼斯对该案件的调查全无兴趣，他依靠的都是从未接触过这些事件的人。同时，还尽其所能地让冯·佩吉和范克塞尔这两个唯一到过实地的人闭嘴。而他俩在阿斯马特待的时间最长，他们的调查也最具说服力。所谓扬森进行的彻查也只是刚刚开始。在该新闻登上报纸的那周，他刚派范德瓦尔和武装警察前去奥茨詹内普村展开调查，又何来结果。

第二部分

　　然而,荷兰政府的否认取得了成效。第二天,全世界的媒体都报道,此前发布的消息皆为谣言。

　　与此同时,范德瓦尔在奥茨詹内普村成立了一个驻所,安顿了下来。他通过讨好村民开始慢慢融入村庄,他把肥皂当作礼物送给孩子,他将烟草送给男人们,他帮助这里的人们在淤泥和沼泽上建造木制步道。他从1968年起就一直住在那里。

　　我对范德瓦尔作过采访,73岁的范德瓦尔看起来健康并强壮。他留着椒盐色的山羊胡子,深蓝色的眼睛。他是个随性的人,身处异国他乡也能随遇而安——他和一个西班牙女人结婚几十年就是证明——他拥有一种安静的自信和沉着,这些性格有利于他在阿斯马特这样的地区开展工作。50年来,他从未提起过这个案件的只言片语。但在他心里,这个案件以及他在阿斯马特的时光一直未能忘怀。他给我看了一个由他精心保管的文件夹,里面满载了原始文件,包括他从勒内·瓦萨那里得到的那艘双体船的收据,以及他和阿斯马特人的照片,还有纳尔逊和玛丽在皮里马蓬的照片。"奥茨詹内普村的阿斯马特人不理解为什么我要在那里,"他说,"那是一个复杂的村庄,他们最喜欢谈论那些事件会给他们带来坏运气。我不得不一点点地融入他们的世界。我和他们一起吸烟,送他们礼物。最终,我们开始谈论过去的谋杀和猎头事件。"

　　他将调查重心放在了皮里恩门户,他认为这个门户最温和。他告诉村民们可以畅所欲言,不用担心会受到任何指责。最后,他问起了迈克尔·洛克菲勒被杀的问题。答案从他们嘴里脱口而出。

　　目前的信息与范克塞尔神父的报告并未完全契合。如,阿吉姆在海岸将迈克尔·洛克菲勒刺死;而范克塞尔的报告提到,佩普用一根渔矛刺死了迈克尔·洛克菲勒。此外,头骨和其他骨头的分配与范克塞尔的报告也出现了偏差。

野蛮收割

范德瓦尔初次到达奥茨詹内普村时……阿吉姆可能已收拾了所有迈克尔的残骸，并将其砍成了碎片，扔到了他的房子后。

上述信息从阿加茨发送给了驻留官扬森。但范德瓦尔一再重申，这次调查尚未结束。

驻留官扬森在未收到明确证据前不会介入此案（明确证据包括：短裤、头骨或牙齿）。毫无疑问，这一案件会给拉普雷带来灾难性的后果。因为涉案的奥茨詹内普村人被审问时，会供出这起谋杀案是为了报复4年前被拉普雷枪击致死的同胞。

范克塞尔神父真的相信阿吉姆是本案以及之前大量谋杀事件的主犯，奥茨詹内普村的居民不会接受阿吉姆的被捕（与佩普和其他几个头领相比，阿吉姆的相貌更凶恶）。

范德沃弗也报告奥茨詹内普村一直在明目张胆地执行他们的猎头传统。5月初，在奥茨詹内普村和奥马德塞普村之间的一个小村瓦凯村就发生了一次杀人事件。瓦凯村的一个女人和一个女孩遭致了奥茨詹内普村人的杀害，此外还有两人在此事件中受伤。

在奥茨詹内普村调查了3个月后，范德瓦尔要求那些人交出迈克尔的遗骸。"我需要证据，不仅是名字。"他说。他们带他去了丛林，挖开腐殖土，挖出了一个头骨和一些骨头。头骨没有下颌骨，右颞侧有一个洞，这个洞是残骸的主人被猎头和大脑被吸食的证据。范德瓦尔告诉我，"在阿斯马特找到骨头并不困难，我想知道那副眼镜在哪儿，但这个问题太危险了"。范德瓦尔将此事以电报的形式给马老奇的埃布林克·扬森发了出去。

不久后，阿加茨新任命的荷兰巡逻官鲁迪·德埃诺（Rudy de Iongh）抵达奥茨詹内普村。范德瓦尔将一布袋的残骸交给了他。德埃诺当时显得非常害怕，他带来了巡逻艇和一大群武装警察。

"这就是故事的结尾，" 范德瓦尔说，"我又待了两个星期，

第二部分

然后埃布林克·扬森将我调回了皮里马蓬。"

此后,他再未听过与那些骨头有关的任何消息以及和迈克尔·洛克菲勒相关的任何事情。他唯一知道的是,陪同德埃诺收集骨头的荷兰硬木贸易商告诉他,那些遗骸被转交给了埃布林克·扬森,扬森又将其交给了马老奇的一个牙医,最后送到了荷兰的乌得勒支(Utrecht)。那是发生于1962年6月的事。

"当时的政治形势越来越棘手。"范德瓦尔说。印度尼西亚为了给联合国施压,让荷兰政府撤出新几内亚地区,印度尼西亚军方在那个月底将伞兵空降到了马老奇。之后,出于安全考虑,所有的妇女和孩子们都被送回了荷兰。

对西巴布亚控制权的斗争已接近尾声。荷兰逐渐让步,范德瓦尔很快被召回了马老奇。"事实上,我从未被要求撰写有关奥茨詹内普村调查的报告,"范德瓦尔说,"在与埃布林克·扬森会面时,我们从未就调查内容作任何交谈。"

今天,在荷兰政府的档案里,没有任何记录提到范德瓦尔在奥茨詹内普村的任务以及他在那里的经历,更没有他上交的骨头的任何信息。唯一提及这一事件的文字记录出现在范德沃弗的一封信里。德埃诺在20世纪90年代出版的《荷兰殖民史》一书对此事件作了极度夸大的描述。

"为什么没有政府记录?"范德瓦尔继续道,"政府从未对此事件作过如实报道。因为真相对荷兰政府当时的情形不利,这也是他们希望保密的原因。"

1962年9月,联合国正式批准了《纽约协定》(*New York Agreement*),协定将荷属新几内亚转隶给联合国临时执行局(The United Nations Temporary Executive Authority)(接着在8个月后交还给印度尼西亚)。

野蛮收割

　　荷兰失去了它的殖民地，范德瓦尔起程回家。"我从未公开谈论过这件事，"他耸了耸肩，手上握着一把鹤鸵骨匕首，"我想，今天应该没人会因为它而受到伤害了。"

第三部分
再入阿斯马特

23　2012年11月

　　随着"塔塔迈劳"（Tatamailau）号越来越靠近阿加茨的码头，码头上的人群也越来越拥挤。人们炙热的身体在太阳下推挤着栏杆。现在是下午5点，河流、天空、丛林甚至是阿加茨的吊脚楼都在落日的余晖下熠熠生辉。大划艇、独木舟和快艇蜂拥而出，迎接这艘游弋在印度尼西亚巴布亚省海岸的轮船。这艘船每月会来这里两次，对于居住在这里的大多数人来说，它是他们与外界的唯一的联系。人群中尖叫声喊叫声不断，人们挥舞着自己的双臂。我没买到从提米卡出发的特里卡纳航空公司的机票，被迫在凌晨3点登上这艘400英尺（120米）长的"塔塔迈劳"号。坐船前往阿斯马特需要14个小时的航程。

　　我在美国曾多次联系过阿马兹和威伦姆，但都没能顺利联系上。最后，威伦姆终于收到了我的一条短信，那时，我已抵达了提米卡。我告诉他，距上次离开这里7个月后，我又入境了。威伦姆说他会在船上与我会合。

　　船距离码头还有500英尺（150米）远，这时，我突然感觉到一双手放在了我的肩膀上。威伦姆光着脚，充满激情地站在我的身后。他想办法登上了这艘还在移动的轮船，并找到了我。"霍夫曼先生！"他边说边给了我一个大大的拥抱，"你回来了呀，你竟然还学会了印度尼西亚语！"

皮里恩村的村民们正准备完成吉萨尔新门户的屋顶建筑。

第三部分

在离开阿斯马特后的 7 个月里，我饱受疑问之苦。

我挖掘而出的拼图块互相契合且契合得很好。再次回忆当年的案发地：迈克尔·洛克菲勒在 1961 年 11 月 19 日早晨从他们的双体船上游出，他身上还带走了两个漂浮辅助物。勒内·瓦萨曾亲眼目睹了他的离开。瓦萨曾说，他们当时距离海岸非常近，虽然有点模糊但隐约可以看到海岸线。我们可以通过海事地平线距离表比对他们当时和海岸线的距离：如果平坦海岸线上的树有 50 英尺（15 米）高，那么，迈克尔距离海岸不会超过 9.5 英里（15.2 公里）。这个距离虽然不近，但不至于远到让一个健康果敢的携带着漂浮辅助物的 23 岁男性在温暖平静的海里无法游到海岸。而事实上，迈克尔当时距离海岸的距离可能比这个距离还要近。

奥茨詹内普村拥有漫长历史的暴力传统。这个村庄的一大群男人在 11 月 19 日下午从皮里马蓬返航回奥茨詹内普村。维姆·范德瓦尔见证了他们的离去。可以作出简单的推算，他们会在 11 月 20 日凌晨抵达尤塔河口。11 月 18 日，迈克尔和瓦萨的船失去动力的海面坐标距离尤塔河口也就 1—2 英里（1.6—3.2 公里）。我还留存有瓦萨在 11 月 19 日下午被人们发现时以及 11 月 20 日早晨被救起时的经纬坐标。所以，我非常确信迈克尔离开那艘双体船时的位置。如果他在海水中的前行速度为 0.5 英里/时（800 米/时），他接近尤塔河口的时间应在 11 月 20 日的凌晨。我还留存了 11 月 20 日早晨该海岸的潮汐表，尤塔河的水位在那天上午 8 点达到了最高水位峰值。这意味着，海潮会在迈克尔最疲惫时助推他游向海岸。

大约在同一时间来到尤塔河口的这些奥茨詹内普村人与马克斯·拉普雷在 1958 年杀死的奥茨詹内普村人有亲缘关系。我不能确定他们和死者存在何种亲缘关系，我能确定的是死者尚未获得复仇。在过去的 10 年中，总计有 17 人（包括男人、女人和孩子）被杀。

野蛮收割

其中 8 人是被猎杀鳄鱼的印度尼西亚人（阿斯马特人视其为白人）所杀，5 人是拉普雷所杀。迈克尔之前也曾发现这里有 17 根比西柱，也许正是为了那 17 个被杀之人而立。阿斯马特人都是机会主义者，他们通常会选择独身者或未受保护者下手。而迈克尔当时早已筋疲力尽，阿斯马特人此前可从未遇到过如此脆弱的白人。迈克尔曾去过奥茨詹内普村，他们熟悉他的名字，知道名字对猎头行为来说是极其重要的事情。

范克塞尔和冯·佩吉均认为迈克尔是遭致了谋杀。他们会阿斯马特语，且与村庄的关系密切，他们比常人更了解阿斯马特文化。冯·佩吉告诉我的所有事情，我都通过荷兰政府和圣心教（范克塞尔和冯·佩吉所属的教会）档案库里的官方文件以及村民们的暗访作了调查，逐一证实（包括佩吉和范克塞尔给政府以及教会写的报告、他们被禁止公开谈论的报告、他们记录的奥茨詹内普村男人的姓名清单、马克斯·拉普雷因奥茨詹内普村和奥马德塞普村之间的暴力事件采取的冷酷镇压）。

然而，尽管范克塞尔和冯·佩吉的态度非常肯定，但他们叙述的都是二手消息。事实上，没有一名被指控者向他们坦白认罪，他们也并未见过任何实质性的证据。索瓦达主教所坚持的观点——阿斯马特人杀死白人之事从未发生——并不能被轻易驳倒。这个问题让我挠心，我想知道事情的真相。范德瓦尔曾拍摄过疑似迈克尔头骨残骸的照片，并将其给法医病理学家鉴定，其结论是这个头骨为欧洲血统的可能性极小。我对阿斯马特越了解，就越发肯定自己的想法——如果迈克尔确为奥茨詹内普村人所杀，他的骨头和头骨一定会成为神圣的物品，永不会被迫上交给西方人。事实上，我为那副眼镜开了 1 000 美元的价钱，最终得到的依然是赝品，这在阿斯马特可是一大笔财富。我很确定，迈克尔·洛克菲勒的头骨和骨头绝

242

第三部分

不会出现在荷兰的任何博物馆中。

接下来，我开始思考可靠性问题。阿斯马特人是专业骗子，他们依靠骗术获得对敌人的优势，依靠骗术迷惑并安抚鬼神。他们根据白人想听的话而捏造出的故事不胜枚举。食人是犯罪之极，是最严重的罪过，也是最不人性的行为。也许，传教士乐于相信阿斯马特人杀死迈克尔并吞食的事件，因为这将有助于他们说服政府在这里布道具有极强的迫切性。范克塞尔和冯·佩吉是基于这样的情愫，才如此坚定怀疑迈克尔被杀事件的吗？

我也许在主观上也希望迈克尔遭致奥茨詹内普村人杀害是事实的真相。因为只有证明了它是真相，才不会有违阿斯马特人在我们传统印象中的野蛮和可怕。因为只有证明了它是真相，才能印证人类学家加纳纳特·奥贝耶塞凯雷（Gananath Obeyesekere）常挂在口中的食人族谈资——我们需要相信这些人的存在。迈克尔是如此地富有，他的家族是如此地强大。我们从一种偏激的角度看问题：最有权势的美国望族的子孙也依然难逃一无所有的野蛮人的杀害和吞食。也许，所有这些让范克塞尔和冯·佩吉心生怀疑的暗示本就存在于他们的脑海，是他们主观偏见的投射。又或者，这是其他村庄的阿斯马特人编造的故事。

冯·佩吉最初的报告来源于奥马德塞普村，这个村庄正是奥茨詹内普村长久以来的传统敌人。也许这个故事的流传正是为了让奥茨詹内普村陷入麻烦。事实上，迈克尔游泳到海岸虽存在可能性，却极为困难。如要顺利抵达海岸，迈克尔必须在24小时内在海水中游行6—10英里（9.6—16公里）远的距离。他要对抗巨浪给他带来的障碍，穿过鲨鱼出没的水域。尽管成功上岸存在可能性，但这仍是一场意志与体力的较量，还需要一些运气。

奥茨詹内普村和皮里恩村人在我面前的否认也令我对可靠性问

题展开了思考。当然，他们从未直接否认过，但他们反复告诉我，他们对此毫不知情。他们说的是真话还是谎话？此事过去50年了，曾经的犯事者早已逝去，为何他们的儿子柯凯和塔佩普不爽快的承认？

从食人族文化看，迈克尔被谋杀似乎具有合理性；从以上的可靠性思考，迈克尔被谋杀似乎也存在疑问。就这一问题，我向佩姬·里夫斯·桑迪寻求了帮助，她是宾夕法尼亚大学（University of Pennsylvania）的人类学家和荣誉退休教授，以及《神圣的饥饿感》（*Divine Hunger*）一书作者。我读过《神圣的饥饿感》，这是一本关于食人行为的重要著作。一次偶然的机会，我发现她的居住地和我只有1小时的路程。于是，我们在这之后共同度过了一系列的漫长时光。我们一起检查报告、证据、笔记，以及所有与阿斯马特有关的人种学和人类学文献。桑迪也为索瓦达考虑的阿斯马特人此前从未杀过白人的问题感到困扰。但我们都很清楚一件无可争辩的事情：所有的阿斯马特人都"知道"奥茨詹内普村人杀死了迈克尔·洛克菲勒的这个故事。此外，奥茨詹内普村和皮里恩村人自己也在多个场合陈述过：他们杀死了"他"，只是他们口中的"他"是"一只鳄鱼"。

如果迈克尔是因为淹死或者被鲨鱼吞食而没能上岸，他们又何以会编造这样一个具体且前后一致的故事。如果奥茨詹内普村人在11月20日的早晨在尤塔河口并未看见迈克尔，那么与冯·佩吉或范克塞尔的每次对话、每个故事和每个细节都是谎言。这似乎也很难说通。尽管这些报告和调查叙述的细节略有差异，但故事的大体框架在50年前和50年后并无差别——这场谋杀案的参与者有芬、佩普和阿吉姆；有人用矛戳了迈克尔；杀戮发生在亚沃尔河，那是一个安静、隐蔽的地点，甚至今天都具有神圣的力量；关于短裤的描述是一个尤其突出的细节；还有明确是芬拿走了迈克尔的头颅的具

第三部分

体指向。50年前，冯·佩吉和范克塞尔报告迈克尔的头骨被埋在了丛林中；50年后，阿马兹告诉我，迈克尔的头颅被埋在了丛林中的一棵树下。

编造一个谎言且能维持半个世纪之长，显然不合常理。相反，一个简单且直接的事实更加可能也更符合逻辑。这个事实就是：迈克尔游到了岸边并与奥茨詹内普村人相遇，奥茨詹内普村人为了平衡拉普雷对他们村民的杀戮而杀死了迈克尔。

所有人被范克塞尔问询时都说他们那天早上在海上看到了某些巨大而不寻常的东西。桑迪提出，这个故事在阿斯马特和阿斯马特人中存在了如此长的时间，一定有它存在的原因和事实根据。

"阿斯马特人，"她说，"在试图向我们传达一些信息。"

在桑迪看来，案件的重点不是迈克尔·洛克菲勒是否为阿斯马特人所杀，而是案件的本身恰巧揭示了阿斯玛特人确有猎杀行为。即便阿斯马特人没有杀死并食掉迈克尔·洛克菲勒，他们也具备这样的杀人动机甚至渴望这样做。杀死白人，甚至可能是他们多年来的期望。桑迪提到，村民给范克塞尔陈述自己的记忆时，多次提及他们看到了一只鳄鱼。为什么是鳄鱼？鳄鱼在阿斯马特具有极大的象征意义，鳄鱼代表着"食人者"，被刻进了这里的几乎每根比西柱的底座。

桑迪认为，如果这些村民从未遇见过迈克尔，仅靠凭空编造来维持这个时间跨度超过50年的谎言实在太牵强。桑迪推测，还存在另一种可能，"阿斯马特人近距离看到了迈克尔被鲨鱼或鳄鱼猎杀或者溺水于海中，其尸体被冲上了海岸。而他们的心中却无比渴望此事为他们所为。事实与虚幻、现实与鬼神世界的交织，在阿斯马特是常事。"桑迪认为，这种理论解释了阿斯马特人的杀白人或者渴望杀白人的动机。这也与他们的本土文化相符合：部落民众试图重寻力量以确立自己的影响和地位。白人干扰了他们的文化，像阿吉姆和芬这样曾经强大的男人可借用此事宣扬自己的强大，他们可以说是自己猎杀了白人并获取了他的头骨。

在过去的 50 年中，传教士曾记录了几起船货崇拜（Cargo cults）的例子（多个阿斯马特村庄发生的暴动）。人们宣称自己拥有了超自然的力量，能创造富裕白人的烟草和其他物事。他们的传统信仰因为与现代世界的接触被奇怪地扭曲了。其中一个最突出的例子是，1996 年尤尔村的 27 岁男人到神父的贮藏室偷烟草、衣物和钱财。他将偷来的物品分发给尤尔村的其他人。他告诉村民，他从"大地之主"那里得到了这些物品，大地之主给了他一把神秘的钥匙，能打开地上的一个洞穴。每个信仰"大地之主"的人最终也将变为白人，拥有丰富的货品。当神父抓住那个男人时，他和他的跟随者已成为了村庄里最有权势的人物。先不论"杀死"迈克尔这件事的真伪性，至少，它能让少数几个男人快速提高他们在村庄中的地位和权力。

回到西方世界，迈克尔的家人在他失踪几月之后就启动了必要的法律程序宣布了他的死亡。他们迅速行动将迈克尔在阿斯马特收集的一切物品运回纽约的博物馆——总计接近 500 件物品。1962 年的一份保险鉴定，为其估值为 285 520 美元。这是一个惊人的数字，价值超过 25 万美元的展品，仅用了一点鱼钩、鱼线、斧头和几包烟草换得。这些物品的创造者们既是天才也是文盲。作为今天大都会艺术博物馆的迈克尔·C. 洛克菲勒厅的核心展品，它们吸引了大量游客的到来和无数投资。2012 年，大都会艺术博物馆接待了 600 万人次的游客。每张门票的标准价格为 25 美元。如果每名游客每次平

第三部分

均需要支付 15 美元的门票，大都会艺术博物馆仅在 2012 年就获得了 9 000 万美元的收入。迈克尔视基纳萨皮奇为阿斯马特人中最好的艺术家之一，他雕刻的那艘独木舟陈列在大都会艺术博物馆显著的位置，但这位艺术家的孙子却只能在阿加茨的阿斯马特博物馆光脚扫地。在我将这些故事告诉他之前，他丝毫不知道那艘独木舟得到了何种待遇。如果，人们知道这些无价的展品仅由几包烟叶和金属丝从文盲的村民那里收割而来，人们一定会大呼不公并要求对文盲的村民作出公平的补偿。

1962 年 9 月，迈克尔事件案发 1 年之后，原始艺术博物馆在纽约举行了一次惊人的展览。展览在博物馆对面一个特别建造的临时展馆举行。新闻稿里写道，这次展览是为了唤醒阿斯马特的生命。

核心展品是迈克尔收集的比西柱。"某名阿斯马特战士被敌人杀害后，人们会举行一次比西仪式致敬死者并激发复仇心。"（复仇细节在新闻稿中并未提及）"在这种仪式持续几天之后，一根高 20 英尺（6 米）、精心设计、雕有人像的比西柱被雕刻而出……随着战鼓声和吟唱声，这根比西柱就被竖立在举行仪式的屋前。几天后，比西柱会被搬运至村庄周围的西米林里。在西米林中的比西柱会很快腐烂。据阿斯马特传统，受害者的灵魂随着比西柱的腐烂进入西米棕榈，随后进入了食用西米的人的体内。"这篇新闻稿的公开版本删除了任何提到真实复仇、报复、杀戮或食人行为的文字。

这次成功的展览收获了巨大的反响。博物馆的"会员、宣传和出版委员会"在 1963 年 2 月报告，"有关这次展览的相关报道出现在了超过 600 份新闻和杂志上。影响了总计 30 000 000 名读者，这一纪录已创造了相关行业新闻的发布极限。"

为了在展览前对一些展品作鉴定，博物馆在 1962 年 5 月写信给居住在皮里马蓬的范克塞尔，希望他能协助此项工作。此时正值范

野蛮收割

德瓦尔在阿斯马特展开迈克尔案件调查期。这封信并未寄到范克塞尔的手里，因为范克塞尔已回到了荷兰，范德瓦尔接替了他的工作。范德沃弗神父收到了这封信件，并于当年 6 月给博物馆作了回信。这是一次怪异的通信。巡逻官范德瓦尔在范德沃弗的帮助下，正驻扎奥茨詹内普村展开迈克尔案件调查工作，但范德沃弗在给博物馆的回信中并未作丝毫提及。同样怪异的是，还有一封范克塞尔本人在 1974 年写给博物馆的信。在信中，他索求一本由博物馆在 1967 年出版的图书《阿斯马特：迈克尔·C. 洛克菲勒日记》（*The Asmat: The Journal of Michal C. Rokerfellar*）。他对迈克尔的失踪感到痛惜，并在信中提到了"悲伤的往事"，但他并未提及自己认为迈克尔死于谋杀的事情。可此信邮寄出后就石沉大海。

洛克菲勒家族私下是否知晓并怀疑迈克尔案件的真相，人们不得而知。在荷兰政府的档案里，存有一些当年纳尔逊·洛克菲勒发给荷兰不同官员并感谢他们付出努力的电报和信件。一份荷兰驻美大使发给荷兰政府的电报，询问迈克尔被杀的传言是否为谣言。荷兰外交部长约瑟夫·伦斯对其进行了回复——所有的传言都经过了调查，皆为谣言。还有一些洛克菲勒的律师与荷兰政府之间交涉的信件。律师要求荷兰政府回顾之前的迈克尔搜寻行动，并给出有可靠性的结果。目的是让美国法院宣布迈克尔的官方死亡原因为溺死。美国法院最终于 1964 年 2 月 1 日正式宣布了迈克尔的死亡消息，并将迈克尔的资产评估为 660 000 美元。还有一封由律师事务所写给荷兰驻纽约总领事的信。洛克菲勒的律师威廉·杰克逊（William Jackson）在信中写道："你们如能提供任何荷兰政府官员在新几内亚寻找迈克尔·洛克菲勒的搜寻行动所作报告的正式认证副本，将会给我们带来极大帮助。"但没有任何痕迹表明，荷兰政府与洛克菲勒家族及其律师之间的通信提到了迈克尔被奥茨詹内普村人所杀

第三部分

的事情。荷兰政府对迈克尔的死亡事件展开的秘密调查也丝毫没有提及。荷兰政府和天主教教会在公开或私下的场合都保持了沉默，即使他们与迈克尔的家人保持着密切的通信。至少 20 世纪 60 年代，纳尔逊找不到任何理由去怀疑迈克尔死于溺水。

1974 年，纽约的一个杂志编辑米尔特·马克林（Milt Machlin）出版了《搜寻迈克尔·洛克菲勒》（*The Search for Michael Rockefeller*）。该书讲述了一场徒劳的搜寻。一个神秘的澳大利亚人在 20 世纪 60 年代末期的某日出现在了马克林的办公室。他称自己是大洋洲偏远岛屿工作的走私贩子，并称自己看到了迈克尔，他还活着。他沦为了特罗布里恩群岛（Trobriand Islands）某个部落的人质，那里距离阿斯马特仅有 1 000 英里（1 600 公里）远的距离。此后，马克林展开了搜索迈克尔的计划，并著书记录了自己搜寻迈克尔的细节。马克林的搜寻始于 1969 年。在该书的结尾，马克林记录自己追踪到了 1962 年初泄露给媒体的那句原始谣言，并发现了范克塞尔在荷兰的居住地。范克塞尔给他讲述了自己知道的故事。马克林又派遣了一个助手，去阿斯马特对原住民作采访。或许在当时这些资料尚处于保密期，或许是因为他没有亲自前往，马克林的这次调查成为了徒劳。他没看到任何来自荷兰政府或天主教会的文件；没看到拉普雷的报告；没找到冯·佩吉或范德瓦尔；甚至没看到范克塞尔的原始备忘录。迈克尔成功上岸并遭致杀害的观点成为了一个不安分神父的瞎猜。马克林出版的书缺少有力证据，报告文件也不多，可信度很低。此后，马克林曾给洛克菲勒家寄去了一封信，阐明了自己对迈克尔案件的想法。洛克菲勒的律师给马克林寄了一封例行回信，除了表达感谢外并未提及任何其他事务。

纳尔逊·洛克菲勒成为美国副总统后不久，在与澳大利亚总理高夫·惠特拉姆（Gough Whitlam）在白宫的一次会晤中，他公开感谢了澳大利亚政府在迈克尔搜寻行动中为其提供的帮助。《纽约时报》曾作过这样的报道："惠特拉姆先生谈起这次失踪事件还未解决时，副总统说：'我相信贵国政府——人很难在海浪的冲击下在海中游行 12 英里（19.2 公里）。'"

再看看弗朗克·蒙特（Frank Monte）的故事。作为澳大利亚私人侦探，蒙特在他的回忆录《间谍游戏》（*The Spying Game*）中宣称，"在纳尔逊于 1979 年去世之后，我接受了迈克尔的母亲玛丽·托德亨特·克拉克·洛克菲勒（Mary Todhunter Clark Rockefeller）的委托，调查迈克尔被杀的谣言。她之前一直有这样的想法，但多年来一直被她的前夫阻止。"这个追名逐利、攀龙附凤的私家侦探并未作出实质性的突破。他对此事件的描述缺乏证据和力度，充其量是事实与虚构混杂的炒作。他也许研读过这个案子或者找到过一些文件和新闻报道，因为他引用了大量的关于营救瓦萨的细节。但对该案件的重要线索，他却一无所获。他写道："我发现了一些奇怪的东西——重要的记录消失了。洛克菲勒通过他深厚的人脉……销毁了任何有关他儿子失踪的文字或报道。他可能雇了很多人四处搜查文件，去除了与这次失踪相关的任何信息。"

这显然是假话，是编造的谎言。事实上，我找到了数以百计的电报和备忘录文件。

蒙特接着讲述了一个故事。故事中，他将自己前往迈克尔被杀的那个村庄的狂野旅程与一帮血腥的印度尼西亚军人联系起来。他们在一个来自奥茨詹内普村的向导帮助下，进行了一场持续数周的库尔兹式行军。他们深入内陆，留下了一条尸体组成的小路。事实上，这都是他的胡乱编造。他混乱地标注这里的河流和地名，他笔下的村民都穿着阴茎鞘（事实上，阿斯马特人并不穿阴茎鞘）。他还写到他们拖着橡皮筏穿越沼泽。这和阿斯马特的实际情况完全不符，

第三部分

这些细节说明他到的地方不是阿斯马特而是科罗威（Korowai）部落。科罗威人没有什么艺术品，他们住在河流的最上游。他们从未接待过迈克尔，迈克尔也从未去过那里。蒙特的结论："迈克尔在夜深人静时和族长儿子试图偷走神圣的装饰着头骨（比西柱没有头骨）的'图腾柱'。行动失败后被族人抓住并杀死，他与族长儿子具有同性恋关系。而瓦萨及那艘倾覆的双体船只是为了掩盖真相而捏造的故事。"这是个荒唐的说法。

我在第一次前往阿斯马特的旅行之后，曾试图联系迈克尔的双胞胎妹妹玛丽·洛克菲勒·摩根（曾用名玛丽·洛克菲勒·斯特劳布里奇）。通过一个朋友，我开始与一个嫁给洛克菲勒家族高层的女人通信，希望她能介绍我认识玛丽。那个女人同意与我在纽约共进午餐。虽然在我们之前的通信中她总是表现得热情洋溢，但我们会面时她与她的丈夫一直交谈着别的话题，并未给我提供任何帮助。因为迈克尔事件是这个家族不愿谈论的事情，至少不能公开谈论。2012年5月，玛丽出版了一本回忆录，《以终为始：双胞胎哥哥的失踪和我的疗伤》（*Beginning with the End: A Memoir of Twin Loss and Healing*）。这本回忆录忧伤而文雅，叙述了她为从迈克尔的死亡中恢复过来付出的长久的努力。正如书名所示，迈克尔在阿斯马特的失踪不过是本书的开头。她写道："迈克尔成功上岸，被阿斯马特村民发现、俘虏并杀害的谣言流传了40年，甚至今天还在流传。这些谣言给他人的想象提供了丰富的材料，让小说家、剧作家、电影制作人和高风险旅游生意人大发其财。这些推测在实际上缺乏有效证据的支撑。从1954年起，荷兰政府就颁布了部落战争的禁令，并严令禁止为部落重要人物死亡进行猎头行为。1961年，我们得知部落战争和猎头行为并未完全根除，但已很少发生。基于强劲海流、涨潮的潮水、汹涌的流水，以及迈克尔距离海岸有10英里（16公里）

的游泳距离考虑，所有证据都对迈克尔难以上岸并溺水于海中的观点提供了支持。"

我给玛丽写了信。在信中，我提出愿意与她共享我多年来的研究，但并未得到回应。作家彼得·马西森与玛丽关系密切，并给她的书写过荐语。他告诉我，"这个家族拒绝相信除了他淹死之外的任何故事版本。"

我拥有的都是一些公开文件。我能找到这些文件，洛克菲勒家或其他任何人也能找到。我还知道，他们从未与冯·佩吉或范德瓦尔交谈过，而我找到了他们且没费多少工夫。这只能说明，洛克菲勒家从未试图找过他们。

要么是玛丽和她的家人知道事情的真相而刻意回避，要么是她和她的父亲离开马老奇后不愿回首，只想掩耳盗铃的自欺欺人。无论哪种情况，我可以确定的是，他们从未做出主动的积极调查。如果我的小孩或兄弟姐妹失踪，且有谋杀的谣言流传，我一定会调查清楚、刨根问底。我会学习那里的语言，亲自勘察案发现场。讽刺的是，拥有巨大财富和资源的家庭对他人试图破解迈克尔死亡之谜的努力报以讥讽态度，甚至指责人们利用他们家的名声牟利。我越了解阿斯马特，就越忍不住想象留在阿斯马特宇宙中的迈克尔。他和那些曾经死去的阿斯马特人并无区别。他的同胞家人不能将他推向萨凡，推向海那边的大陆。因为他的家人并未全力寻求结案，他的案件难以定性，留言和推测仍在继续。洛克菲勒家中，只有迈克尔的父亲和玛丽去过阿斯马特，簇拥在他们身边的是一大批荷兰政府官员。他们在那里仅仅停留了几个小时的时间，这点让我难以接受。

带着一系列烦人的问题，我知道，我必须再回阿斯马特。第一

第三部分

次阿斯马特之旅花费了我 2 个月的时间，其中大部分时间奔波于各地之间。要么是在阿加茨等待安排，要么是在河流上巡航，也正因为如此，我才能从宏观上和整体上更加深入地理解阿斯马特。我曾 2 次前往奥茨詹内普村和皮里恩村，第 1 次拜访只有 24 小时，第 2 次拜访也仅持续了 4 天。阿马兹曾将柯凯带到了阿加茨，但那是一次紧张勉强的会面。和柯凯一同前来阿加茨与我见面的贝亚图斯·尤塞恩告诉了我佩普杀死迈克尔的经过。尤塞恩是佩普的侄子，他的父亲是佩普的弟弟且曾娶过一个比瓦海村的女人。尤塞恩在比瓦海村长大，他能讲这个故事是因为他并非奥茨詹内普村人。不过，这也意味着，我仍然没有得到有关奥茨詹内普村的任何人以及任何形式的坦白。

　　我在整个阿斯马特的调查过程当中，随时都被随行人员簇拥着并依赖着他们。阿马兹或亨娜充当我的翻译，威伦姆和助手为我安排食物、后勤和住宿。他们就像某种过滤装置，成为我和阿斯马特之间的中介体。我无法确定他们对话的真实内容，无法确定自己的提问他们是否准确翻译了。我也许犯了自己批评洛克菲勒家时的同样错误——过于自信地认为，仅凭几个小问题就能轻易挖出他们最深的秘密，急于求成。毕竟，迈克尔·洛克菲勒的故事并不简单。它是一个与谋杀相关的传说，一次恶毒、血腥的犯罪，甚至触犯了糟糕的食人禁忌。阿斯马特人明白，这是一种在我们西方人眼里无法接受的行为，这是一种会将他们从未见过的轮船、飞机、直升机和警察带入他们世界的行为，这是一种他们今天皈依的天主教神父和教士视作耻辱的行为。如果迈克尔真为他们所杀，这个秘密会被永远深埋。该案件疑似罪犯的儿子们都很害怕。他们害怕鬼神、上帝、印度尼西亚军方和警察，他们害怕美国以及洛克菲勒家族。在他们眼中，这个家族有责任对他们死去的成员复仇。

野蛮收割

要解开迈克尔·洛克菲勒之谜，必须先了解并解开阿斯马特之谜。我不能依靠翻译、向导、厨师为我过滤，我必须学会他们的语言，我必须更深刻理解阿斯马特的生活。深刻理解绝非在这里的村庄作短暂停留或从某本记述阿斯马特文化的书籍或论文得到。我计划去奥茨詹内普村或皮里恩村找一个家庭，与他们共同生活一段时间（至少1个月）。如果可能，最好是被范克塞尔点名的某个男人的儿子组建的家庭，年长一点、权势更大一点的更好。奥茨詹内普村佩普的儿子塔佩普就是个不错的选择。尽管他平时少于言语，但当他在场时，其他人总会闭嘴。柯凯也不错，他在迈克尔失踪时已出生且目睹过拉普雷对奥茨詹内普村的袭击。阿马兹说他曾是这里的头领，与东鲍伊有着亲缘关系。范克塞尔的报告中曾提到东鲍伊拿走了迈克尔的眼镜。我一直有个狂野的梦——我渴望几周后他们能向我坦白，带我步入丛林并给我展示迈克尔的头骨，将真相大白于天下。现实中，我希望自己至少能真正了解这个村庄：认识这里的人、了解他们的亲缘关系、知道拉普雷所杀者为何人，他们与范克塞尔和冯·佩吉报告里提到的人又具有何种关系。我想聆听他们的故事，更清晰地理解蛇、鳄鱼和鲨鱼在他们世界中的意义。在纽约大都会艺术博物馆的档案中，我复印了迈克尔首次到奥茨詹内普村旅行中拍摄的照片。这些漂亮的黑白照片记录了披着狗牙和猪牙的赤裸的男人，男人们与雕刻品以及迈克尔买下的华丽比西柱的合影，男人们聚集成群在河里划桨在屋子里敲鼓的合影。迈克尔与杀他的那些人相识吗？他拍摄的照片中有犯案者吗？我打算将这些照片给村里的人看，让他们辨认范克塞尔报告里点名的男人。或许，我可以找到那些柱子是为谁而刻的答案。

我迫切地渴望知道，自己心中构想的故事会分崩离析还是更为坚实。

第三部分

我再次回到了阿斯马特。轮船距离码头越来越近，威伦姆拿起我的包，拖着我穿过人群，沿着跳板走到了他的大划艇上。与上次相比，我对这里的环境熟悉多了。现在，威伦姆学会了说少量的英语单词，我也能说少量的印度尼西亚语，这种语言正迅速替代本地的阿斯马特语。此前，我们虽然也相处了很长时间，但威伦姆和我之间的交流非常困难，时常采用打手势和面部表情作沟通。因此，回到华盛顿的家后，我刻意找了一个印度尼西亚语老师学习，努力学习这种语言。与其他语言相比，印度尼西亚语相对简单。在我二次前往阿斯马特时，虽谈不上语言流利，但已获得了长足的进步。威伦姆启动引擎，我们飞快地向镇中心驶去，我们叽叽喳喳像老友一样聊着——无需翻译，就像掀开了一层厚厚的面纱。

威伦姆和我穿过阿加茨的破烂的步道，前往酒店。一切是那么的相似，又是那么的不同。人们认出了我，向我挥手说，"嗨，你回来了！"我也回应了他们，这次用的是他们的语言。7个月过去了，酒店的前台仍记得我。威伦姆坐进了我的房间，我给他讲述了自己的计划。

"柯凯就在阿加茨，就在这里！"他告诉我，"明天，我会找到他，并带他来你的酒店。"

我们握手告别。他离开时，夜幕降临，天空像漏了个口子，大雨倾盆而下。我在雨声中入眠，蚊子在耳畔嗡嗡叫起。

我醒得很早，天刚破晓就出了门，芳香的空气让我感到惬意。步道上都是水坑，水汽蒸腾。我在码头和一个男人擦肩而过，我恍然识别出他就是柯凯。他也认出了我，他惊讶地瞪大了眼睛，充满

野蛮收割

了野性。阿加茨挤满了来自群岛各地方的印度尼西亚人，以及贫穷的阿斯马特人。柯凯有着那种我忘记了的汗臭和烟味。他光着脚，头发乱糟糟地一丛丛竖起，他的鼻中隔洞足有硬币般大小，胸前挂着一个装饰了密密麻麻的凤头鹦鹉和鹤鸵羽毛的编织袋。他黑棕色的双眼来回扫视，仿佛要将一切尽收眼底，不放过一丝地方。

很少有西方人来阿斯马特，反复前往此地的西方人更是稀少。通常情况是，他们来到这里拍下照片就匆忙离开且一去不回。而我，又回到了这里。我可以嗅到一种新的感觉。我以前从未见柯凯笑过，现在他带着微笑。我们可以直接对话了，我问他最近都在干什么？打算何时回皮里恩村？

"我来看我的儿子，"他说，"我不确定自己何时回去。我需要船，但我没有钱。"

这在我看来，是个不错的消息，虽然它也许并不真实。我情不自禁地说了出来："我想去皮里恩村待1个月，可否与你同住？可以吗？如果可以，我们同行，让威伦姆带我们前往。"

"我的房子？1个月……"，后面的话我没听懂，他沙哑的声音含糊不清，语速太快。

"威伦姆会找你，"我说，"他会带你去我住的酒店，我们再详谈。"

他转过身，走远了。

几个小时后，他和威伦姆出现在了我的住处。威伦姆和我的交流很流畅，柯凯则稍显困难。印度尼西亚语毕竟不是他们的第一语言，他的口音有点别扭，他似乎并未察觉到和我说话时需要适当放慢语速。我再次重述了自己的请求——我可以跟他在皮里恩村同住1个月吗？

第三部分

"没问题,"他说,"我们可以在他家里同住。"

"可是,他吃什么呢?"柯凯看着威伦姆说。

"入乡随俗,和你们一样。"我说。

"西米?"他说。

"是的,西米。你们吃什么我吃什么。"我说。

"我去商店。"威伦姆说,"我会买些大米、方便面、咖啡、糖和烟草。"

就这样说定了。柯凯并未细问我此行的目的,因为我之前告诉过他,我想要了解阿斯马特的文化,学习这里的语言、雕刻艺术以及这里的一切。尽管上次会面时,我提过迈克尔的问题,但今天我并未提起。我递给威伦姆一叠钱,包括租船的定金和购买食品的 100 美元零钞。这次,我带了一个卫星电话。我告诉威伦姆,我打算回去的时候会提前给他打电话。如果他在 3 周半后还未接到我的电话,可直接过来接我。我们计划在第二天早上 6 点动身。

24

2012年11月

清晨和黄昏时分的天际总是格外美丽，热带地区尤其如此。这里的太阳炙热、明亮且晃眼，白天的大部分时间你都不会欢迎它，唯独清晨和黄昏是柔情的时刻。此时，苍白的世界仿佛镀上了色彩。早上6点，我们钻进了威伦姆的船，缕缕雾气笼罩在阿沙韦茨河上，天空泛出蓝光。阿斯马特清晨的河面很平静，没有一丝涟漪。柯凯一路上保持着沉默，威伦姆站在船头，他的伙计掌管着油门。船腹堆着一箱拉面、一包重30磅（13.6公斤）的大米、两箱"Lampion"牌散装烟草、5磅（2.3公斤）糖和1张威伦姆买给我的印有鲜艳米老鼠图案的塑料睡垫。

我们沿着河流径直驶向大海。那天的气候适宜，我们选择了海路，即51年前迈克尔和瓦萨走的那条航路。广袤的天空如穹顶笼盖，大海如池塘一般宁静，我思索着51年前迈克尔的最后一天。就在这里，在往南航行与巴西姆村的范克塞尔会面的途中，他的心情也许与我相似。他是那么年轻，虽然他正在犯错且完全依赖家族的经济支持才抵达这里，但我还是情不自禁地对他产生了钦佩。作为一个来自富裕家庭的孩子，他原本可去世界上的任何地方旅行，可他却选择了去阿斯马特这个最艰难之地。试图自我掌控人生并为家族作出贡献。

世界是变化的，身处于这个世界的我们身不由己。事实上，所谓掌控不过是种幻觉。我们争取幸运，试图掌控自己的命运，但世

吉萨尔门户的头领索尔，脖子上挂着狗牙和野猪牙。

第三部分

上之事并非都如我们所愿。真实世界是，我们永不会知道下一秒将要发生什么——这也是我在驶向奥茨詹内普村的路上思索得出的结论。我努力稳定自己的情绪。阿斯马特和别的地区不同，在这里，人类的关系是原始的、友好的、亲密的。我渴望原汁原味的感觉，在心里，我将其称为"原始性"。这也是我长久以来一直幻想的东西，我曾短期体验过它，但这次，我将有机会连续体验长达1个月的时间。我并不知道原始性意味着什么，但我已渐渐发现，这个词语并非我想象中那么简单。我希望我住在皮里恩村的这段时间，能更好地理解他们和他们的原始（他们的父辈皆为猎头者和食人族，今天的他们与发达世界的距离也无比遥远）。我将去那里调查一起曾经的谋杀事件，向他们寻求真相。我不知道他们是否还记得我，以及我之前向他们问寻的事情。他们会因此而回避我吗？我能与他们正常交流吗？他们面对我提出的问题会作何反应？在我上次短暂的拜访过程中，奥茨詹内普村和皮里恩村的村民曾回避了我的提问。

此时的我，心中充满着焦虑，因为我即将前往的是一个具有可怕名声的偏远村庄、一个酷热的淤泥世界。一路上，我安慰着自己：范克塞尔1955年就来到了这里，范德沃弗在1962—1968年也居住于此，范德瓦尔于1962年来到这里，托比亚斯·施宁鲍姆20世纪70—80年代曾居住于此。奥茨詹内普村和皮里恩村地处偏远，这里没有公共服务、电力、自来水。不过，这里的人类是真实的，也许我的害怕只是来源于自己的恐惧。如果我以谦卑的态度面对这里的生活，且能得到柯凯的支持，我将能处理好这里的生活事宜。答案就在这里，等待着被我发掘。

迈克尔曾疯狂地爱上过阿斯马特。令我感到诧异的是，他的直系亲属中竟无一人愿意亲自来这里看看并了解真相。

一头长着宽大翅膀和尖利巨爪的大鹰掠过我们的船，优雅地从

野蛮收割

海里叼走一条鱼，这惊醒了我的遐思。我们正渡过贝奇河河口，迈克尔的船只正是在这附近被海浪掀翻，只是今天这里没有风浪。我在笔记本上用印度尼西亚文字作记录，威伦姆则用阿斯马特文字作记录。10点30分，我们转入内陆河域，朝尤塔河的河口驶去。这里的水面仍有半英里（800米）宽。女人们站在这片浅水域中，水淹到脖子处，她们结对合作捕鱼虾。

此时正值退潮时分。涨潮时，海水会淹没陆地，河口将变成一片开阔水域。闪光的泥岸从海岸线延伸了数百英尺，河流就像嵌在远处的黑色淤泥里的一条狭窄的口子。白鹭在泥地里踱步，燕鸥在头顶尖啸。一段时间后，丛林将我们吞没。

我们经过了一座小屋，一个男人行走在小屋的游廊里。威伦姆吼了一首短歌，游廊里的男人跟着回唱着。狭窄的河流被一堵葱郁丛林和藤蔓组成的墙壁包绕，我们蜿蜒曲折地行进了3英里（4.8公里）的距离。之后，豁然开朗，一块空地出现在眼前。空地上的茅草屋和棕榈屋搭建在柱子上，吵闹的孩子们跳进棕色的河里。空气中不时飘来一股烟味，我们将船停在一栋带有瓦楞金属屋顶的小木板屋前的泥岸。男人们、孩子们聚拢了过来，争着抢着帮忙搬东西，柯凯大声地发出指令。

这栋房子有3个房间，但没有家具。光秃秃的灰墙上沾满了积年的污垢、油烟和煤尘，地板铺有传统手编的棕榈垫。前屋里竖着3个6英尺（1.8米）高的盾牌、1张6英尺（1.8米）长的弓、1捆箭和几根矛，还有2根12英尺（3.6米）长的船桨。前屋有个后门通往厨房，这个厨房是开放性的，屋顶由茅草遮盖。厨房的火上放着一口被熏黑的锅。骨瘦如柴的女人们清理了前屋的睡垫，用树枝清扫房间。

"你可以住我的房间。"柯凯说。

第三部分

"来,"威伦姆说着将一箱"Lampion"牌烟草塞入我的手中,"我们必须去奥茨詹内普村。"

威伦姆、柯凯和我跳回那艘船,前往上游5分钟航程的奥茨詹内普村,路上会经过一小段无人区。即便是50年后的今天,奥茨詹内普村也并未彻底和谐,经过这里的人要时刻保持警惕以免发生冲突。我们抵达奥茨詹内普村后,通过一张原木梯子爬上一间茅草屋。进屋后,我们被这里的人团团围住。

"霍夫曼先生要来皮里恩村住1个月,"威伦姆说,"他对饮食无挑剔——鱼甚至西米都行——他对阿斯马特很有好感。"

黑压压的一群人点头并看着我。人群中的很多人我都认识,上次我和阿马兹询问迈克尔的事情时曾与他们有过会面。"非常感谢你们的热烈欢迎。"我一边说一边给他们递烟叶。

接下来,威伦姆接我们匆匆离开,回到了皮里恩村。这里有很多像柯凯一样的老人,他们精瘦健壮,鼻中隔穿了洞,脖子上挂着包,头上戴着袋貂皮头带,上面插着凤头鹦鹉羽毛。很难从面像上辨别阿斯马特人的年龄,因为他们看起来通常比实际年龄更老。不过,可以肯定的是,这里很多人超过了50岁,甚至有很多超过了60—70岁。从年龄上推断,拉普雷袭击奥茨詹内普村时,迈克尔在拉普雷袭击奥茨詹内普村后的3年再次拜访这里时,以及迈克尔二次拜访奥茨詹内普村并随后失踪时,这些老人应该都已出生。他们很可能是历史的见证者,其中一些年龄较大者甚至可能食过人肉。我迫不及待地希望看穿他们的思想,了解他们的文化。我不仅希望知道和迈克尔相关的事情,还希望知道一切和这里相关的事情,包括:他们今天如何看待这个世界?那个传统的鬼神世界对他们还有多少影响?他们每人都和我握手,拍我的肩膀。我们盘腿在地板上围坐起来,柯凯拿出了我给他的烟叶分散给这里的人。他们边交谈边吸烟,

野蛮收割

烟灰弹落到地上并入缝隙里与干泥和尘土混合起来。他们的谈论并无中断，我努力地倾听，却只能偶尔理解其中几句。尽管他们大部分时间使用印度尼西亚语交流，但他们的语速太快还夹杂着口语，短时间内我还难以理解。这次，我暗暗发誓不向他们提问，也不提迈克尔或拉普雷或者任何与迈克尔失踪有关的事件，至少在一两周以内不惊扰他们。这给我带来了与之前完全不同的感觉，我认识到了自己之前犯下的错误——此前我不断询问迈克尔的事情只是自私地希望满足自己的愿望。现在，我属于柯凯，属于奥茨詹内普村，我处于他们的保护之下，他们有保护我的责任。

等到人群慢慢散去，柯凯的妻子张罗了两碗米饭和拉面，还拿来了一个勺子，之后又消失在了黑暗的厨房。食物里没有盐、作料，柯凯用手抓饭。天色渐渐暗了下来，太阳落下了山头。苍蝇嗡嗡作响，落在我的手上、腿上，以及食物上。我和柯凯就这样呆坐在那里。

我们在前廊抽烟。"Adik"，他这样称呼我，意为弟弟。

除了偶尔会有小船从这里经过，这里几乎听不到引擎的声音，只有孩童们玩耍时不断发出的尖叫。这里的每天几乎都是过去的某种重复。几个男人会凑过来，坐着和我一起吸烟。一大群狗沿着步道飞奔，穿过房子底下的沼泽地彼此打斗，发出凄惨的吠叫。空气中弥漫着人们的粪便味——发霉、潮湿的厕所就在厨房边上。这里的房子建造非常密集且住满了人。厕所恶臭难闻。强烈、刺鼻的臭味弥漫着整个奥茨詹内普村，我对此实在难以接受。

夜幕降临，老鼠般大小的蝙蝠从屋檐下倾巢而出，脚步沉重的壁虎踢打着天花板发出巨大的声响。没有月亮时，这里的村庄一片漆黑；除了柯凯的烟头和无声的闪电，我几乎看不见任何东西。这里的一切对我来说都是谜。蚊子越来越多，我们进屋坐在一盏煤油灯的火焰下的人群中间。人群中充斥着男人、女人和赤裸的孩子，

第三部分

孩子们流着黏稠的鼻涕,肚子鼓胀。

人们往来不断,川流不息。时间流逝非常缓慢,1分钟仿佛1小时那般长。这里什么都没有,没有椅子、床、桌子、书、被子、床单、照片,更没有电视、电脑、收音机、电话。柯凯是个地位较高的长者,但他和妻子除了有1个小背包、1个装满塑料碗和杯子的破烂行李箱、1张睡垫和1个肮脏的枕头外,一无所有。慢慢地,他们倒在地板上睡着了,进入了梦乡。我悄悄走进了自己的房间,在一个钉子上挂起了蚊帐,也进入了梦乡。

这里,清晨5点前,天就放亮了,孩子们随即开始了尖叫。他们每天早晨都会这样做,他们用脚和拳头敲打地板,大声叫嚷着,就像自己的四肢被人卸下来那样,他们会持续吵闹1小时。柯凯发出了叱骂声,孩子们的母亲和姨妈也发出了斥骂声。但我很快发现,孩子们无论是在吃奶时、在被抱住时、在被放在摇篮里时,还是被责打时都会发出失控的尖叫。这加深了我对他们由内而外的性格的理解,它也是阿斯马特人特点的一个例证,是他们数百甚至数千年的食人行为背后的意识残留:一种极端情感的意识。阿斯马特人的生活中没有内在的平衡,也没有任何的中庸。孩子和父母都共有一种原始的强烈的亲密度。父母们(男人和女人)会持续不断地抱着孩子或背在背上,和孩子一起闲逛一起入睡,当孩子们尿在他们身上时他们会哈哈大笑。女人们会照顾孩子到三四岁,她们给孩子唱歌,但也会像职业拳手那样痛击孩子的背和胸口,下手之重令人难以想象。成人和孩子都会放声的大笑或绝望的号叫,不加任何掩饰。他们彼此打斗时,可以大喊跺脚长达几个小时。

我看过男孩们恶狠地用拳头猛击对方的打架场景,也看过他们

野蛮收割

互相牵手蹦跳着彼此拥抱的场景。我看过女人用木板打丈夫的场景，也看过男人站在房子外大声呵斥 2 小时的对峙场景，直到柯凯站出并将其怒斥回去。这些对峙似乎一触即发，你死我活的态势似乎即将拉开。为了实现某种平衡，他们总会选择走极端。如果他们发现了烟叶，会一直抽到吸光为止，之后开始绝望地踱步。如果他们发现了糖，会将其加到咖啡或茶里，他们会不断地放入以致一天时间内就消耗殆尽。他们会整天整夜地敲鼓唱歌，又或者整天整夜地睡觉。为了给死者昭雪，他们需要另一个人的死亡。他们行事似乎没有界限，又或者是直接跨越了界限，只有食掉他人才能升华自己。

清晨 6 点，我放弃了继续睡觉的想法。走出房间后，我发现柯凯正给一支船桨的顶端装凤头鹦鹉羽毛，船桨是他自己雕刻的，这根羽毛足有 3 英尺（90 厘米）长。他的妻子端来了咖啡。柯凯给我正式介绍了他的妻子玛丽亚，她是柯凯的第三任妻子，他的前两任妻子早已去世。玛丽亚大约 25 岁，也许是因为年轻的关系，她长着一张漂亮的圆脸。玛丽亚为他生了两个小男孩。柯凯和第一任妻子生的长女已去世，长子目前居住在阿加茨。柯凯和第二任妻子生了另外 3 个孩子：大儿子已去世，有点弱智的小儿子和女儿以及女儿的 3 个孩子与柯凯共同生活。柯凯会去阿加茨售卖自己制作的船桨、盾牌和矛，这是他生活收入的唯一来源。

虽然我和柯凯在一起的时间很多，但通常情况下，我们会将交流时间更多地集中在早上。那个时候，他会打开自己的心扉，拍着自己身边的空地让我坐下。我们用力咀嚼着干涩无味的西米和小鱼，抽着烟，喝着咖啡。这些我从阿加茨带来的物品，对他来说都是一种奢侈。他指着那些武器，道出了它们的阿斯马特名字："Amun"——

第三部分

弓、"Jamasj"——盾牌、"Po"——桨。接着,他给我看了他前臂上硬币般大小的伤疤。"这是箭伤!"他拍了拍前臂,又拍了拍自己的大腿和腹股沟,总计4处伤口,其中一处箭伤贯穿了他的腹股沟。"奥茨詹内普村的村民干的!"他说。接着,他起身提起盾牌,将自己藏在盾牌的后面,向前、弯腰、向前、尖叫、假装射箭的姿势。

阿斯马特没有照片、电视这些现代化的录制设备,但这也反向促使他们成为了讲故事的高手。他们具有极强的语言和肢体表达能力,在他们的故事中,充满了砍头、射箭、刺矛的细节。当谈起独木舟或划桨的动作时,柯凯会弯腰向前张开双臂为我演示。我似乎能从他的动作中体悟到这艘独木舟的存在。他模仿并发出果蝠的叫声,我似乎看到了一只果蝠倒挂在树上。

我曾听过奥茨詹内普村和皮里恩村分裂的往事。现在,我又再次提起:为什么会发生?是如何发生的?

柯凯假装抓住某个人,并和他们打斗。他用中指做了一个环的形状,然后,用另一只手的中指戳进戳出——表达战争是为了女人和性。现在,我越来越清晰了,这个故事的细节开始生动起来。东鲍伊是贝的父亲,而贝的房子就在柯凯家的旁边。事实是,东鲍伊被戴了绿帽子,而他是门户的头领,家族里最重要的男人。睡了东鲍伊妻子的那个男人是芬,他是奥茨詹内普村门户的头领。这是一次厚颜无耻的挑衅,是对东鲍伊及门户里每个成员尊严的侮辱,这势必会引发一场暴力冲突。

皮里恩村和奥茨詹内普村都是亲缘关系比较复杂的村庄。柯凯房子里的家庭成员就多且复杂——他和他的妻子以及他们的两个孩子,他的女儿、女婿,以及女儿的3个孩子同住在一起。随着我在这个家庭待的时间越久,到柯凯家住的人也越多。几周后,居住在柯凯家的几乎快达到20人了。"奥茨詹内普村—皮里恩村"这个双子村可分为 5 个自然村，它们都有自己的名字，且围绕着各自的主要家庭而建立。这些主要家庭会形成一个庞大的家族。柯凯是整个皮里恩村皮里恩门户的族长。他的门户有 5 栋房子，至少 50 个人，且都是柯凯的直系亲属。他是族长，也是当了 5 年的皮里恩村的"kepala desa"（头人）。实际上，这个职务是通过票选决定的。柯凯的这个职务就像某个市的市长，可以领取到一笔小的薪水（他就是这样得到了一栋木板房）。与此同时，皮里恩村皮里恩门户还存在另一个头人，人们通常将其称为"kepala perang"或"kepala adat"（战争头领或传统头领）。这个职位非常重要，几乎是终身制。他们是门户的真正头领。"奥茨詹内普村—皮里恩村"这个双子村总计有 5 个门户：奥茨詹内普村有奥茨詹内普门户、卡耶尔皮斯（Kajerpis）门户、巴克耶尔（Bakyer）门户；皮里恩村有皮里恩门户、吉萨尔（Jisar）门户。

  我以往去过的每个村庄都拥有自己的门户建筑——巨大的房子，用以举办村庄生活的仪式。令我不解的是，在奥茨詹内普村和皮里恩村我并未找到这种建筑，这个问题给我带来了困惑。我猜想，这里缺乏门户建筑也许和两个村庄长久以来的战争史有关，或许还和迈克尔·洛克菲勒的死有关。虽然荷兰人造成了阿斯马特的各种混乱，但印度尼西亚官员更为过分。荷兰人只是禁止阿斯马特的猎头和战争行为并引入了基督教，印度尼西亚政府却直接烧毁了这里的门户，并禁止了这里的雕刻行为和仪式活动。这里留有少数的荷兰传教士，传教士与印度尼西亚人之间的关系并不和谐。扬·斯密特（Jan Smit）神父曾在 1965 年于阿加茨被印度尼西亚官员枪杀。直到 20 世纪 70 年代，印度尼西亚人才开始放松立场，在美国传教士的施压和斡旋下，逐渐允许传统的阿斯马特文化自由兴起。然而，这样的自由也并非真正的自由。村庄要立一个新的门户，必须获得当地政府

第三部分

的许可及批准。我想，当地政府也许是对这里的暴力事件感到忌惮。这个地方曾发生了数十年的权力斗争并分裂为了5个大门户，这或许为未来的战争埋下了祸根。

当然，如同荷兰人初期阻止阿斯马特猎头行为的努力一样，这里的传统又如何会轻易消亡。关于奥茨詹内普村和皮里恩村缺少门户建筑的问题，我向这里的人作了调查，可结果却让我更加困惑。无论我何时向何人求问，他们都对此闭口不言。他们会说，在奥茨詹内普村和皮里恩村总计有5个门户，即便没有门户建筑我们也能明确地识别门户界限，知道不同的人分属于哪个门户。建筑物本身并无太大作用，就好比你们西方的教堂。

柯凯指着他家正对面的一栋房子说，"那就是门户。"

"哦，"我说，"我可以去看看吗？"

我们走了进去，原来这是贝的房子，他是皮里恩门户的战争头领。奥茨詹内普村和皮里恩村并无正式的传统建造的门户，但这并无关系。

最后，皮里恩村吉萨尔门户的人说服了地方政府。他们提出修建新门户也许能促进当地的旅游业的发展。当地政府于是发放了建筑许可。在我到达这里的几天后，柯凯的女婿布维耶（Bouvier）带我去这处建筑工地作了参观。皮里恩村有大约30栋房子，其中9栋是沿着尤塔河岸而建的木板房，即皮里恩门户。虽然我不能明确地弄清其界线，但另外20栋房子在村庄的下游一侧，也即吉萨尔门户。从皮里恩门户去吉萨尔门户，需要通过一个0.25英里（400米）长3英尺（90厘米）宽的粗糙步道。

沿着河岸，你可以看到一块空地，一个石器时代的梦想正在那里搭建。新门户由33根柱子组成地基，柱子之间有3英尺（90厘米）的隔距。前排的每根柱子朝向河流的那面都雕着一张凝视前方的人

野蛮收割

脸。地板已搭建完成，那是一层由狭窄柱子组成的弹性地板，上面竖立着一个近似矩形的结构，墙壁和屋顶即将在这个结构上搭建。所有的房屋都有一个高高的从中梁向下倾斜的屋顶，中梁横放在一排带缺口的支撑原木上。30个男人正准备将这些原木一次性敲进泥土里。这些人对工作很熟练，他们唱着、叫着、用手臂夹住柱子，用脚将这些柱子深深地敲进泥土里。这个情景让我想起了蜂巢和蚂蚁的"养殖场"：没有总"建筑师"，没有蓝图，没有大型器械，一群男人以一种神秘的融洽度干活。他们敲打原木，将顶梁吊到合适位置，用藤制条带将所有的材料捆绑。

"多一点！再多一点！"号子声响起，男人们有节奏地呼喊起来，直到一切完美就绪。没有钉子和铁丝，他们盖房子除了几把斧头和大刀外，不需要任何设备。虽然这些柱子的尺寸各不相同，甚至部分柱子还是弯的，但新搭建的门户看起来就像是使用了现代水平仪及电动工具建造的房子一般严谨和亮丽。

在白天的炎热天气中，除了孩童外人们很少活动。到了下午，村庄又恢复了生气。第二天晚上，我看到了完全不同的景象。那栋门户的墙和屋顶还未搭建完成，但阿斯马特人已按捺不住自己激动的心情。这是多年来，他们搭建的第一栋门户。宴会和庆祝活动提前开始了，这样的庆祝活动会一直会持续到门户建成为止。

我独自靠近门户，我身后尾随着大约30个儿童。他们会跟着我去任何地方，总是拿我取笑。男人们或坐或躺在未完工的建筑里，四处都是人。中央有一群拿着鼓的男人围坐成一圈，他们向我大声叫嚷，示意我过去。坐在圈里的一个老人往边上挪了挪位置，敲了敲地板，示意我坐在他的身边。"我们将在两周内完工，"他说，"我

第三部分

们必须在布帕蒂（Bupati）（地区长官）从阿加茨过来时用木材盖住墙，用棕榈叶盖住屋顶。"

后来，直到太阳落山，他们都在快乐和忙碌中度过。我迷失在部落的梦幻中：一堆火在一团泥上燃起，火光闪耀；丛林呈现出嫩绿色；炙热而潮湿的空气开始凝滞；河流像沙漏里的沙粒永不停歇；西边的太阳变成一个明黄色的圆块。男人们盛装打扮，遵循着他们的传统：他们的手臂上挂满了狗牙和野猪獠牙；他们的头发和头带上插着凤头鹦鹉的羽毛；他们的脸上涂抹了颜料；他们上臂的藤镯上别着鹤鸵骨匕首。老人们得意地在鼻中隔穿上了猪骨或贝壳。坐在我边上的老人索尔（Sauer）是吉萨尔门户的战争头领，他有着典型的阿斯马特人的高颧骨。他体格健壮、皮肤黝黑，涂抹着战斗油彩。

在阿斯马特的创世神话中，富梅日皮奇（Fumeripitsj）用鼓声为阿斯马特人带来了生命。索尔和他的门户伙伴开始击鼓显示他们的存在，重塑他们原本的身份和他们的历史形象。几个月前，我联系了一个美国女人，她深入研究过阿斯马特艺术。我曾将自己的计划告诉过她，她的回答是冷酷的。她告诉我，再也没有原始的猎头者和食人族了。她说，"一切都成为了历史，那是过去的故事了。现在那里有太多新的问题，我们需要正视阿斯马特人的现况。他们正遭受艾滋病、贫困、缺乏教育和医疗服务的折磨。"

我明白她的意思，但这种观点和我自己的看法都是空想，充满了西式的幻想和先入为主的观念。如果我用她的视角看阿斯马特人，我会把他们看作是衣衫褴褛的贫困潦倒者，把他们看作是全身长癣的被印度尼西亚人剥削的人。事实上也的确如此，阿斯马特人长期居住在棕榈棚屋里，位于人类文明最边缘的内陆地区。这里没有自来水和电力供应，他们穿着褴褛的T恤和破烂的运动短裤。阿斯马特人几乎都是文盲，在技术化日新月异的全球经济中，他们的未来的确堪忧。

不过，我并不这样看他们。通过我对他们的观察，我发现他们也并未这样看待自己。我的那位美国朋友希望将他们变为试图寻求我们帮助和同情的受害者，但事实上，他们是有尊严的骄傲的战士。从前的猎头文化与鬼神世界仍然纠缠着他们。避开他们的传统文化，他们就成为了居住在沼泽贫民区的牺牲品。尽管今天的他们信奉天主教并在饭前画十字，尽管他们总是回避有关杀戮和食人的问题，但我所看到的每件事、每个歌谣都揭示了阿斯马特人的真实属性，这也是他们眼中的自己。

他们在鼓声中坐下，又在鼓声中起立。他们每分钟可以击鼓200次。他们唱起了歌，男人和孩子们跳起了舞，汗水直泻而下。一些男人吹起了怪异的号角声，门户的地板随之发出了震动声。他们移到了河岸与门户之间的地上，那里出现了更多的男人和女人。一些人上身赤裸，穿着草裙，跳着摇摆着，膝盖扇进扇出。他们带着武器跳舞——弓箭和矛。太阳渐渐下落，水汽从他们汗湿的身体上蒸腾而起。他们的穿着看起来千篇一律，但又有细微不同。他们号叫、怒吼、大笑，享受着一次充满了纯粹欢乐和放肆的狂欢。

我的眼中溢满了泪水，眼前的一切是如此的强大、美丽，未经过滤；是如此的纯粹、丰富，贴近大地、河流和泥土。巨大的云团悬挂在天际，一个脸上画着白垩条带穿着明黄色运动短裤的年轻男人抓起一根长矛，显得比其他人更加狂野。他高高地腿踢并扑动着双手，喊叫着"哇！哇！喔喔喔！"人们在门户前跟随鼓手们前进和后退。在太阳落到杂乱的绿色地平线下之前，一群巨鸟出现了。准确地说，它们不是鸟而是果蝠。巨大的果蝠有老鹰般大小，这成百上千的从海边的栖息地振翅飞起，从我们头顶向背离太阳的方向（东方）飞去。它们飞行的动作不像传统的蝙蝠，更像鸟——它们

第三部分

通常选择单独飞行，每秒缓慢地、平稳地扇动翅膀两次。这让我想起了希区柯克的作品，还有《绿野仙踪》里的飞行猴子。它们没有滑翔或高飞，它们只是稳稳地扇动着翅膀，身体像球棍那样笔直，两只小脚拖在后面。

敲鼓和歌舞活动持续了两周，直到那个印度尼西亚政府官员抵达这里那天。那天，男人们将通过安装屋顶并点燃沿门户后墙排列的家庭壁炉的火来完成这栋门户的建造。这段时间，我的印度尼西亚语进步很大，所以我能理解他们更多的语言和行为。同时，这也得益于柯凯对我的帮助。他们的生活模式也开始慢慢在我心中展开雏形——村民们通常会在黎明时分醒来；这里有所小学，但老师已离开学校有两个月了；孩子们整天玩耍，彼此追逐着爬树或跳水。男孩们用小弓箭抓蛇和老鼠；男孩和女孩们一起用矮树丛建造小堡垒，他们派女孩采集木材并生火；十几岁的少年们给彼此扎辫子，并在学校边上1英尺（30厘米）深的厚淤泥地"足球场"里踢足球；太阳从云层中探出时，女人们便划着独木舟赶往大海的方向，她们要去那里捕鱼捕虾或为厨房做饭的炉火砍柴。

女人们什么活都干。她们在泥泞的河里洗衣服，在厨房做男人们享用的食物——永远吃不完的西米煎饼和西米球、米饭和拉面、小鱼小虾（她们用棕榈叶将鱼虾包裹起来在火上烤制）。柯凯家的大部分食物和木材都来自住在别家的其他家庭成员。在这里，我从未见过绿色蔬菜或水果，更别说坚果了。男人们除了敲鼓、唱歌或雕刻，他们几乎不会做别的任何事情，除了偶尔帮他们的妻子去丛林里砍西米树。他们就像无仗可打的战士。在过去，他们不打仗时就会打猎或保护女人；在今天，我看不见他们打仗，更未见任何人打猎。但事实上，他们还是保留有打猎的习惯，因为村里的鹤鸵骨、羽毛、袋貂皮和凤头鹦鹉羽毛从未断供过。这里的河水让我感到恶心：

野蛮收割

他们总是穿着衣服跳进河里洗澡，且从不使用肥皂；泥沙让河水呈现出棕色，涨潮时，河水会淹没村庄和房子外的厕所；奥茨詹内普村的3个门户在这条河流的上游，一天，我正准备跳进河去，一坨粪便从河上漂过。

无论我去哪儿，柯凯的女婿都会全程陪同。我无法确定这是他的个人喜好还是有人给他交代了任务。他年轻英俊，看上去似乎有20岁。他能读写，因为他上过小学。一次，我问他的年纪，他想了很长时间后告诉我，"15岁。"

不论白天还是晚上，任何时候都会有孩子的尖叫声。不时地，还会从空气中传来歌声，混杂着烟雾和粪便的臭味。柯凯的女儿、侄子以及大家庭成员总是穿梭于一个房子到另一个房子。他们的歌声美妙而甜蜜。柯凯的姐姐是个骨瘦如柴的老年妇女，她住在柯凯的隔壁。她虽然声音沙哑，但唱的歌却非常动听。这些声音是那么真实悦耳，令我震撼。我突然意识到我美国的家中，太多的对话都由耳机或对话机传出，或是通过电脑屏幕和电视，或是通过电子邮件和短信。太多声音是预先录制且批量生产的。迫于竞争的压力，西方社会充满了太多重叠的、二次的信息。但阿斯马特却是直接的、现场的、可触摸的、实况的——如果你想听音乐，你必须自己创造；如果你想要和某人说话，你必须面对面地找到对方；如果你想听故事，你必须找到讲者并坐在他的身边聆听。

阿斯马特的一切都是粗犷的和原始的。他们是如此的亲近，他们熟知彼此的位置、快乐和悲伤。家庭、邻居、门户、村庄的联系也非常紧密。我对自己痴迷的并将其称为"原始性"的东西作了良久思考。它驱使我来到阿斯马特并展开了迈克尔死亡之谜的调查。它具有单纯的浪漫主义——丛林和露天明火，敲鼓、矛、弓箭，以及狗牙项链。它是一面可以看穿自我看透人性的透镜。我父亲是正

第三部分

统的犹太教徒（Orthodox Jews），他总是视自己与主流美国人格格不入。虽然我的祖父母、姑姑和叔叔们不赞同我父亲的观点且与那个社会保持着紧密的联系，但我的父亲仍做出了反抗举动。他排斥那个社会。他17岁那年就向我的祖父母宣布自己是无神论者，然后，他娶了我的母亲。我的母亲是白种盎格鲁－撒克逊新教徒（White Anglo-Saxon Protestant, WASP），她是名安静的读者和爱书之人，她不喜欢过多地参与社交。他们都不喜欢观看或参与体育。我们从不去教堂，我们住在一个天主教徒为主的社区。这里的很多家庭都是大家庭——隔壁的穆雷（Murray）家有11个孩子，街角的黑格（Hague）家有12个孩子，街对面的汉纳佩（Hannapel）家有6个孩子，几个街区之外的菲特（Vieth）家有16个孩子。而我们则不同，我们从不受他人的影响。我的父母从小就告诉我和我的姐姐，圣诞老人和复活节兔子均为捏造，并非真实世界的事物。在这样的家庭里，在我的成长历程中，没有家族、没有信仰、没有仪式，我们从未皈依于某个大群体。

在阿斯马特的这段生活，我发现了一个真相。我总是渴望与他人产生更多的联系，即便我刻意逃避与某人联系的时候内心依然存有这样的渴望。我在皮里恩村从未感觉过孤独，即便这里的一切对我来说是那么的陌生。在爱这个方面，我发现自己缺乏平衡：要么刻意避免亲近并与他人保持距离，要么滑向另一个极端并疯狂地去爱。我渴望自己想得到的一切，这在事实上与渴望食掉他人并彻底吞食并无区别。我似乎理解了阿斯马特人的双向性和不平衡性，我忽然意识到，很多时候我离这种不平衡也仅是一步之遥（至少是隐性的）。我认识到的原始性并非一间房子或一个窝棚，并非集会中狂野地跳舞或是月下静坐在沼泽里的篝火旁，而上升到自我意识的层面。柯凯和他的家人，包括皮里恩村所有的阿斯马特人都与彼此、

野蛮收割

与村庄以一种外人难以理解的方式相联结。我希望能融入他们，他们对生活未经过滤的直接体验与蕴含于我内心的原始性紧紧相吸。即便在我无法抛开拘谨，自然地加入他们的时候，我也极度渴望。

托比亚斯·施宁鲍姆也曾和我有一样的渴求，许多同样的理由驱使他来到阿斯马特。"我的整个人生，"他写道，"都在寻求与其他人类联结的方式。突然，我发现了一个森林，发现了阿斯马特人。住在他们的世界，在这里，我丢掉了不安全感，我获得了满足。"

25

2012年12月

我在皮里恩村已生活了两周，时间平稳地进入了第三周。我和他们已初步融合，是时候问自己想问的问题了。我逐渐适应了村里的生活，村里的人对我似乎也感到适应。在吉萨尔门户建起的那栋门户建筑里，我在击鼓声中受到了欢迎，人们对我抱以期待。这里的人们，包括女人，都会在我每天沿着步道行走时和我打招呼。现在，我去河里洗澡，也不会有一帮看客尾随了。我用柯凯一个侄子的小船去巴西姆村自由旅行了3次，去巴西姆村只需要1小时的航程。我会为他们家提供大米和拉面、烟叶和糖，我还给孩子们买了棒棒糖和足球。我为一个有50人口的家庭提供食物供给——我们已吃光了90磅（40.8公斤）大米。我买得越多，米在柯凯的封地的消失速度就越快。这是一个没有私有财产的家庭，这里的一切都是共享的。同时，你的地位越高，别人对你抱有的期待就越多。

我的脑子里关于迈克尔的想法开始慢慢形成——到底发生了什么？怎么发生的？为什么会发生？

清晨，在喝咖啡和吸烟的时候，柯凯和我聊得投机起来，伴随着烟雾和孩子们的跺脚声、尖叫声和哭喊声。柯凯告诉我，"我的祖父和我的父亲告诉了我阿斯马特的历史以及'奥茨詹内普村—皮里恩村'双子村的历史和歌谣。这些歌谣包括与门户相关的，与西米相关的，与划桨相关的，与鱼鸟以及比西柱相关的。我静静地听

我和柯凯(站在我身后戴棒球帽者)及他的家人,摄于皮里恩村。

第三部分

着和观察着……"在与柯凯的交谈中，我发现，柯凯的父亲是福姆。福姆曾在范克塞尔记录的名单上出现过，根据那份名单，福姆拿走了迈克尔的1根肋骨。如果福姆确实参与了迈克尔的死亡事件，柯凯一定会知道部分真相。

柯凯告诉我，在皮里恩村找一名新妻子是艰难的。他在皮里恩村一直缺少运气，这里的女人都怕他，也许是因为自己太老了。后来，他在巴西姆村找到了玛丽亚，但他花费了大量的西米、糖和狗牙项链才勉强说服那个门户的男人同意他带走玛丽亚。

柯凯还告诉我，曾经的人们会让男孩们躺在地上并用一支锋利的竹签给他们的鼻中隔穿孔，这个孔会随着时间的推移逐渐变大。今天，没人给鼻中隔穿孔了，柯凯也拒绝参加任何击鼓或唱歌的活动。但他会戴上自己的羽毛和袋貂皮头带，坐在门口自己轻唱并前后摇摆腿脚几个小时。

卡米（Kami），我的爱人，
你是我心爱的人，
你死后给我留下了回忆，
成为了我的荣耀。
卡米，我的爱人，
我渴望你，
渴望你的一切。
卡米，我的妻子，
你是我的发妻，
为什么这次你要死去？
我需要你，
但现在你不在我的身边，

野蛮收割

我独自一人太久了，
我的生命里没有了你。
我永远爱你，
我的生命永恒，
因为我是你心爱的人。
在我的生命里你将永恒。

"我很伤心，"他说，"在过去，我们每周都会举办宴会。我们集体采集西米、打鱼。我们会互赠烟草、糖、西米和鱼；我们会击鼓唱歌数周、数月。但现在，我只能独自静坐哭泣。我很伤心，眼泪止不住地流。我把泥土涂在自己的额头上，我边哭边回忆。今天，我为我的第一个女儿歌唱，她去世后就埋在这里。"他边说边指着房子背后的一座坟。

比斯（Bis）是我的妻子，
你是一位美丽的妻子，
现在你去了哪儿？
你是在寻找西米吗？
还是在寻找鱼儿？
为什么你还不回家？

我在这里等着你，
为你哭泣。
因为你是我的妻子，我美丽的妻子。
我是为你哭泣的丈夫，
永远哭泣，直到死去。

第三部分

> 你的离去让我的生活如此艰难，
> 我永远哭泣，哭泣，
> 并为你而死。

我告诉柯凯，我有一些与这里相关的老照片。你愿意看看吗？

"好啊！"他激动地说。

我拿出了一叠照片，大约50张。这些照片是1961年夏天迈克尔·洛克菲勒在奥茨詹内普村旅行时所拍摄的黑白照片的复印品。我们坐在满是灰尘的地上，靠着通往厨房的门。当我把照片递给柯凯时，一群人围了上来，女人和孩子们冲在了前面。人们几乎是顷刻间从各个角落冒出，包括柯凯的兄弟在内。人群中不时爆发出照片的点评声——照片拍摄的地点？这是哪个门户？不过，没有一个人说出照片中人们的姓名。一些照片中的人们赤裸着身体且神态骄傲，他们微笑着留着长长的卷发。一些人的肚子上挂着贝壳——这是伟大猎头者的标志。一些照片展示的是在门户击鼓的赤裸男人以及精心装饰的比西柱，男人们在门户的地板上击鼓，柱子竖立在门户外的架子上。

女人和孩子们冲着这些照片上的裸体发出了咯咯的笑声，但柯凯的神色变得凝聚。他沉默不语，凝视着照片。他就着光线将照片举到高处，仿佛希望通过视线穿透到消逝的过去。他一定是忆起了陈年往事，忆起了50年前的经历。

"唔，"他咕哝着，用长指甲描画着那些男人的轮廓。然后，他逐一叫出了照片上男人们的名字。东鲍伊：眉毛浓厚，面带微笑，鼻子上有一根猪骨。范克塞尔的原始报告里曾出现过他的名字，他是皮里恩门户的前任战争头领，也是被戴了绿帽子的那个男人，他还是贝的父亲。而今天，贝就住在距离柯凯家50英尺（15米）外的地方。（柯凯称贝为"我的兄弟"。事实上，我并未弄清他们的亲戚关系。他们分属不同的父母且住在同一村庄中的不同家族）塔奇：具有奥马德塞普村和奥茨詹内普村的双重血缘，也是向冯·佩吉报告迈克尔是被谋杀致死的男人之一。法尼普塔斯：奥马德塞普门户的战争头领，即1957年通过说服奥茨詹内普村男人跟他一同前去韦金村并开启祸端的男人。他的样子很威武：40—50岁的年纪，赤裸着身体，身材高大，肌肉发达，他的头发用西米纤维接长拖到了肩膀处，全身覆盖着狗牙、野猪獠牙，悬挂着贝壳和饰物，他的左腰戴着一个厚厚的藤环，保护不受弓弦的伤害。柯凯还认出了简和贝瑟，他们的名字也在范克塞尔的报告上出现过。柯凯知道当时有哪些门户，还知道照片中的男人们分属于哪个门户。

我向他问起了法尼普塔斯的事情。"在那次去韦金村的旅程后，"柯凯说，"为了和平，他将自己的一个女儿赠送给了东鲍伊。"法尼普塔斯和他的人杀死了6个奥茨詹内普村人，奥茨詹内普村人又屠杀了几十个奥马德塞普村人以作报复。庆幸的是，平衡终究获得了恢复。阿斯马特人并不需要马克斯·拉普雷或他的政府为自己解决矛盾，他们有自己解决问题的方式。我突然想起了文斯·科尔神父的话："尽管这里存在持续不断的战争，但阿斯马特人总会制造某些联系、某些策略以加强他们的关系，避免他们被灭种。"

"那这些比西柱呢？"我说，"为什么它们还在门户里？"

"因为比西宴会还未结束。"

"那些柱子是为谁而立？"

"我不知道。"他回答。

消息很快传遍了皮里恩门户和吉萨尔门户。在接下来的几天，皮里恩门户的男人们也在贝的房子里击鼓唱歌，一方面是为了庆祝吉萨尔门户的新建筑，一方面是他们也希望建立一个属于自己的新

第三部分

门户。

通过照片，柯凯认出了范克塞尔和冯·佩吉记录的曾拥有迈克尔部分骨头的15个男人中的6个。从某个角度看，范克塞尔和冯·佩吉记录过的男人们应该与迈克尔是认识的，甚至知道他的名字。我抓住比西柱的问题反复追问，但他们的回答总是那么两句——"比西仪式尚未结束"、"我们并不知那些柱子是为谁而造"。这也许并非谎言，毕竟这是50年前的事了。但似乎也不完全合理，因为他们的记忆力超群——他们只靠听觉就能记住数百首歌谣，以及历代的家族谱系；他们知道如何刻鼓和矛，并在没有任何钉子和图纸的条件下建造100英尺（30米）长、30英尺（9米）高的长屋。

一天下午，我步行从皮里恩村前往奥茨詹内普村。皮里恩村平铺在尤塔河的一岸，只有几栋房屋；奥茨詹内普村的布局则非常宽广，在尤塔河两岸都建有房屋。皮里恩村已习惯了我的存在，每当我经过他们的房屋，坐在前廊的男女小孩都会对我挥手示好；奥茨詹内普村人则比较冷漠，一路上，人们只是静静地盯着我。我在河流附近遇到了一个坐在步道上的独眼老人。我坐在了他的旁边，和他分享了一些烟叶，他的名字叫佩特鲁斯（Petrus）。接着，几个陌生人也凑了过来坐在了我们的旁边。我告诉他们，我现在和柯凯一同住在皮里恩村，他们点点头并未说话。几分钟后，我离开了那里。

第二天下午，我带着那些照片又去了奥茨詹内普村。村庄的步道上空无一人。下午的天气异常炎热，村庄的气息似乎凝固了，仅有的一点响动来自于跟在我身后的几个孩童。我决定返程回皮里恩村，我走到了村庄的边界。这时，几个男孩们赶上我并抓住了我的衣角，指着几百码远处的一个男人说，"他想和你谈谈"。我转身走向那个男人，他也向我走来。走到近处，我发现，他就是佩特鲁斯。

"你喜欢西米吗？"他问。

野蛮收割

"是的。"我说。

"到我的房子来吧。"

我跟着他来到了一个传统的棕榈和木材建筑房子，要爬上一根带缺口的原木才能进屋。烟从两个壁炉里袅袅升起，屋里的光线很暗且挤满了疲倦憔悴的人。四处弥漫着他们刺鼻的汗味，小婴儿们抓住母亲下垂的乳房。我们盘腿而坐，我给他们分发了我带来的烟叶。我们吸烟，汗水从额头滚滚落下。一个女人拿来了两卷西米，他们的西米温暖、黏人、干燥，还带有坚果味。我从背包里拿出了自己带来的照片。消息不知通过什么渠道快速传了出去，男人、女人和孩子们从各个方向蜂拥而至。一时间，大量的人群涌入了房子，以致我身下的地板断裂、变形，下陷了3英寸（7.6厘米）。我不停地说着，"对不起！对不起！"

佩特鲁斯说，"没关系！"他大笑起来并将我拉开。我们走出了屋子，上百人围在了我们的周围。我带来的照片在人海中传递。一个老人从人群中挤了进来，注视着其中一张有比西柱的照片，用手指抚摸着。"这跟柱子是他雕刻的。"有人说道。

"这是你雕刻的？"我说。

他看了我一下。周围的人太多，我站稳身子都非常困难。我试图向他靠近，并密切注视着照片的去向，以免丢失。我努力地挤向他的方向，这也许并非一个理想的时刻，但我决不允许自己错过。

"你雕刻了那根柱子？它是为谁而刻的？"

他看了看我，和我的眼睛作了短暂对视。然后，他转身挤出人群，消失于我的视线之外。我没法向前敢追，因为很多人散拿着我的照片，我被困在了无数身体之中。

那堵墙仿佛又出现了，那扇封闭的，我永远无法穿越的大门再次耸立。我决不会相信，这里的人（尤其是那些老年人）可以轻易

第三部分

地认出 50 年前的照片中的男人和门户，却不知道他们亲手雕刻的比西柱为谁而刻。他们只是选择闭口不言罢了。

有关迈克尔事件的其他残缺碎片正慢慢拼凑。我与柯凯和贝坐在一块吸烟，我感到自己的胸膛就像要进行一次肺移植手术那般难受。我向他们提起了曾经的拉普雷袭击事件。我希望知道拉普雷袭击事件中的受害者都有谁？这些受害者在村里的地位是什么？他们与那些拿走迈克尔骨头的人是否有关联？他们的回答令我印象深刻。拉普雷枪杀了双子村 5 个门户中 4 个门户的战争头领——佛雷奇拜（Foretsjbai）曾是卡耶尔皮斯（kajerpis）门户的"战争头领"，奥索姆曾是奥茨詹内普门户的"战争头领"，阿肯曾是巴克耶尔门户的"战争头领"，萨穆特曾是吉萨尔门户的"战争头领"。也许是拉普雷刻意制定的目标，也许是因为他们当时站在了前排最显眼的位置。事实上，拉普雷等同于杀掉了这里的"总统"、"副总统"、"众议院议长"、"参议院临时议长"。难以想象，当时的村民们会是一种什么样的感觉。这里是阿斯马特最强大、最传统的村庄之一。这里最强的头领和战士遭致了外来者的杀害。

接下来，芬取代奥索姆成为奥茨詹内普门户的头领；阿吉姆和佩普替代了阿肯成为了巴克耶尔门户的头领。柯凯强调，两个同样强大的男人担任同一个位置的事情在阿斯马特是非常罕见的。此外，佩普还娶了奥索姆的寡妻。那么简呢？他是范克塞尔笔下拿走迈克尔胫骨的男人，他娶了萨穆特的妹妹（萨穆特也曾娶过简的姐妹）。东鲍伊是皮里恩门户的"战争头领"，他也是唯一一个未被拉普雷枪杀的门户头领。皮里恩门户也是范克塞尔和冯·佩吉曾反复强调的未参与迈克尔被杀事件的门户。

野蛮收割

并非每人的死都能复仇，并非每人的死亡都能举行完整的比西仪式。一根比西柱的制成需要数月的宴会和雕刻，其间，雕刻师不能打猎或进入丛林采集西米。为了主持一场比西仪式，需要有权力、有影响力、有组织力的男人策划并领导一次袭击活动。"战争头领"是村里最有权力的男人，取代他们的男人必须与他们有亲戚关系且拥有统治力、号召力和协调力。不只如此，他们还有责任为前任头领复仇。这也是他们成为女人们渴望的男人，以及大家对其肃然起敬的必要条件。

然而，他们因为无法复仇而成为了无能之辈，这成为了他们心中永远无法愈合的溃烂伤口。更严酷的现实是：在迈克尔抵达奥茨詹内普村的前6年里，总计有17人被杀——8个死于鳄鱼猎人，4个死于奥马德塞普村人，5个死于拉普雷。迈克尔曾记录，他在这里的门户里总计找到了17根比西柱。他"购买"了其中的7根，但只有3根实现了交付。也许，阿奇村战士桑派于1961年9月被杀就是人们对拉普雷袭击事件进行的复仇，因为他当年曾是拉普雷的陪伴。也许迈克尔拿走的3根比西柱中就有一根与其相关。至少，他们部分地实现了报仇。从拉普雷袭击事件中的受害人的政治地位考虑，从那天早晨在尤塔河口与迈克尔相遇的那群男人与拉普雷袭击事件中的受害者之间的关系考虑，我越来越坚定他们杀害迈克尔完成复仇的坚实动机。

我与柯凯和贝交谈的第二天早上，一个名为约翰的男人前来拜访。我在晚上与他相见，他看起来与村里的人大不相同。阿斯马特人从不会问"我是谁？"或"美国怎样？"他们只会问"你还会待多久？"或"你还会回来吗？"但在柯凯家黑暗的前廊里，约翰像连珠炮似的问了我许多问题——"你来自哪个城市？""美国现在是白天还是晚上？""美国的天气如何？""你是做什么工作的？"这些问题放在

第三部分

世界上任何地方都没问题,但从阿斯马特人的口中说出让我感到别扭。接着,他向我提出了奇怪的邀请:明天晚上你愿意来我们家共进晚餐吗(阿斯马特人几乎不会主动邀请)?

我欣然答应了他的邀请,他的家坐落在奥茨詹内普村和皮里恩村之间的无人区。这是一栋花哨的木框架房屋,房间里一尘不染,户外厕所也非常干净。墙上挂着几张照片,一艘配有舷外机的大划艇漂在小溪中。他的妻子满面笑容且开朗地迎接了我,他让自己的3个孩子站成排和我握手。孩子们搂抱着玩偶在房间周围嬉戏,而并非传统阿斯马特人那般踢打玩偶。晚饭时,约翰的妻子用鸡蛋和绿色蔬菜招待了我,蔬菜就种植于屋后的花园。他们在侧廊的木制围栏里养了一头猪。我可以很容易地听懂约翰的印度尼西亚语。最不可思议的是,约翰还有一个汽车引擎般大小的发电机。发电机不仅点亮了家里的几盏电灯,还能为一台连着卫星碟式天线的电视供电。

最后,我解开了这个问题的答案:约翰和他的妻子并非是阿斯马特人,他们是迪古尔人。约翰的父亲在20世纪70年代早期作为传道员来到皮里恩村。约翰在皮里恩村出生并在此成长,但他与其他村民还是存在巨大的反差。约翰为一家伐木公司工作,这为他带来了可观的收入(相对于村里的其他人)。约翰可没有50个家庭成员围着他,他赚的财富都保存了下来。他喜欢看BBC(英国广播公司)和CNN(美国有线电视新闻网)的节目,他喜欢蔬菜,他对我表现出了极度的好奇。此后,我经常去他家聊天。

这天早晨,他、柯凯和我正聊着,不知怎么的,我问到了柯凯第一次看见白人时的情景。他的回答很奇怪,他提起了他见到的第一个"游客"。

"不,"我说,"我指的是,早在游客出现之前——很久以前来到这里的首个神父或警察,在你还是个小男孩的时候。"

野蛮收割

他和约翰开始交谈起来，两人的语速逐渐加快，我难以完全听懂他们的对话。我似乎听到了"游客"、"佩普"和"东鲍伊"，还有"死亡"和"洛克菲勒"。我顿时僵住了，我确信，柯凯正在讲述迈克尔·洛克菲勒的故事。终于等到了！我不想打断他们，甚至不希望他们减缓语速，以保证他们的谈话不要中断。柯凯和约翰的对话远多于和我的交流，我渴望着他将自己知道的事情滔滔不绝地说出来。柯凯做出假装射箭的动作，他看到直升机飞了进来。人们逃入丛林中四处躲藏，当时的柯凯仅是个小男孩，他躲在丛林里一棵树的背后并恐惧地偷望着天空。"那并非我唯一一次看见天空中发出漫天巨响且外形可怕的机器。"柯凯继续着自己的讲述，"我还见过一次类似场景。"从直升机和躲藏在丛林开始，柯凯避开了迈克尔的问题，他谈到了曾经肆虐阿斯马特的霍乱大流行。在这次霍乱大流行中，奥茨詹内普村受到的伤害最为惨重。"死亡、死亡"，柯凯说，反复重叠自己的双手以演示尸体堆积如山的场景。

柯凯说的事情确实真实发生过。1962年10—11月，即迈克尔失踪1年之后，霍乱肆虐了阿斯马特地区。按照奥茨詹内普村的风俗，死者的尸体必须放置在村庄中心一个高台上任其腐烂，只有当尸体腐烂殆尽后才能将头骨从尸体上取下保存并加以装饰制成敬奉之物。很难想象那是一种多么可怕的场景：热带太阳照射下的恶臭的尸体，以及恶臭尸体招来的大批苍蝇。霍乱虐杀了数以十计的村民。这可不是一般的尸体，这是带有霍乱病菌的尸体，其危害程度可想而知。霍乱会让人产生腹泻，患者通常会被饿死。范德沃弗拍下的病患者的照片令人震惊——男人、女人、儿童瘦得只剩下皮包骨；他们裸身躺着、面色苍白，吊着临时配备的静脉滴注药瓶。到1962年11月初，奥茨詹内普村已有超过70个男人、女人和儿童死于霍乱。他们的尸体全部堆放在平台上。"你可以不时地看到一条狗衔着一只脚或一

第三部分

只手到处溜达（一定时间后，尸体的各个部分会从平台上掉落）。"范德沃弗写道，"狗通过树桩和灌木爬上平台，吃掉了大多数人的遗骸。因为越来越多的人死去，遗骸平台变得凌乱。"范德沃弗接下来的描述值得整段引用。

"在头领同意后，我们召集了死者的所有相关家属作了统计。最严重的情况是，有两个家庭的男人、女人和小孩尽数死亡。还有一个男人同时失去了妻子和两个孩子。看到这个男人崩溃的表情让人悲痛欲绝。"

"同时，我们从巴西姆村运来了装有汽油的油罐，与死者的家属商定后事的处理。我们让死者的家属在次日前准备好足够多的木材并放置在平台的下方。"

"11月10日星期天，我不得不做了一次特别的'主日弥撒'。我执行这个神圣仪式时，村民们到处搜集木柴并将木柴放到了尸体平台的下面。我从村庄的背面绕道，艰难地穿过泥地来到平台。当时的村民们神情恍惚。考虑到他们对死者的敬奉，这种处理遗骸的方式是残忍的，也是不被他们接受的。我向他们作了长段的解释。我告诉村民，这次的情况确实特殊，以后绝不会再出现类似情况。"

"我们将男性家属聚拢在尸体平台的附近，我们将汽油浇到尸体上之前，会再次询问他们的意见。之后，由我负责点火，我再次重复询问他们是否同意。"

"当木柴上的烈火燃起后，人们将系住遗骸的藤条砍断，平台及遗骸一起坠入了大火。"

"完成这件事花费了整整一天的时间——因为村里房子后面的泥地太难走。在仪式的最后，传道员用手帕捂住口鼻试图

野蛮收割

靠得更近一些。但他们靠近之后,又立刻转身逃了回来。当所有的平台都被烧掉后,村庄里弥漫着可怕的、恶心的烟气和臭味。我大喊了一声,我们以最快的速度跳进了河里。"

"传道员那天反复告诉我,村民们难以接受我白天的行为,意图加害于我。但后来我才知道,事情的真相恰好相反。实际上,村民们给我送来了弓箭、石头和斧头。因为他们相信,这种疾病已被永远驱走了。"

这是奥茨詹内普村历史上的一个重大事件,也是一次令人哀伤的、悲剧性的打击。在这次事件中,奥茨詹内普村不仅死了众多男人、女人和儿童,他们的尸体还遭致了焚烧。柯凯讲述着一个又一个的故事,仿佛这些故事均为同一故事的不同部分。我突然萌生了一个想法:他们是否会将这次霍乱的流行理解为鬼神世界因为迈克尔·洛克菲勒被杀之事对他们施加的惩罚?澳大利亚军方直升机也参与了这次霍乱的救助行动。阿斯马特人在迈克尔死亡时看见了这些令人恐惧的巨大的直升机,1年后,霍乱致使他们死亡时又再次看见了它们。这难以不让他们对两件事产生联想。

那天晚上,我单独找了约翰,我请他将柯凯告诉他的故事完整地告诉我。他看起来似乎很紧张,他告诉我,柯凯还是重复着以前的老故事,"迈克尔来到奥茨詹内普村,之后又离开了。当他再次回来时,他的船翻了,他失踪了。接着,霍乱侵袭了奥茨詹内普村。村民对此感到极度害怕。"约翰不愿对柯凯提到的名字(如佩普和东鲍伊)作解释,也不愿为柯凯做出的射箭动作作解释。

我越来越坚定自己对迈克尔之死的猜想。因为我明白了被拉普

第三部分

雷杀害的那些奥茨詹内普村人的地位,知道了这些人与范克塞尔和冯·佩吉记录的疑似杀害迈克尔嫌犯的关系。我沿着海岸旅行,但我从未见过鲨鱼或鳄鱼。鳄鱼在内陆地区生活,它们不应出现在海岸,更不会出现在大海的中央。鲨鱼通常生活于深海,我在阿斯马特从未听闻鲨鱼食人的故事。此外,鲨鱼也几乎没有出现在阿斯马特的雕刻中。桑迪认为,迈克尔也许游近了海岸却遭到了鲨鱼或鳄鱼的袭击,来自奥茨詹内普的那些男人恰巧看见了当时的场景。但这个观点缺乏有效证据。如果迈克尔死于海上,他的尸体会在海上漂流而被风吹到更远的南方,而不在内陆。

如果迈克尔确实上岸了,他会遇见奥茨詹内普村的男人们。事实上,他们确实在那里相遇了。马克斯·拉普雷的袭击杀死了奥茨詹内普村最重要的人物,受害者遍及5个门户头领中的4个。这个村里几乎每人都与被杀的男人有亲缘关系。特别是佩普、芬和阿吉姆,他们接任了死者的领导位置。比西柱已被雕刻出来,他们雕了很多根柱子。迈克尔抵达那里时,比西柱还耸立在门户里,这意味着他们的仪式尚未完成。尽管迈克尔购买并收到了其中的几根,但剩下的柱子并未现身。

索瓦达主教曾提出,"在早期阶段,阿斯马特人不会有杀死白人的想法,他们甚至没有萌生这个想法的勇气"。我最终认识到,这是西方式的自负思想,这是西方人糟糕的优越感所致。在传统的西方人的视界中,阿斯马特人天生低贱,他们是无能的活动于正常文化之外的边缘人。他们是偏远的部落社会,只遵循于他们的神话,不具有创造性或激情。

我已与柯凯同吃同住快1个月了。我看着村里的男人们击鼓、唱歌、跳舞、讲故事,我曾与阿马兹和威伦姆一起旅行。在我的眼中,阿斯玛特人和我们并无区别,他们是鲜活的个体。他们大部分人跳

野蛮收割

着同样的舞蹈时，总会有一个男人挥舞双手单足跳舞；长者们都会为了庆祝新门户而跳舞、击鼓和唱歌。柯凯却与他们不同，他总喜欢独自唱歌，仿佛沉浸在过去的悲伤中。

  我越来越认同他们的生活。人类从不按剧本生活，人类历史就是一部不断反叛更新的故事。历史的前行就是去旧出新：横渡大西洋开辟新世界、横渡太平洋建立新岛屿、爱上某个来自错误部落或错误种姓的人、白皮肤的英国人披上阿拉伯白袍统一贝都因各部落。纵观世界，总会有些人做一些离奇的事而打破常规。结合阿斯马特，杀死白人迈克尔就是一次离奇的打破常规的事情。通常，故事的精彩并不取决于人们墨守成规，而在于是否出人意料。人类虽然有爱，却也会做下一些暴力甚至野蛮的事情，比如男人因为嫉妒、生气、发怒、爱、悲伤而谋杀自己的妻儿。在不同的时期，我们人类具有不同方式的野蛮行为。阿斯马特人是我见过的最奇怪的人——他们的许多秘密外人无法看穿也难以理解，他们的文化既传统又严格。但他们也是和我们一样的人类，我在他们身上看到了基本的人类情感。这些情感属于文学和诗歌，与逻辑和推理没有关系。

  谁将长矛戳进了迈克尔·洛克菲勒的身体？佩普？芬？还是阿吉姆？这似乎并不重要，重要的是，手持长矛者是一个男人、一个战士，且在他们面前的迈克尔是一个软弱无力的白人。迈克尔刚结束了自己在海中的长途游弋，此时的他筋疲力尽，他和自己的西方世界也早失去了联系。阿斯马特人知道迈克尔不是鬼神，而是和他们一样的人类。于是，迈克尔成为了他们的牺牲品——迈克尔被征服并被食掉。猎杀者夺走了迈克尔的生命，从而巩固了自己的生命和地位。

  杀戮是为了索取和拥有，杀戮是愤怒和激情的一种表现形式。在西方，男人杀害自己的妻子通常源于由爱生恨，而非单纯的恨。

第三部分

在西方，捕杀妇女的连环杀手通常源于爱和养育之爱的极度缺乏，他们希望得到却又无法拥有。阿斯马特人当日对迈克尔·洛克菲勒的杀戮也不例外，那是愤怒和激情的宣泄。他们为正在失去的和已经失去的爱（伊皮、佛雷奇拜、萨穆特、阿肯和奥索姆）和文化复仇。

随着西方现代文化和基督教从各个方向流入阿斯马特，他们的传统文化正渐渐消逝和隐匿。而他们对迈克尔的杀戮恰巧与阿斯马特文化的逻辑相符。这有助于将他们死去的门户头领的灵魂送往萨凡，让他们的世界重新获得平衡。阿斯马特人认为，通过对迈克尔的杀戮他们可以获得迈克尔的力量，甚至能获得白人世界的力量。同时，这次杀戮在人性层面还具有更深远的意义——他们对西方世界的侵略无能为力，而现在，他们有能力尝试一次报复。综上，这次杀戮也许契合了桑迪的排外主义理论——这是一次夺回权力的瞬间努力，一次维护尊严的行动。

现实中，这次杀戮带来的巨变迅速向他们袭来。对于奥茨詹内普村的阿斯马特人来说，将长矛捅向迈克尔的举动是灾难性的。它引来了无数飞机、轮船、直升机和警察，还有更多他们从未见过的技术和力量。鬼神回来复仇了，村里几乎10%的人死于那场霍乱。同时，这场霍乱还改变了他们传统的历史丧葬模式。它加速了猎头和食人行为的结束，并加速了基督教和西方文化的引入。不久后，印度尼西亚人接管了阿斯马特地区，他们为每个村庄都派驻了政府代表，烧掉了这里的男人屋（门户），禁止他们举办自己的宴会长达10年之久。

1964年，东鲍伊的绿帽事件将奥茨詹内普村的紧张局势彻底点燃，门户间的战争一触即发。12月4日，阿吉姆受到了箭伤，并在几天后死去。佩普（将矛捅进迈克尔·洛克菲勒身体的人）要求得到杀害阿吉姆凶手9岁的妹妹，并用她的死来平息冲突。来自西方的神父介入了这场冲突，试图平息双方的愤怒，但战斗依然持续了长达 30 天时间。范德沃弗神父希望逮捕佩普。"必须要有所行动，"他在日记里写道，"我可以继续对他们施加威胁，但如不采取实质性的行动，我们将难以掌控局面。"似乎存在这样一种可能：当年在尤塔河口，东鲍伊（皮里恩门户头领）、佩普（奥茨詹内普门户头领）、芬、阿吉姆对迈克尔的处理上存在异议。此后流行的霍乱又进一步加剧了东鲍伊和他身边人的恐惧，这也许在一定程度上恶化了门户之间的矛盾。

1968 年 9 月，范德沃弗神父离开阿斯马特回到荷兰。他与这里的村民共同生活了 6 年时间，他已确信了迈克尔的宿命。"尽管村民双方并未作出妥协，"他写信给自己的上级，"但他们彼此联系依然紧密。我只能为传道员尽力建造临时房屋和学校，希望 1—2 年后，皮里恩村人能回到他们之前的村庄。"他继续写道，"在我最后一次拜访奥茨詹内普村时，又一次提到了洛克菲勒。然而，对阿斯马特人的审讯非常困难。当时正值村里爆发战争之后，村民们的敌对意识异常强烈。他们通常会毫无根据的相互指责。但有一点可以肯定——当年的迈克尔应该是活着抵达了海岸。"

直到现在，他们的分裂也未能恢复原状，奥茨詹内普村和皮里恩村之间的无人区留存至今，只有外来者约翰居住于此。

令我感到震惊的是，迈克尔在世时拍下的照片很多都与自己的死亡相关。迈克尔在照片中拍下了法尼普塔斯，此人开启了韦金之旅。韦金之旅促使拉普雷袭击了奥茨詹内普村并杀害了他们的门户头领，奥茨詹内普村人为门户头领复仇而杀害了迈克尔。迈克尔在照片中拍下了比西柱，而这些比西柱正是村民们为他们的门户头领所立，这也与迈克尔之死直接相关。迈克尔的照片中还拍下了许多最终杀害自己的凶手。

第三部分

虽然大部分的庆祝活动发生在吉萨尔门户，但皮里恩门户和吉萨尔门户同属皮里恩村，皮里恩门户也会共同庆祝。我在贝的房子里待了一整天，这里被当作了皮里恩门户的门户建筑。我全天都坐在那里，贝和比夫（Bif）（皮里恩门户的"战争头领"）以及其他男人们击鼓唱歌，从清晨持续到日落，只有吸烟或调鼓音时才稍作停歇。午饭时，女人们拿着混杂了天牛幼虫的西米涌了进来。她们用棕榈叶将其卷成长条放在火上烤制。这是圣食，在他们眼中，西米蠕虫相当于人脑。他们将一块块西米取下分给男人。贝分了一份给我，以表达对我的尊敬。传统西米和阿斯马特的所有食物一样干涩无味，但咬食放有幼虫的西米则别有风味。它会释放出一阵阵的脂肪味，就像食用黄油或果汁。

吃完饭后，名为马尔科（Marco）的年纪约为60—70岁的男人用阿斯马特语讲起了故事。每人都听着他的讲述，一些人躺着，一些人睡着。我也躺了下来。我发现贝的房顶挂着一个被油烟熏黑的藤包，藤包上沾满了蜘蛛丝，藤包内似乎装着一个球状物体。我琢磨着，难道是头骨？尽管我很难听懂阿斯马特语，但我还是认真地聆听着。故事里，有人在射箭，有人用矛侧手刺击。我听到了"奥茨詹内普村"和"东鲍伊"的字眼。马尔科展示着自己的肢体，走动、停顿、刺击。马尔科将裤腿提高扎紧并将髋部向前耸出，这并非模仿做爱而是模仿撒尿或让人吮吸阳具。男人们一边咕哝着，一边点头，"唔！唔！"在他的故事讲述了1个小时后，我拿起相机并调到录像模式，希望将其记录下来。可遗憾的是，演讲已进入尾声。更遗憾的是，8分钟后，相机电池显示电量不足，我不得不停止了录制。

尽管当时的我并不知道，这或许是我在阿斯马特最重要的时刻。

他们在日落前休息了一会儿，晚上8点又在步道外继续了自己的仪式。月亮露出了一小半脸，天色渐黑，步道的泥床上升起了火

野蛮收割

焰。起初，那里只有 5—6 名鼓手和少数几个男人。黑暗中，我听到了吟唱声（一半歌声一半呼喊）。很快，上百人聚集了过来。鼓声穿透了黑夜，低沉的吟唱声召唤了鬼神——柯凯告诉过我，鼓声和歌声是通往祖先的"桥梁"。皮里恩门户的男人们让步道震动起来。鬼神就在这里，在黑暗中盘旋在我们的周围。我无法看到它们，但它们却真实存在，就像蚊子、壁虎和蟋蟀那样真实存在。男人们透过低沉的鼓声想象着他们身边的图像，"鬼神就像昆虫、闪电、空气、树木和河流一样，它属于丛林的一部分。你无法将任何一种要素从这个整体中剥离。"鼓声和人声结合为一个整体，这个整体可以归溯到很久之前的远古。我情不自禁地陷入了冥想："我想象着迈克尔的灵魂就在我们的身边，它正在丛林的上空盘旋打转。我破解了他的失踪之谜，让他的灵魂获得了自由。"

午夜时分，女人们带着大碗的米饭、白甘薯、西米、绿色蔬菜鱼贯而入。男人们将这些食物分为五堆，皮里恩门户的每个部分一堆。之后，大家开始食用这些食物。比夫在我身前也放了一堆，并告知我，"这是给柯凯的，"他说，"现在你代表了柯凯。"

他们的体力令人赞叹，没有酒精和药物的条件下，他们可以一直持续自己的活动直至凌晨 3 点。夜深了，我走回柯凯的房子，爬过睡在地板上的妇女和孩子，在屋外穿透黑夜在回响声中进入了梦乡。

我到皮里恩村已生活了超过 1 个月的时间，威伦姆随时可能出现在我面前，将我接走。即将离别给我带来一种不适感。初到这里时，我嫌时间过得太慢，但现在已完全适应了这里的生活。贝突然登门造访，也许这是最后一次和他们一起喝咖啡和吸烟了。我看了看他和柯凯，说："为什么奥茨詹内普村的男人们如此害怕谈论迈克尔·洛

第三部分

克菲勒死亡之事?"

柯凯只是静静地看着我,他眼睛乌黑且面无表情。贝也只是看着我,摇了摇头。

"我们对此一无所知,"柯凯说,"阿斯马特流传着一个故事——迈克尔·洛克菲勒死于亚沃尔河,几乎所有阿斯马特人都说迈克尔是被芬和佩普用矛戳死的,但我也不能肯定。"

这就是他愿意说的一切,贝也同样如此。我们彼此注视着,这时,一阵引擎声打破了沉默。柯凯的女婿布维耶闯了进来,"威伦姆来了!"

过去这个月,我在这里慢慢建立的亲密关系在混乱中蒸发殆尽。威伦姆跳下了船,同行的还有阿马兹。威伦姆准备前来接我时,阿马兹恰巧返回阿加茨,故随同前往。村民们从各个方向蜂拥而至,聚在柯凯的房子里,挤满了门廊。威伦姆于当天早上5点出发,在贝奇河河口遇上了巨浪,那里也是迈克尔和瓦萨翻船的地方。

"我很害怕!"阿马兹说,"我不停地呼喊,'威伦姆,我们必须上岸!'就在上周,有艘船沉在了这里,17人死亡(包括男人、女人和孩子),只有1人活了下来。"

"我们必须等1个小时,"威伦姆说,"等风小点,我们再出发。"

柯凯的妻子拿出了西米,我们边说边吃。村民们围在我们的身边。柯凯说,"我们得去趟吉萨尔门户,你得拿点钱给他们。"

我拿出300 000卢比(rupiah,印度尼西亚货币),约合30美元。柯凯、我、威伦姆、阿马兹,穿过清晨的日光往吉萨尔门户走去,一群人跟在我们的后面。"战争头领"索尔还有另外6个男人聚在吉萨尔门户里。据我所知,这是柯凯首次去那个门户。索尔看见我们后,站了起来,我将事先整理好的钞票递给了他。男人们唱起歌来,那是一种有力的吟唱,间或有哼声和低吼。索尔告诉我,随时欢迎我再回来。我用印度尼西亚语尽可能流利地感谢他们对我的热情招待，感谢他们让我宾至如归，感谢他们允许我和他们一同分享西米。他们再次吟唱，阿马兹说，"他们在为你祈祷，霍夫曼先生，祈祷你在海上的航行平安。"

我们握手告别，他们的手粗糙而温暖。我在这个门户呼吸了最后一口空气，空气中充满了汗味、烟味和草味。

我们走回柯凯的房子。男人们抓起我的行李扔进船里，威伦姆随后跳了进去。"照片，"我喊道，"我们得拍张大家庭的合照！"柯凯和他的家属在炎热的太阳下站着如同雕像，威伦姆为我们拍了合照。

柯凯激动起来，一边称呼我弟弟，一边用他炙热、扎人的脸颊摩擦我的双手。我心中泛起阵阵涟漪。上次离开皮里恩村时充斥在我面前的是面无表情的漠视，能逃离那里让我如释重负。今天的离别，每人都和我挥手再见，我心中也产生了难以割舍的心境。威伦姆驾船驶向了水流，他带我离开了那里。

我被这里的一切深深打动，我舍不得离开这里，但又为即将到来的床、厕所和热水浴而渴望。我仍有很多问题没有解决。我知道得越多，产生的问题也越多——我想知道关于奥茨詹内普村和皮里恩村分裂的更多细节，以及这次分裂与迈克尔死亡的确切关系；我想知道吉萨尔门户的"战争头领"索尔在拉普雷袭击事件后取代了自己的父亲，他是否出现在了当年的杀戮现场？我的问题还有许多，但我没时间再提起，因为我的签证已经超期。

在我们向大海飞驰时，我的思绪展开了想象："柯凯坐在他的垫子上，用低沉的声音唱歌，他的身体前后摇摆，身边的河水静静流淌。迈克尔初到阿斯马特时这个世界所呈现出的模样，与迈克尔死去后这个世界所呈现出的模样完全不同。在时间线上，柯凯恰巧

第三部分

横跨了这两个世界,他在这两个世界都鲜活地生活过。"

我回想自己在皮里恩村的生活就像身处于另一个世界。我曾和贝(东鲍伊的儿子)、柯凯(福姆的儿子)同吃同住。范克塞尔曾记录过他们父亲的名字(东鲍伊和福姆),他们都是"战争头领"、族长、领袖。他们熟知无数的歌谣、故事和记忆,包括皮里恩村和奥茨詹内普村的全部历史。他们都给我吃过西米,都带我进入过他们的家庭和生活,都为我唱过歌。他们真的在迈克尔的遭遇上对我撒谎了吗?他们真的一无所知吗?如果他们的父亲确为迈克尔的谋杀者,为何不直接承认并告诉我呢?那么多年过去了,他们能看着我的眼睛假装自己什么都不知道,什么都不记得吗?

回到阿加茨后,我给阿马兹播放了自己在贝的房间曾拍摄的8分钟短视频。视频拍摄的内容是马尔科在贝的房间里的讲话。我拍下的那段短视频并非他演讲故事的主体,而是讲完故事后对簇拥在他身边的男人们的严肃警告:

"这个故事不能告诉外界的任何人,即便阿斯马特其他村庄的人也不能告知,因为这个故事只有我们能听。"马尔科说,"不要说,不要说,不要再提起这个故事。我希望你们谨记,我将这个故事献给你们且仅限于你们,万不可对他人提起,也不要回答其他任何人的问题。不能外传的原因是,这个故事只有你们能听。如果你们将故事内容传扬了出去,会遭到死亡的报复。请将这个故事永远留在自己的房子里,自己的心里。今天、明天,乃至每一天,你们只能将这个故事留在心中。"

"即使有人给你石斧或狗牙项链,你也决不能与他分享。"

致　谢

野蛮收割

我要感谢埃里克·泰森（Erik Thijssen），没有他就没有《野蛮收割》一书的出版。作为我在阿姆斯特丹的研究伙伴，他挖出了深埋于荷兰档案馆的历史资料——信件、电报、电传、报告、日志、日记、潮汐表以及其他一切信息。在长达两年的时间里，他像猎犬一样四处探听，打电话、找文件、翻译资料，甚至充当我的采访员。没有他，我也许永远不会找到许贝特斯·冯·佩吉和维姆·范德瓦尔（他们是这个故事中的关键人物），更别提科尔内留斯·范克塞尔的寡妻米克·范克塞尔（Mieke van Kessel）和其他人了。不仅如此，他还将我安顿在他家的沙发上。我对他的感激难以言表。

我要感谢花费时间阅读本书初稿的朋友们：基思·贝洛斯（Keith Bellows）、克里斯蒂安·德安德烈亚（Christian D'andrea）、伊翁卡·斯文松（Iwonka Swenson）、斯科特·华莱士（Scott Wallace）、斯潘塞·韦尔斯（Spencer Wells）和克利夫·温斯（Clif Wiens）。他们对本书初稿提出的意见非常宝贵。

我要单独感谢伊翁卡·斯文松为我做的一切，感谢利兹·林奇（Liz Lynch）为我提供了照片。

我要感谢佩姬·桑迪，她为我的工作付出良多。她的思想、洞见、经验、耐心，对我思考和认识阿斯马特人以及阿斯马特的食人行为和世界观起了重要作用。更妙的是，她还成为了我的朋友。

我的第二次阿斯马特之旅对揭开迈克尔死亡之谜非常重要，没有那么多赞助者为我的众筹项目资助，我永远无法完成这次旅行并结束自己的任务。特别感谢：詹姆斯·安格尔（James Angell）、蒂姆·布扎（Tim Buzza）、尤利·霍奇森（Juli Hodgson）、黛安娜·霍夫曼（Diane Hoffman）和阿莉达·莱瑟姆（Alida Latham）。感谢克里斯·阿诺德（Kris Arnold），他为我提供了众筹旅行的好建议。他有丰富的视频摄制和编辑经验，我和他建立了良好的友谊。

致　　谢

我要感谢乌皮·扎因·尤德希斯蒂拉（Uppy Zein Yudhistira），他教会了我印度尼西亚语，且收费低廉。如果没有乌皮在语言上对我提供的帮助，我几乎不能在皮里恩村居住。

每人都需要一名资深船长提供咨询，我的船长就是大卫·埃里克森（David Erickson）。他从未拒绝过我提出的任何问题。我要感谢他为我提供了"距离-地平线表"，并耐心回答了我提出的一系列关于潮汐和洋流的问题。

我要感谢大都会艺术博物馆非洲、大洋洲和美洲分馆视觉资源档案馆（Visual resource archive in the Department of the arts of africa, oceania, and the americas）的工作人员詹妮弗·拉森（Jennifer Larson）。感谢她和大都会艺术博物馆让我拿到了迈克尔的现场笔记、信件、说明、照片和一大堆其他细目。

我要感谢阿兰·布尔热（Alain Bourgeoise），他允许我翻开他父亲罗伯特·戈德华特在史密森美国艺术档案馆（Smithsonian Archives of American Art）里留存的资料。

维姆·范德瓦尔为我提供了无数帮助。他不仅告诉了我他知道的一切，他还通过电子邮件耐心地回答了我提出的诸多问题。他和我一同看照片，确认照片中的人物和事件。他还告诉我，如何寻找案件的线索。很难想象，没有他的帮助，我可以完成本书的写作。

我要感谢雅斯佩尔·范桑滕（Jasper van Santen），他翻译了勒内·瓦萨留下的他与迈克尔·洛克菲勒首次去阿斯马特的长篇报告。我还要感谢塔尼娅·麦科恩（Tanya McCown），她帮我翻译了得克萨斯州奥斯汀的埃利奥特·艾里索方的论文。

我要感谢我的孩子莉莉（Lily）、马克斯（Max）和夏洛特（Charlott），他们是我灵感的来源。我爱你们，谢谢你们。我要感谢我的妈妈和姐姐琼（Jean）对我提供的无私帮助。

野蛮收割

如果没有我的经纪人乔·雷加尔（Joe Regal）和马库斯·奥夫曼（Markus Hoffmann），我会身处何方？特别感谢乔的编辑工作，尽管他鲜有时间，但他的努力增强了本书的可读性。我欠乔、马库斯和雷加尔文学（Regal Literary）公司的每个人一个巨大的感谢。

我要感谢本书的编辑林恩·格雷迪（Lynn Grady），她聪慧且充满热情。我还要感谢莫罗（Morrow）出版公司的所有工作人员，特别是莎恩·罗森布卢姆（Sharyn Rosenblum）和金伯莉·刘（Kimberly Liu）。

我要感谢特里·沃德（Terry Ward）和克里斯·杰克逊（Chris Jackson）在巴厘岛对我的热情招待，感谢阿姆斯特丹的卡拉·范德基夫特（Carla van de Kieft）对我的款待，感谢丹尼尔·劳滕斯拉格尔（Daniel Lautenslager）为我提供的翻译支持。

我要感谢蒂姆·索恩（Tim Sohn），他分享了自己对阿斯马特旅行的看法，感谢布莱尔·希克曼（Blair Hickman）为我提供了网络服务。

我要感谢莱蒂西娅·弗兰希（Leticia Franchi）。

我最后要感谢的是阿斯马特的所有村民，特别是：阿马兹、威伦姆、柯凯、哈伦、贝、索尔和比夫。他们为我提供了帮助，保护了我的安全，还为我提供了食物。

来 源 备 注

　　这是一本非虚构作品。本书的所有内容均来自文件、信件，或由我的采访获得。我花了近两年时间研究阿斯马特以及迈克尔死亡案。我两次前往阿斯马特和印度尼西亚巴布亚省进行了为期4个月的旅行，我还在皮里恩村一个关键的阿斯马特线人的家里居住了1个月的时间。基于我在迈克尔死亡案的原发地进行的仔细勘察，结合有关阿斯马特文化的人类学和人种学报告，我整理并拼接了与本案相关的一切线索资料，重构了当年的案发场景，并解开了这个尘封了半个世纪之久的迷案。